AF235332

Wie Walther sein *h* verlor

Walther Schneider ist mit seinem Leben zufrieden. Er hat alles strukturiert und organisiert und scheint alles im Griff zu haben. Doch eines Tages, nach einem Sturz, rät ihm sein Arzt zu einem Aufenthalt in einer Rehaklinik. Walther lässt sich überzeugen, obwohl er nur ungern sein gewohntes Umfeld verlässt. Das Zusammentreffen mit anderen Menschen ist eine Herausforderung für ihn, die ihn manchmal an den Rand der Verzweiflung bringt. Aber die Veränderungen in seinem Leben sind nicht mehr aufzuhalten und langsam findet er Gefallen daran …

Seit vielen Jahren unterhält der Autor, Kurt Schmitz, Leserinnen und Leser aller Altersklassen mit Kurzgeschichten zur Weihnachtszeit.

Alltägliche Kurzgeschichten, die eine/einen durch das ganze Jahr begleiten können, erweiterten bereits kurze Zeit später sein Leseangebot.

Mehr Infos unter:

www.verschmitzte-weihnachten.de

Mit der Geschichte von Walther Schneider betritt der Autor nun ein neues Gebiet.

Kurt Schmitz

Wie Walther sein *h* verlor

Wie Walther sein *h* verlor

Ich weiß gar nicht, an welchem Punkt ich mit dem Erzählen anfangen soll. Es ist so viel passiert in den letzten Wochen. Vieles, das ich selbst nicht für möglich gehalten hätte. Mein Leben hat sich verändert. Dabei war es für mich gut, so wie es war. Ich war unabhängig und hatte mein Leben meinen Bedürfnissen angepasst. Ich hatte alles im Griff und mir ging es gut - das dachte ich jedenfalls …

Aber gut, ich möchte mich erstmal vorstellen: Mein Name ist Walther Schneider. Walther mit *th*. Ich bin 53 Jahre alt, 179 cm groß, wiege 81 kg und bin seit fünf Jahren geschieden. *Glücklich geschieden*, wie man heute so schön sagt. Ich wohne seit 20 Jahren in einer gemütlichen 2-Zimmer-Wohnung gar nicht weit weg von meiner Arbeitsstelle. Die Wohnung habe ich bewusst so ausgesucht. Wer möchte schon jeden Tag mehr als eine halbe Stunde bis zu seinem Arbeitsplatz unterwegs sein? Für meine Ex-Frau war die Entfernung zu ihrer Arbeitsstelle auch akzeptabel. Sie brauchte zwischen Wohnung und Arbeit auch nur maximal 45 Minuten. Auch ein Supermarkt ist in meiner Nähe und sogar ein großer Park. Meine Wohnung ist praktisch eingerichtet und weil ich im ersten Stock wohne, kann ich dort sicher bis zu meinem letzten Atemzug wohnen bleiben. Und dieser Gedanke gefällt mir. Keine Wohnungssuche mehr, kein Umzug in ein Alten- oder Pflegeheim. Das hoffe ich jedenfalls. Mein Plan ist: Ich bleibe, wo ich bin. Man wird mich eines Tages mit den Füßen

1

nach vorne aus der Wohnung heraustragen müssen. Was für eine entspannte Vorstellung.

Aber noch ist es ja nicht soweit. Ich habe das Rentenalter noch nicht erreicht. Zurzeit stehe ich voll im Erwerbsleben als Angestellter in einem großen Unternehmen. Wenn das Geld reicht, möchte ich gern früher in Rente gehen. Darüber mache ich mir aber erst in ein paar Jahren Gedanken. Jedenfalls arbeite ich seit über 27 Jahren in einer Firma in der Kalkulation. Und genauso lange im gleichen Büro. Ich gehöre zum Urgestein in meiner Abteilung und liebe die Kalkulation. Nur mein Vorgesetzter ist schon länger in unserem Gebäude beschäftigt. Aber wenn er in Rente geht, überhole ich ihn locker mit meinen Dienstjahren.

Ich würde mich als sehr loyalen Menschen bezeichnen. Ich bin kein Partytyp, sondern eher ein ruhiger Mensch. Ich brauche sowieso keine Kontakte zu anderen Menschen. Ich liebe meine Unabhängigkeit. Trotzdem sind meine Umgangsformen einwandfrei. Ich werde sogar hin und wieder zu Geburtstagen von Kollegen eingeladen. Jedenfalls zu Kaffee und Kuchen, wenn jemand etwas im Büro ausgibt.

Selbstverständlich weiß ich, wann ich zu grüßen habe und dass man einer Frau seinen Platz anbietet, wenn alle Sitzplätze besetzt sind. Das Gleiche gilt natürlich auch für alte oder gebrechliche Menschen. Und dass man sich in einer Warteschlange hinten anstellt. Mein Haar ist

2

noch ziemlich dicht, allerdings bin ich in den letzten Jahren komplett grau geworden. Anfangs habe ich mir die Haare noch dezent gefärbt, aber das wurde mir auf Dauer zu lästig und zu teuer. Als Mann darf man schließlich graue Haare haben. Das macht das starke Geschlecht im Alter attraktiver. Mein Bauch hält sich noch in Grenzen. Damit kann ich mich noch immer sehen lassen. Manchmal denke ich, Hedwig aus der Lohnbuchhaltung findet mich anziehend. Sie wird immer ganz rot, wenn wir uns zufällig auf der Treppe begegnen. Aber ich werde sie nicht ansprechen. Ich bin froh, keine privaten Verpflichtungen zu haben. Sowas strengt mich nur an. Ich komme sehr gut alleine zurecht.

Meine Kleidung ist eher, sagen wir mal, traditionell: Grauer Anzug, weißes Hemd und schwarze Schuhe sind mir am liebsten. Im Winter trage ich einen dunklen Wollmantel darüber, im Sommer manchmal eine leichte Jacke. Wenn es ganz heiß ist, lasse ich auch mal den obersten Knopf meines Hemdes offen. Da der Krawattenknoten darüber ist, sieht man das nicht. Ich würde mich selbst als eine gepflegte Erscheinung beschreiben. Kurz geschnittene Haare und die tägliche Rasur sowie jeden zweiten Tag eine Dusche gehören zu meinem Lebensstil genauso dazu wie der tägliche Wechsel des Hemdes, der Socken und der Unterwäsche.

Jedes Paar von meinen Schuhen habe ich doppelt. So kann ich am Abend nach dem Tragen einen Frischeduft in die Schuhe sprühen und die Schuhe mindestens 24 Stunden auslüften lassen. Das ist gut für das Schuhleder. Trotzdem kann ich aber, wenn ich Lust auf diesen Schuhtyp habe, quasi die gleichen Schuhe am nächsten Tag wieder tragen. Aber dann halt eben das zweite, gleich aussehende Paar. Ziemlich raffiniert von mir, finde ich. Ein gleichmäßiges Aussehen wirkt ja beruhigend auf einen selbst und sicher auch auf die Umwelt. Ich mache jedenfalls nur gute Erfahrungen damit. In meiner Gegenwart ist noch niemand in Hektik ausgebrochen.

Zu einem guten Lebenswandel gehört meines Erachtens nach auch die Ernährung. So koche ich dreimal die Woche möglichst frisch, wofür ich auch dreimal in der Woche einkaufen gehe. Frisches Gemüse und, aus Gründen der Bequemlichkeit, Nudeln oder Reis. Ich schäle nicht gerne Kartoffeln. Danach sind meine Hände immer so rau. Haushaltshandschuhe will ich zum Kartoffelschälen nicht tragen. Die Hände schwitzen dann so und weichen auf. Das finde ich widerlich. Die gepuderten Handschuhe finde ich unangenehm. Deswegen also Nudeln oder Reis. Dazu dann eine fertige Soße aus dem Kühlregal. Fleisch esse ich wenig. Und wenn, dann gibt es Putenbrust dazu. Die brate ich natürlich selbst. Morgens Müsli mit fettarmer Milch und am Mittag zwei Scheiben Vollkornbrot mit Käse. Zwischendurch esse ich Obst. Beim Alkohol bin ich sehr zurückhaltend. Ich trinke eher eine Tasse Kaffee, mal Tee oder meistens Mineralwasser. Im Winter trinke ich Orangensaft. Wegen der Vitamine. Aber während der Erkältungszeit im

4

Winter ergänze ich den Saft noch mit Vitamin-Präparaten. Damit komme ich immer recht gut durch die nasskalte Winterzeit. Im Vergleich zu meinen Kollegen bin ich selten krank. Und wenn doch, gehe ich trotzdem ins Büro. Arbeiten hat noch niemanden umgebracht. Jedenfalls nicht, wenn man im Büro arbeitet.

Montagabends wasche ich meine Wäsche, samstags wische ich Staub und putze und dann staubsauge ich die Wohnung. Und zweimal im Jahr nehme ich meine Gardinen ab und wasche sie. Dadurch ist meine Wohnung immer in einem tadellosen Zustand. Na gut, ich könnte mal wieder renovieren. Aber das bringt sehr viel Unruhe in den Alltag. Das möchte ich mir ersparen. Nicht auszudenken, wenn ich meine Schränke ausräumen und zur Seite schieben müsste. So viel Aufwand. Oder Handwerker in die Wohnung lassen? Nein, das will ich nicht. Die Tapete ist zwar alt, aber noch gut. Ich finde sie sehr zeitlos und das orangefarbene Muster gefällt mir noch immer gut.

Haustiere habe ich keine, obwohl ich manchmal gern ein kleines Aquarium hätte. Aber die Fische müssen regelmäßig gefüttert und das Aquarium gesäubert werden. Das ist mir zu aufwändig. Da bleibe ich lieber ohne Haustiere.

Ich habe ja so auch genug Hobbys: Lesen, Fernsehen und meinen Garten. Das reicht. Andere Hobbys kann ich mir suchen, wenn ich Rentner bin.

Trotz allem hat meine ausgeglichene Lebensweise aber eine Schattenseite, die mich belastet: Schon seit Jahren quälen mich immer wieder Rückenschmerzen. Vor allem das lange Sitzen im Büro macht mir mehr und mehr zu schaffen. Nicht, dass ich mich nicht bewegen würde. Wie meine Kollegen hole auch ich mir zwischendurch mal einen Kaffee in der Kantine, gehe aufs WC oder bringe persönlich Unterlagen in andere Büros in anderen Etagen. Und dann benutze ich immer die Treppe. Einen Aufzug gibt es sowieso nicht. Aber ich will natürlich nicht zu lange von meinem Arbeitsplatz weg sein, deswegen beeile ich mich immer. Es wäre mir unangenehm, wenn jemand denken würde, ich würde mich fürs Nichtstun bezahlen lassen. Das wäre meinem Arbeitgeber gegenüber nicht fair. Und fair und ehrlich sollte man immer sein. Das sind gute Tugenden, die mir von meinen Eltern mit auf den Lebensweg gegeben wurden.

Hin und wieder nutze ich die Mittagspause für einen Spaziergang. Zugegeben, dass ist sehr stark vom Wetter abhängig. Es darf nicht regnen oder zu windig sein. Ich will nicht durchnässt oder zerzaust wieder im Büro ankommen. Zu heiß darf es aber auch nicht sein. Wie sieht das denn aus, wenn man dunkle Flecken unter den Armen hat oder Schweißperlen auf der Stirn glänzen? Bei meinen Kollegen sehe ich das manchmal und ich versuche, sie mit einem dezenten Wink darauf hinzuweisen. Aber sie verstehen es meistens nicht, sondern schauen mich nur irritiert an und winken zurück. Dann sieht man die Schweißflecke

6

erst recht. Wie peinlich. In so eine Situation möchte ich gar nicht erst kommen.

Übrigens gehe ich gerne arbeiten. Wenn ich morgens an meinen Arbeitsplatz komme, geht es mir gut. Ich freue mich über meinen Schreibtisch, den ich mir sinnvoll mit Arbeitsmaterial funktionell ausgestattet habe. Alles hat seinen Platz. Der Locher, der Hefter, die Stifte. Da sitzt jeder Handgriff. Und dass mein Schreibtisch direkt am Fenster steht, ist sehr schön, auch wenn mich das manchmal von der Arbeit ablenkt. Mein Fenster habe ich mit ein paar Grünpflanzen dekoriert. Das ist gut für die Raumluft und sieht schön aus. Aber wenn ich bemerke, dass ich zu lange auf die Pflanzen oder aus dem Fenster schaue, konzentriere ich mich schnell wieder auf meine Arbeit. Bin ja nicht zum Vergnügen im Büro. Überhaupt ist mein Büro sehr angenehm. Es ist ziemlich groß und meine zwei Kolleginnen und mein Kollege fallen kaum auf. Es ist ein ruhiges und entspanntes Arbeiten in dem großen Raum. Aber was soll in der Abteilung Kalkulation schon Großartiges passieren? Durch eine übersichtliche Arbeitsteilung mit meinen Kollegen ist die Arbeit gerecht verteilt und wir haben alle genug zu tun und sind zufrieden. Kalkulation ist etwas Wundervolles. Es gibt klare Aufgaben und Zahlen sind immer eindeutig. Mir liegt diese Sachbearbeitung. Das macht mir wirklich Spaß.

Fleiß, Zuverlässigkeit und Pünktlichkeit sind mein Lebensmotto! Wenn ich mich für 10:00 Uhr verabrede, dann bin ich um 10:00 Uhr da.

7

Meistens früher. Da kann sich so manch einer eine Scheibe bei mir abschneiden.

Glücklicherweise bin ich trotz meiner Korrektheit ein toleranter Mensch, der auch mal fünf gerade sein lassen kann. Letzte Woche habe ich meine Kolleginnen Frau Schuster und Frau Voss auf dem Gang erwischt, als die beiden geschwatzt haben. Ich habe gleich gehört, dass es nichts Geschäftliches war, aber ich habe trotzdem freundlich gegrüßt und im Vorbeigehen gesagt, dass ich sie nicht verraten werde. Sie haben so getan als wüssten sie nicht, wovon ich spreche, aber das kann ich verstehen. Den beiden war es sicher sehr unangenehm, beim Plaudern erwischt worden zu sein. Mit einem charmanten Augenzwinkern habe ich die Situation gekonnt aufgelöst. Ein anderer hätte die beiden bestimmt beim Vorgesetzten angeschwärzt. Aber so bin ich nicht.

Ich arbeite viel und um den nötigen körperlichen Ausgleich zu haben und die Rückenschmerzen zu vermeiden, versuche ich, mich möglichst viel zu bewegen.

Also fahre ich Fahrrad. Zugegeben, leider nicht so oft. Das ist, wie Spazierengehen, halt sehr wetterabhängig. Ich fahre im Frühling und im Sommer. Na ja, eigentlich eher nur im Sommer. Und manchmal noch ein bisschen im Herbst. Aber der Gegenwind darf nicht zu stark sein. Vermutlich strengt mich das Fahrradfahren bei Gegenwind so an, weil ich ein altes Fahrrad habe. Nicht so ein modernes mit einem leichten Rahmen. Mein Fahrrad ist ein Hollandrad. Robust und leicht zu reparieren, falls mal etwas kaputtgehen sollte. Und günstig war es auch noch. Ich habe es mitten im Winter gekauft. Da sind Fahrräder günstiger. Der Transport nach Hause mit dem Bus war etwas mühsam und fast hätte ich das Fahrrad nicht mit in den Bus hineinnehmen dürfen. Nur meinem dauerhaften Bitten und der Tatsache, dass der Bus fast leer war, hatte ich es zu verdanken, dass ich das Fahrrad schließlich trocken nach Hause gebracht habe. Okay, viele Möglichkeiten, mich nicht mit dem Fahrrad mitzunehmen, hatte der Busfahrer nicht, da ich mich geweigert habe, das bereits in den Bus gehobene Vorderrad aus der Bustür zu nehmen. Hierdurch wurde die Lichtschranke blockiert und der Busfahrer konnte die Tür nicht schließen. Mein Fahrrad hat ein stattliches Eigengewicht, das musste der Busfahrer einfach verstehen. Wenn man damit fahren will, dauert es eine ganze Weile, bis man in Schwung gekommen ist. Man muss schon sehr viel Kraft aufwenden. Somit überlege ich mir dreimal, ob ich das Fahrrad überhaupt aus dem Keller nach oben schleppen soll, um damit zu fahren. Vielleicht hätte ich mir ein leichteres Rad kaufen sollen. Aber jetzt ist das Hollandrad nun mal da und zusätzliches Geld für ein zweites Rad will ich auf gar keinen Fall ausgeben.

Statt Fahrrad zu fahren, entscheide ich mich manchmal dafür, spazieren zu gehen. Dann gehe ich in den Park. Aber der ist sehr groß. Da muss ich mich schon fit fühlen, bevor ich losgehe.

Nun gut, zurück zu meinen Rückenschmerzen. Obwohl ich also etwas für mein körperliches Wohlbefinden tue, habe ich häufig Rückenschmerzen.

Ich war deswegen beim Arzt. Nach einem intensiven Gespräch mit ihm riet er mir zu mehr Bewegung. Ich sei schließlich erst 53 Jahre alt. Da wäre noch einiges drin. „Noch mehr Sport?", platzte ich heraus. „Ja, noch mehr Sport", war seine Antwort. „Und vor allem: Richtigen Sport. Schließlich sitzen Sie den ganzen Tag und ein bisschen Bewegung reicht bei Weitem nicht aus."

Zuerst wollte ich gegen die Aussage protestieren, aber der Blick von meinem Arzt drückte eindeutig aus, dass er keinen Widerspruch dulden würde.

Dennoch fühlte ich mich gedemütigt über seine Einschätzung. Aber ich bin ein vernünftiger Mensch: Ich gehe in mich und denke über Kritik nach. Sinnvolle Ratschläge beherzige ich gerne, wenn sie sich umsetzen lassen. Ich versprach dem Arzt, darüber nachzudenken, wie ich mich mehr bewegen könne.

Als ich das Sprechzimmer verließ, sah ich im Augenwinkel noch, wie mein Arzt, Herr Moltke, den Kopf schüttelte.

„Der hat gut reden", dachte ich mir und regte mich innerlich noch auf. „Er sitzt da und ich soll mich mehr bewegen. Wie soll das gehen? Die Zeit muss ich erstmal erübrigen können. Schließlich bin ich in

Vollzeit berufstätig. Und meinen Haushalt muss ich auch führen. Einkaufen gehen, Waschen, Putzen. All das kostet viel Zeit. Und außerdem kostet Sport Geld. Viel Geld." Den Beitrag für einen Verein oder ein Fitnessstudio wollte ich auf keinen Fall ausgeben!

Mein Blutdruck stieg an. Das spürte ich genau. „Tief durchatmen", sagte ich mir. „Tief durchatmen. Das ist kein Grund, sich jetzt aufzuregen. Sonst bekomme ich nachher noch einen Herzinfarkt und damit ist niemandem geholfen." Langsam beruhigte ich mich wieder und versuchte, mich mit der Aussage von Herrn Moltke anzufreunden.

„Mehr Sport", hörte ich ihn eine ganze Weile in meinem Kopf herumspuken und atmete tief ein. „Okay", sagte ich mir schließlich, „also noch mehr bewegen." Als ich eine Zeit lang nachgedacht hatte, spürte ich Trotz in mir aufkommen. „Dem zeige ich es", sagte ich mir und gleichzeitig spürte ich, dass mein Kampfgeist geweckt war!

Noch am gleichen Abend zog ich meine Sportschuhe an. „Joggen! Joggen ist die Lösung. Das kostet nichts und ich kann es spontan und überall machen." Das war genau das Richtige für mich. Und vor allem ungefährlich. Schließlich wollte ich mich nicht verletzen, Sport hat ja so seine Tücken.

Mit den Sportschuhen sah ich schon mal richtig gut aus. Ich habe sie erst ein paar Monate und sie sehen aus wie neu. Eigentlich sind sie ja noch neu,

11

da ich sie bisher noch nicht angezogen habe. Außer im Geschäft bei der Anprobe. Ich hatte sie gekauft, da ich vor einiger Zeit bereits mal daran gedacht hatte, mit dem Joggen zu beginnen. Na ja, und weil sie günstig waren. Es war schließlich das letzte Paar eines Auslaufmodells. Aber bisher hatte sich die Gelegenheit zum Joggen nicht ergeben und meine Befürchtungen, etwas falsch zu machen, waren sehr groß. „Wie hieß doch dieser Spruch? *Sport ist* …, ach egal." Das spielte jetzt keine Rolle mehr.

Jetzt war der richtige Zeitpunkt gekommen, die Sportschuhe ihrem Zweck zuzuführen. Sie sollten mich tragen! Kilometer für Kilometer. Über Wiesen, durch Wälder und über Pfade. Durch Wind und Wetter. Ich war ganz euphorisch und schaute aus dem Fenster. Es sah ein bisschen bewölkt aus, aber bis es anfangen würde zu regnen, war ich wieder zurück. Ich war fest entschlossen, meine Motivation zu nutzen und sofort umzusetzen.

Nachdem ich die Sportschuhe wieder ausgezogen und meinen Trainingsanzug übergezogen hatte, normalerweise trage ich diesen nur zum Fernsehgucken, zog ich die Sportschuhe wieder an, schnürte sie fest zu und betrachtete mich wohlwollend im Spiegel. Perfekt! Mein kleiner Wohlstandsbauch wurde durch mein sportliches Outfit überdeckt. Ich zweifelte kurz: „Ob der knallrote Trainingsanzug wohl zu sehr auffällt? Nein", entschied ich, „die Farbe ist zeitlos." Zufrieden holte ich tief Luft, zog den Bauch ein und öffnete meine Wohnungstür im ersten Stock. Dann stieg ich die Treppen hinunter zur Haustür, nahm die letzten zwei Stufen auf einmal und zog an der Haustür, die ich mit Schwung öffnete. Autsch - mein Rücken. „Habe ich mir etwa etwas ausgerenkt, als ich die Tür so schwungvoll geöffnet habe?", schoss es mir durch den Kopf. Ich fühlte in meinen Körper hinein. Das hatte ich mal in dem Buch „Du und dein Körper" gelesen, das ich mir mal gekauft habe. Nein, es schien alles in Ordnung zu sein. „Ignorieren, einfach ignorieren", sagte ich mir und machte einen Schritt nach vorne. Und da stand ich nun. Voller Tatendrang. Mitten auf dem Gehweg. Ich schaute nach rechts und schaute nach links. Sehr ausgiebig und etwas länger, da ich mich nicht so richtig entscheiden konnte, loszulaufen. Ich wollte zur Sicherheit lieber doch nochmal intensiv in meinen Körper hineinhören, ob alles in Ordnung ist. Dann machte ein Fußgänger, den ich schon von Weitem hatte kommen sehen, einen Bogen um mich herum. „Affe! Steht mitten im Weg!", hörte ich ihn sagen, als er fast schon außer Hörweite war. Ich schüttelte den Kopf und ließ mich nicht beirren. Stattdessen konzentrierte ich mich wieder auf meinen Rücken: Er schien in Ordnung zu sein. Erneut schaute ich nach rechts und nach links und traf eine Entscheidung. „Okay. Auf zum Park!" Und dann lief ich los. Schritt für Schritt bewegte ich mich in Richtung Sportlichkeit! Was für ein Gefühl! Ich fühlte mich jung, dynamisch, frei und leicht. Soeben hatte mein neues Leben begonnen!

Ich kam gut voran und mit meinem lockeren Laufschritt kam ich sehr gut klar. Schon nach kurzer Zeit hatte ich den Park erreicht. Hier gab es viele Wege und ich entschied spontan, statt des Joggingpfades den Spazierweg einzuschlagen. Der war nicht ganz so lang. Schließlich wollte ich es ja am ersten Tag meines Trainings nicht gleich übertreiben.

Als ich schon eine Weile unterwegs war, spürte ich Schmerzen in meinem Rücken. Vielleicht gab er mir nur zu verstehen, dass ihm mein Laufstil nicht gefiel. Vielleicht lag es aber auch am falschen Atemrhythmus - immerhin bekam ich kaum noch Luft. Oder ob mein Seitenstechen mir auf den Rücken schlug? Schwer zu sagen, ich war gerade zu sehr mit meinem linken großen Zeh beschäftigt, der auch angefangen hatte zu schmerzen. Ob die Sportschuhe zu klein waren? Ich musste gleich morgen zurück zum Sportgeschäft und die Sportschuhe umtauschen. „Aber wann habe ich die Schuhe gekauft und wo habe ich den Bon?" In Gedanken durchstöberte ich bereits meine Schubladen im Schreibtisch. Aber mit Sicherheit hatte ich den Bon ordentlich abgeheftet. Meine geschiedene Frau hätte gelacht, aber jetzt hätte ich ihr beweisen können, dass es sinnvoll ist, Einkaufsbelege grundsätzlich abzuheften. Vielleicht nicht alle, so wie sie behauptete, aber man weiß ja nie. Auch Konservendosen könnten schlecht werden. Und was dann?

Tief in meinen Gedanken und Schmerzen versunken, übersah ich einen Stein, den jemand mitten auf den Weg gelegt haben musste. Der gehörte eigentlich nicht hierher. Damit hatte ich nicht gerechnet. Der Stein war nicht sehr groß, aber groß genug, so dass ich ihn nicht verfehlen konnte. Ich trat seitlich auf ihn rauf und dann zog der Schmerz in mich hinein: Erst in den Fuß, dann in die Wade und über den Oberschenkel hinauf bis in den Rücken. Ich schrie laut auf, verlor das Gleichgewicht und fiel wie ein nasser Sack auf den Boden!

Ganz benommen konnte ich mich kaum noch bewegen. „Ich wusste es", schoss es mir gleich durch den Kopf: *Sport ist Mord!* Jetzt war mir der Spruch wieder komplett eingefallen. Den gibt es schließlich nicht umsonst. Ich hätte es wissen müssen. Das musste ich meinem Arzt unbedingt sagen. Da lag ich also nun auf dem Spazierweg und schaute mich verzweifelt um. Doch niemand war zu sehen. Aber mir war klar: Irgendwie musste ich wieder auf die Beine kommen, nach Hause … oder am besten zu meinem Arzt. Aber so sehr ich mich auch bemühte, ich kam nicht hoch. Mein Rücken schmerzte zu sehr und ich war nicht in der Lage, aufzustehen. Egal wie ich mich drehte und wendete, es ging einfach nicht. Schnaufend blieb ich auf dem Weg sitzen. Ich spürte, wie mein Herz zu rasen begann. „Okay, ganz ruhig", dachte ich mir. „Ich brauche einen Plan B. Hilfe holen! Mein Handy!" Ich kramte in den Taschen meiner Trainingshose. „Mein Handy, wo habe ich mein Handy?" Ich kramte noch einmal meine Taschen durch. Diesmal hektischer. Doch dann fiel es mir ein. Das Handy lag zu Hause auf der Kommode. Ordentlich in der Handyschale. Ich nehme mein Handy selten mit, wenn ich unterwegs bin. Ich habe Angst davor, es zu verlieren oder es könnte nass werden, wenn es regnet. Ist alles schon vorgekommen. Nicht bei mir, aber ich habe davon gehört. Und wenn es dann kaputt oder weg ist, nutzt es ja niemanden mehr etwas. Aber irgendwie ärgerte ich mich über mich selbst. Vielleicht hätte ich es heute mal mitnehmen sollen. In Gedanken hörte ich meine geschiedene Frau schon wieder wettern: „Ich habe dir immer gesagt, du sollst das Handy mitnehmen. Wenn mal etwas passiert …"

Vielleicht hätte sie ja dieses eine Mal recht gehabt. Auch ein blindes Huhn findet schließlich mal ein Korn.

Aber es nutzte ja alles nichts. Ich saß noch immer auf dem Boden. „Der Schmerz, wo ist der Schmerz? Bin ich vielleicht gelähmt?" Vorsichtig drehte ich wieder meinen Oberkörper und bewegte vorsichtig meine Beine. Nein, ich konnte alles spüren und bewegen. Ich atmete tief durch und versuchte, mich zu entspannen. Bis plötzlich wieder ein stechender Schmerz in mein Bein schoss - und dann in den Rücken. „Ich lebe!", sagte mir mein Verstand, aber er sagte mir auch ganz deutlich, dass irgendetwas nicht stimmte.

Ich stöhnte. Wie sollte ich jetzt hier wegkommen? Verzweifelt schaute ich mich um und atmete erleichtert auf. Da, am Horizont … In der Ferne sah ich eine Mutter mit einem Kinderwagen auf mich zukommen. Ein Kind auf einem Skateboard begleitete sie. „Was für ein Glück", dachte ich, „die kommt ja wie gerufen."

16

Aber als die Frau näherkam und ich sie erkennen konnte, verflog meine Erleichterung: Ich stellte fest, dass es meine Nachbarin war. „Ausgerechnet die!", schoss es mir durch den Kopf.

Eigentlich kannte ich sie ja nur vom Sehen. Na ja, und von den Streitereien im Treppenhaus. Sie wohnt schließlich über mir. Mit zwei kleinen Kindern. Das kann sich keiner vorstellen, welchen Lärm diese beiden Kinder machen. Das eine jedenfalls, das schon laufen kann, aber das kleinere auch, es schreit immer wieder und das kann ich in meiner Wohnung deutlich hören, wenn ich den Fernseher leise stelle. Jedenfalls machen die Kinder auch Lärm, wenn sie auf dem Spielplatz hinter dem Haus toben. Da macht es auch nichts aus, dass nur meine Küche und mein Badezimmer in Richtung Spielplatz liegen. Schließlich benutze ich diese beiden Räume. Und der Kinderwagen unter der Treppe stört auch. Würde ich dort mal etwas abstellen wollen, wäre gar kein Platz mehr. Das ist nicht korrekt, schließlich gehört der Platz unter der Treppe der Allgemeinheit. Ich könnte ihn nicht benutzen, wenn ich wollte und das könnte ja sehr kurzfristig mal notwendig sein.

Meine geschiedene Frau hat immer gesagt, wir sollten froh sein, dass die Kinder in der Wohnung so artig sind und ich solle mich entspannen. Und der Spielplatz hinter dem Haus sei schließlich zum Spielen da. Aber dem konnte ich nicht zustimmen. Hier ging es ja ums Prinzip. Wer heute auf dem Spielplatz krakeelt, wird morgen in der Wohnung randalieren und liegt übermorgen dem Staat auf der Tasche. Da bin ich mir ganz sicher.

Wenn meine Frau nicht so rechthaberisch gewesen wäre, wären wir bestimmt noch ein glückliches Paar.

Ich konzentrierte mich wieder auf meine Nachbarin und dachte nach. „Sollte ich sie um Hilfe bitten?" Mich schauderte. „Nein, das kam gar nicht in Frage. Niemals!"

So entspannt wie möglich blieb ich auf dem Spazierweg liegen und tat so, als wenn alles in Ordnung wäre. Ich versuchte, mich etwas zu bewegen, so dass es hoffentlich so aussah, als würde ich Gymnastik machen.

Dann erreichte mich das ältere Kind auf seinem Skateboard. Zuerst befürchtete ich, es würde einfach über mich drüberfahren, da es keine Anstalten machte, seine Geschwindigkeit zu drosseln. In voller Fahrt bremste es erst kurz vor mir ab. Eine Fontäne von Schmutz und kleinen Steinchen hagelte auf mich nieder. Das Kind sprang von seinem Skateboard runter und starrte mich von oben bis unten fragend an. „Wir sind hier nicht im Zoo!", blaffte ich das Kind an. „Mach, dass du wegkommst!"

„Mama, hier liegt der Blödmann aus dem ersten Stock", hörte ich das Kind seiner Mutter zurufen. Selbst aus der Ferne konnte ich sehen, dass die Mutter im Gesicht rot anlief. „Ich liege hier nicht, ich mache Gymnastik", sagte ich zu dem Kind.

18

Vielleicht etwas zu laut und zu aggressiv, das Kind lief jedenfalls schreiend zu seiner Mutter zurück.

Meine Nachbarin kam näher. „Herr Schneider, was machen Sie hier?" Es klang spöttisch und das Schlimmste an dieser Situation war, ich konnte mich ihr nicht entziehen. „Gehen Sie einfach weiter!", sagte ich zu meiner Nachbarin und versuchte, mich von ihr wegzudrehen. Da fuhr es mir wieder in den Rücken und ich schrie laut auf. Das Baby im Kinderwagen erschreckte sich und schrie auch laut auf. „Was hat der Blödmann?", wollte das ältere Kind wissen, das sich jetzt in Anwesenheit seiner Mutter wohl wieder stärker fühlte.

„Ich heiße Schneider!", protestierte ich, wobei mir wieder ein Stich durch den Rücken zog. „Und jetzt verschwindet! Es kommt sicher bald jemand vorbei, der mir helfen kann."

„Hier kommt keiner mehr vorbei", sagte meine Nachbarin, als sie sich umgeschaut hatte. „Da werden sie lange warten müssen!" In meinen Ohren klang es gemein und ich fühlte mich ihr ausgeliefert. „Natürlich, der nächste Spaziergänger wird mir schon helfen", sagte ich so überzeugend wie möglich. „Das glaube ich kaum", meinte meine Nachbarin, „es wird bald dunkel und die Jogger nutzen dann nur den beleuchteten Sportpfad. Da werden Sie wohl die Nacht hier verbringen müssen."

Mir wurde ganz übel. Vielleicht hatte sie ja recht.

Ich dachte kurz nach. „Na gut", sagte ich. „Sie können mir helfen." Warum sie jetzt die Augen verdrehte, konnte ich nicht verstehen. Schließlich wollte ich sie nur bitten, jemanden anzurufen, der mir helfen könne. Vielleicht würde die Feuerwehr mich aus meiner misslichen Lage befreien und mich nach Hause bringen. „Können Sie bitte die Feuerwehr rufen?", fragte ich sie. „Ich habe kein Handy", sagte meine Nachbarin, „das kann ich mir nicht leisten." „Das hatte ich ganz vergessen", ging mir ein Gedanke durch den Kopf. Ihr Mann war ja abgehauen. Sie war alleinerziehend mit zwei Kindern. Als Alleinerziehende war das Geld sicher öfter mal knapp. „Sie muss sicher sehr sparsam sein", dachte ich mir, während ich sie so betrachtete. „Na ja, kein Wunder, dass sie die Bälger alleine großziehen muss", überlegte ich. Meine Nachbarin war ja immer so rechthaberisch. Hat sie sich sicher von meiner Ex-Frau abgeguckt. Die beiden waren sich immer einig.

Während das ältere Kind hinterhältig versuchte, eine Schnecke zu überreden, auf mich heraufzuklettern, meinte meine Nachbarin nur, dass Starrsinn hier ja wohl gar nichts nützen würde. Schließlich könne sie mich ja nicht einfach so hier liegen lassen. Ich gab schlussendlich nach. Schließlich hatte es zwischenzeitlich angefangen, leicht zu regnen. Außerdem musste ich zur Toilette. Ich trinke Tee, viel Tee, grünen Tee. In der richtigen Temperatur aufgebrüht, stärkt er Geist und Seele und hält fit. Zugegeben, momentan fühlte ich mich nicht gerade im Gleichgewicht. Vielleicht hatte ich den Tee heute

20

zu lange ziehen lassen. Aber ich gab meiner Nachbarin recht und bat sie mehr oder weniger höflich, mich nach Hause zu tragen. Sie lachte auf. „Ich kann Sie nicht tragen. Sie sind mir viel zu schwer", sagte sie. Ich starrte auf den Kinderwagen. „Dann setze ich mich eben in den Kinderwagen", gab ich zur Antwort.

Das ältere Kind, irgendwann sollte ich mir den Namen mal merken, schaute nur erstaunt und meinte, ich wäre wirklich nicht ganz dicht. „Lass ihn liegen", sagte es zu seiner Mutter und zog an ihrer Hand, um von mir wegzukommen. „Was?", schrie ich vor Entsetzen auf und durch die ruckartige Bewegung schoss es mir wieder in den Rücken.

„Jetzt tun Sie schon was", raunzte ich meine Nachbarin an. „Ich bin schon ganz nass."

„Mama, können wir jetzt endlich gehen?", fragte das ältere Kind genervt. „Ich will unbedingt den Zeichentrickfilm sehen. Du hast gesagt, ich darf!" Der Tonfall des Kindes klang jetzt nörgelig.

„Das ist ja typisch", schaltete ich mich ein. „Kinder sollten nicht so viel Fernsehen gucken. Da verdummt man nur und …"

„Lassen Sie das mal meine Sorge sein", blaffte mich meine Nachbarin an und ich schwieg. Ich fühlte mich mehr und mehr unwohl und mir wurde klar, dass ich mich zusammenreißen musste. Auf dem nassen Boden hockend hatte ich bereits das

Gefühl, in die Hose gemacht zu haben. Langsam wurde mir kalt.

Meine Nachbarin schaute sich um und dachte kurz nach. „Ich glaube, ich weiß, wie wir Sie nach Hause bekommen. Leon, wir brauchen dein Skateboard! Da setzen Sie sich drauf und Ihre Beine legen Sie unten im Kinderwagen in den Korb. Ich schiebe Sie dann nach Hause. Los Leon, hilf mir!"

Leon wollte protestieren, aber seine Mutter schaute ihn nur mahnend an. Noch bevor ich begriff, was eigentlich vor sich ging, war meine Nachbarin dabei, mir das Skateboard unter den Hintern zu schieben. Leon zog widerwillig von oben an mir. Um nicht zu schwer zu sein, versuchte ich, mich mit den Händen abzustützen, um meinen Körper anzuheben. Es schmerzte sehr, aber ich biss die Zähne zusammen. In was für eine peinliche Situation war ich da geraten? Ich musste mich bei meiner Krankenkasse unbedingt über meinen Arzt beschweren. Mein Verstand sagte mir, dass er an meiner Misere Schuld hatte.

Als ich schlussendlich auf dem Skateboard saß und Leon mir angewidert auf Befehl seiner Mutter eine Hand reichte, damit ich das Gleichgewicht halten konnte, zog sie den Kinderwagen vor uns und ich schob meine Beine mit Ihrer Hilfe unter großen Anstrengungen und Gestöhne unten in den Korb.

Ob ich vom Regen oder vom Schweiß so triefte,

weiß ich nicht mehr. Aber so zusammengedrängt machten wir uns nun über den Pfad entlang auf den Nachhauseweg. Den Kinderwagen, an dem ich mich mit beiden Händen festhielt, hatte ich vor meinem Gesicht, und meine Nachbarin tippelte in kleinen Schritten hinter meinem Rücken her und schob uns langsam und vorsichtig den Pfad entlang. Ihre Jacke streifte immer wieder meinen Kopf, was mich sehr nervös machte. Aber in dem Moment, als ich mich bei ihr darüber beschweren wollte, stieß sie gerade schwer atmend Luft aus. Mir wurde klar, dass ihre Aufgabe, mich mitsamt dem Kinderwagen zu schieben, auch nicht gerade eine schöne Beschäftigung war. Also versuchte ich, mich lieber zurückzuhalten. Aber das war gar nicht so leicht. Jeder Stein und jede noch so kleine Erhebung auf dem Weg ließen mich vor Schmerz aufschreien. „Stellen Sie sich nicht so an", sagte meine Nachbarin zu mir, als ich wieder aufschrie. „Hier ist gar nichts, hier ist der Pfad ganz flach und asphaltiert. Sie sollte man wirklich nur in einem Aquarium halten, damit nichts an Sie rankommt." Ich schnaufte. Hätte ich laufen können, wäre ich aufgesprungen und hätte ihr meine Meinung gesagt. Aber ich durfte es mir mit ihr nicht verscherzen. Ich war auf sie angewiesen. Leider. Etwas Schlimmeres hätte mir gar nicht passieren können.

So zogen wir also wie eine skurrile Minikarawane langsam durch den Park vorwärts. Inständig hoffte ich, dass wir niemandem begegnen würden, der mich kannte. So nah, wie ich mich bereits dem Erdboden befand, würde ich aus Scham mit

Sicherheit sofort komplett darin verschwinden.

„Da vorne ist ein Hundehaufen", sagte ich. „Den habe ich beim Loslaufen gesehen", klärte ich sie auf. „Nicht, dass Sie da durchfahren." „Den habe ich auch gesehen", sagte meine Nachbarin. „Eine Sauerei ist das!" Ich nickte zustimmend. Diese Einstellung machte sie mir etwas sympathischer. Trotzdem hielt ich zur Sicherheit Ausschau nach dem Hundehaufen. Schließlich befand ich mich fast auf Augenhöhe mit ihm … Nicht auszudenken, wenn etwas von dem Hundehaufen nach oben spritzen würde, wenn wir versehentlich doch darüber fahren würden. In meiner Situation wäre ein Ausweichen unmöglich.

Aber bald hatten wir es geschafft. Als ich unser Wohnhaus sah, atmete ich tief durch. „Endlich!", sagte ich erleichtert und lächelte meine Nachbarin an. "Endlich haben wir es geschafft!" Ich freute mich, aber meine Nachbarin schaute mich nur mit großen Augen an. Sie war schweißüberströmt. „Ja! Gleich haben *wir* es geschafft", sagte sie und pustete sich eine Haarsträhne aus dem Gesicht. Irgendwie klang ihre Stimme sehr ironisch.

Dann erreichten wir die Haustür und kurzentschlossen klingelte meine Nachbarin andere Mitbewohner aus ihren Wohnungen. Sie erklärte durch die Gegensprechanlage jedem kurz die Situation und nachdem einige Nachbarn nach unten gekommen waren, trug man mich gemeinsam hoch in den ersten Stock. Auf dem Flur trafen wir noch weitere Nachbarn, die wie

Schaulustige gafften. Manche kicherten. „Wir sind gleich da!", sagte ich zu meinen Trägern und lächelte sie motivierend an. „Durchhalten!", spornte ich sie an. Aber mich überkam trotzdem die Angst, dass sie mich lieber fallen lassen würden. Zum Glück taten sie das aber nicht. Und trotzdem wurde ich irgendwie das Gefühl nicht los, dass sie mir nur widerwillig halfen. Dabei war ich immer nett und freundlich, hatte für jeden ein nettes Wort übrig, wenn ich durch das Treppenhaus ging und die Hausordnung hatte ich auch immer exakt eingehalten. Aber ich finde es durchaus auch legitim und notwendig, andere Bewohner hin und wieder, auch vorsorglich, auf die Einhaltung unserer Hausordnung hinzuweisen. Schließlich wollen wir uns ja alle in unserem Haus wohl fühlen.

Plötzlich griff Frau Meier von nebenan nach meiner Trainingshose. Ich schrie auf. „Was soll das?" Sie schaute mich an. „Machen Sie sich mal keine Hoffnung, Herr Schneider, ich suche nur Ihren Wohnungsschlüssel." Sie grinste. „Sie haben doch wohl nicht im Ernst geglaubt …" „Nein, nein!", gab ich schnell zur Antwort. Frau Meier lachte laut auf und schüttelte dann den Kopf. „So ein …", begann sie einen Satz und Leon, das Kind meiner Nachbarin von oben, ergänzte nur: „Blödmann." „Kein Respekt, dieses Kind", dachte ich. Aber was sollte ich tun? Ich war machtlos und der Willkür meiner Nachbarschaft ausgeliefert.

Frau Meier öffnete meine Wohnungstür und Herr Kowalski und Herr Meier trugen mich durch die Diele in mein Wohnzimmer. „Nicht auf die Couch",

schrie ich auf, „meine Sachen sind ganz nass."
„Und wohin möchte der Herr?", fragte Herr Meier
süffisant. Ich schaute mich um. „Eigentlich würde
ich zuerst gerne mal meine Sachen ausziehen",
gab ich zu. „Vergiss es!", entschied Herr Meier und
die beiden legten mich mehr oder weniger sanft
auf das Sofa. Ich hätte heulen können, mein
schönes Sofa wurde nass. Und ich hatte immer so
gut darauf geachtet, dass nichts drankam. So eine
Anschaffung sollte sich ja schließlich
generationsübergreifend lohnen. Ich war empört,
aber da es sich um einen persönlichen Notfall
handelte, schluckte ich meine Verärgerung
hinunter. Auch wenn es mir sehr schwerfiel.

Mühsam rückte ich mich etwas zurecht.

„Na, und, Frau Bauer, was machen wir jetzt mit
ihm?", fragte Frau Meier meine Nachbarin. „Hast
du eine Idee?" Ach ja, schoss es mir durch den
Kopf, die Nachbarin über mir heißt ja Frau Bauer.
Irgendetwas mit dem Buchstaben *B* hatte ich noch
gewusst. Aber ich dachte, der Name wäre *Baum*.
Egal, das spielte jetzt keine Rolle. Die beiden
schienen sich jedenfalls zu duzen. „Das wäre mir
viel zu nah", dachte ich. „Auf *du* mit fremden
Leuten aus dem Haus? Nein, da war ein gewisser
Abstand besser angebracht. Sonst würden
nachher noch alle ständig bei mir klingeln, weil sie
das eine oder andere brauchen oder vergessen
haben einzukaufen. Nein, nein. Für mich kommt
das nicht in Frage."

Die Männer hatten sich bereits verabschiedet. Sie

26

hatten irgendetwas von Fußball gesagt und sich schleunigst aus meiner Wohnung zurückgezogen. Als wenn Fußball wichtiger wäre als ich. Leon, den Namen schien ich mir wenigstens gemerkt zu haben, hatte seinen kleinen Bruder, oder ist es eine kleine Schwester, aus dem Kinderwagen genommen und war damit bereits eine Etage weiter nach oben gegangen.

„Hm, ich denke, wir sollten auf jeden Fall einen Arzt anrufen", meinte Frau Bauer. „Herr Schneider, haben Sie irgendwo die Telefonnummer Ihres Arztes?"

Ich sagte ihr, dass die Nummer in meinem Telefon unter der Kurzwahl 1 eingespeichert sei. Sie schaute mich fragend an. „Und wie geht das? Wie drücke ich die Kurzwahl?" Genervt schaute sie auf mein Telefon. „Frauen", flüsterte ich leise vor mich hin und bat sie, mir das Telefon zu geben. „Ich rufe selbst an, sonst hat die Praxis noch geschlossen, bevor sie überhaupt die Nummer gewählt haben", stieß ich hervor. Frau Bauer schnaufte angestrengt und verdrehte die Augen. Dann reichte sie mir mit einem demonstrativen „Bitte schön, der Herr!" das Telefon. „Ich glaube heute ist bis neunzehn Uhr jemand erreichbar", sagte ich und drückte die Kurzwahl 1. Kurz darauf meldete sich der Empfang der Arztpraxis.

„Hier Arztpraxis Doktor Moltke", sagte eine junge Dame freundlich. „Hier Herr Schneider", sagte ich und fuhr ohne Pause weiter fort: „Ich war heute Nachmittag beim Herrn Doktor und der hat gesagt,

27

ich solle mehr Sport machen und jetzt bin ich gelaufen und hingefallen und jetzt tut alles weh und ich liege zu Hause auf dem Sofa und meine Hose ist nass und Frau Bauer und Frau Meier sind auch noch hier und …" Die junge Dame fiel mir ins Wort. „Moment bitte, Herr Schneider. Ihren Vornamen brauche ich bitte noch." „Aber den wissen Sie doch", sagte ich trotzig. „Ihren Vornamen, bitte", hörte ich die Stimme der Arzthelferin. Ich gab klein bei: „Walther", antwortete ich. „Walther, mit *th*. Es dauerte einen kurzen Moment. „Ach ja, Herr Schneider, richtig, Sie waren heute Nachmittag ja bereits bei uns. Ich erinnere mich. Können Sie nochmal in der Praxis vorbeikommen?" Ich lachte zynisch auf. „Nein, kann ich nicht, mein Rücken tut weh. Ich kann mich nicht bewegen", sagte ich und schob noch ein lautes „Au!" hinterher, um mein Leiden zu verdeutlichen.

Frau Bauer und Frau Meier kicherten und ich schaute sie böse an. „Kann der Doktor nicht bei mir vorbeikommen?", stöhnte ich in die Sprechmuschel.

„Moment bitte", hörte ich die junge Dame sagen, „ich spreche mit dem Doktor." Ein melodischer Singsang erklang im Hörer und eine Stimme bat mich, in der Leitung zu bleiben.

Frau Bauer und Frau Meier schauten mich fragend an. Ich hielt die Hand über die Sprechmuschel und sagte, dass die Empfangsdame mit dem Doktor sprechen würde. „Er kommt sicher sofort vorbei", sagte ich.

„Natürlich", meinte Frau Bauer. „Schließlich sind Sie ja sein wichtigster Patient." Ich nickte zustimmend. Aber schwang da nicht ein ironischer Unterton bei ihr mit? Dabei stimmte es doch. Abgesehen davon: Ohne die Anweisung von Herrn Moltke würde ich jetzt gemütlich vor dem Fernseher sitzen.

Ich wurde in meinem Gedankengang unterbrochen. „Herr Schneider?", meldete sich die Stimme der Arzthelferin. „Ja", antwortete ich. „Also der Herr Doktor kommt nach Ende der Sprechstunde bei Ihnen zu Hause vorbei. Bis dahin sollen Sie sich schonen. Er wird in ungefähr 45 Minuten bei Ihnen sein. Ist das für Sie in Ordnung?" „Ich werde es bis dahin aushalten", sagte ich, bedankte mich und legte auf.

45 Minuten, okay, damit würde ich zurechtkommen. Ich entspannte mich ein wenig.

„Dann können wir ja jetzt gehen", meinte Frau Meier und Frau Bauer stand von meinem Fernsehsessel auf. „Ich muss mich sowieso um die Kinder kümmern." „Ja, ja, gehen Sie nur. Sie können die Wohnungstür ja angelehnt lassen, dann kann der Doktor ja direkt reinkommen. Und wenn Sie unten in der Haustür den kleinen Hebel nach oben drücken würden, dann kann man die Haustür so öffnen, ohne dass man klingeln muss", sagte ich zu den beiden Frauen. „Jawohl, Herr Schneider", sagte Frau Meier und die beiden bewegten sich zur Wohnungstür. „Und nicht vergessen, den Hebel dann wieder zurückzustellen, wenn der Doktor wieder weg ist, damit nicht jeder ins Haus kann. Das sage ich nicht wegen mir, sondern zu unserer aller Sicherheit." Frau Meier und Frau Bauer schauten sich stirnrunzelnd an. Eigentlich hatte ich ein zustimmendes Lob hierzu erwartet.

Als die beiden Frauen meine Wohnung verlassen hatten, hörte ich noch, wie sie sich im Treppenhaus unterhielten.

„Ganz schön ordentlich bei Herrn Schneider", sagte Frau Meier. „Sieht ja fast aus wie in einem Möbelhaus. Die schwere Eichenschrankwand und die Hängevitrine mit den Zinnbechern drin. Und die Kupferstiche an den Wänden. Und dann das Telefontischchen. Fehlen nur noch die Preisschilder an den Möbeln. Und diese Tapete …" Sie lachten. „Na ja, wenn man alleine lebt, verstärken sich halt so einige Macken", hörte ich Frau Bauer sagen. „Mir wäre das zu steril und zu tot, da liegt ja keine Teppichfranse schief", sagte daraufhin Frau Meier. „Und altbacken ist es auch. Aber ich muss ja nicht in diesem historischen Museum leben …", beendete sie ihren Satz.

Ich hörte zu, wie die beiden Frauen sich über meinen Wohnstil und meinen Ordnungssinn amüsierten.

Vorsichtig richtete ich mich auf und schaute mich um. Es stimmte, die Teppichfransen von meinem teuren Wohnzimmerteppich lagen ordentlich auf dem Boden. Aber so ist das ja auch richtig. Und was heißt hier Möbelhaus oder Museum? Ich finde meine Ordnung sinnvoll und praktisch. Es erleichtert mir das Leben und den Alltag. Und darauf kommt es an. Ich muss mir das Leben ja nicht umständlicher machen, als es eh schon ist. Wie heißt es so schön? Ordnung ist das halbe Leben! Und für mich macht dieses Motto Sinn. Und es gibt mir Ruhe. Aber Frauen scheinen dafür ein anderes Verständnis zu haben. Oder gar keins. Meine Ex-Frau hat auch nicht verstanden, warum alles sofort wieder auf seinen zugeordneten Platz muss, wenn man es nicht mehr braucht. Wenn ich zum Beispiel die Fernbedienung vom Fernseher nicht auf ihren Platz zurücklege, wie soll ich dann am nächsten Tag wissen, wo sie ist? Sollte ich etwa jeden Abend die Fernbedienung suchen? Nein, auf so einen Stress hatte ich wirklich überhaupt keine Lust. Und mit Zwanghaftigkeit hat das nichts zu tun. Rein gar nichts! Und meine Tapete geht niemanden etwas an. Das orangefarbene Muster ist vielleicht etwas altmodisch, aber ich finde es klassisch und zeitlos und es passt sehr gut zu der braunen Grundfarbe. Braun ist eben sehr unempfindlich. Deswegen habe ich mich vor 20 Jahren ja für diese Tapete entschieden.

Langsam wurde ich darüber wütend, dass die beiden so über mich sprachen und gerade als ich ihnen erbost etwas zurufen wollte, wurde mir wieder bewusst, dass ich zur Toilette musste. Und zwar sehr dringend. Ich versuchte aufzustehen

31

und schrie laut auf.

Frau Bauer und Frau Meier, die noch immer vor der Wohnungstür gestanden hatten, stürmten zurück in mein Wohnzimmer. Mein erster Gedanke war, dass sie ja hätten klingeln müssen, bevor sie meine Wohnung betreten. Aber meine Blase drückte inzwischen dermaßen stark, dass ich nur noch stammeln konnte: „Muss mal." Dass ich meinen Nachbarinnen gegenüber einmal dieses Bedürfnis äußern würde, machte mich völlig fertig.

Frau Meier und Frau Bauer schauten sich ratlos und fragend an. „Und? Was bedeutet das für uns?", wollte Frau Bauer wissen.

„Ich kann nicht aufstehen und ich müsste mal dringend, Sie wissen schon …" „Haben Sie eine Ente?", fragte Frau Meier. „Eine was?", fragte ich erstaunt. „Eine Ente. So wie im Krankenhaus. Dann können Sie auf dem Sofa bleiben und in die Ente machen." Ich schüttelte den Kopf. „Auf gar keinen Fall!", protestierte ich. „Erstens habe ich keine Ente und zweitens mache ich nicht auf mein Sofa." „Sie sollen nicht auf das Sofa machen", sagte Frau Bauer. „Sie hätten in die Ente gemacht. Oder Sie nehmen eine Flasche …"

Es schauderte mich. Jetzt diskutierte ich mit meinen Nachbarinnen darüber, wie und wohin ich urinieren sollte.

„Ich will zum WC!", schrie ich auf. „Kann mich denn keiner verstehen?" Die ersten Tränen rollten mir

32

über die Wangen. „Ich will doch nur urinieren gehen!" Oh je, wie tief war ich gesunken. Jetzt bettelte ich schon darum, auf die Toilette gehen zu dürfen.

„Komm, Sibylle!", sagte Frau Meier, „wir schleppen ihn rüber zum Bad". Frau Bauer und Frau Meier postierten sich rechts und links neben mir und zogen mich langsam nach oben in eine mehr oder weniger stehende Position. Mein Rücken fühlte sich an, als würden Moskitoschwärme darauf einstechen. Ich stöhnte auf, aber das Gefühl, dass meine Blase gleich platzen würde, siegte und so machten wir uns in kleinen und langsamen Schritten auf in Richtung Bad.

Dort angekommen, positionierten die Frauen mich vor der Toilette und Frau Meier öffnete mit verzogener Miene den Toilettensitz. „Hose runter!", befahl sie. Entgeistert sah ich die beiden Frauen an. „Vor Ihnen?", entfuhr es mir. „Ich soll mich vor Ihnen entblößen und mich aufs WC setzen? Niemals!"

Frau Bauer lachte. „Ach, und wie wollen Sie sich alleine hinsetzen? Wir werden Ihnen schon nichts weggucken." Meine Blase war kurz vor dem Überlaufen und zur Demonstration, dass ich mein kleines Geschäft alleine verrichten konnte, versuchte ich, etwas in die Hocke zu gehen. „Aua!", schrie ich laut auf und ruckartig bewegte ich meinen Oberkörper nach oben. Wieder entfuhr mir ein Schrei. Der Schweiß brach mir aus. In so einer unangenehmen Situation hatte ich noch nie gesteckt. Ich stammelte los, dass ich noch nie vor jemandem auf der Toilette gesessen hatte und mir das alles ganz peinlich wäre.

„Noch nicht mal vor Ihrer Frau?", wollte Frau Bauer wissen. Ich wurde rot. „Noch nicht mal vor Ihrer Frau! Meine Güte." Frau Bauer schüttelte den Kopf. „Sie sind ja vielleicht verklemmt."

„Drei, zwei, eins ...", zählte Frau Meier plötzlich und bei null zogen mir die beiden Frauen rechts und links die Trainingshose und Unterhose herunter. Vor lauter Schreck kippte ich nach hinten und Frau Bauer und Frau Meier dirigierten mich dabei instinktiv auf den Toilettensitz. Erwartungsvoll schauten die beiden mich an. „Und?", fragte Frau Bauer, „zufrieden?"

Ich fühlte mich von den Blicken meiner Nachbarinnen bedrängt. Schließlich schrie ich verzweifelt laut auf: „Ich kann nicht! Gehen Sie bitte raus! Schnell, ich platze gleich!"

Völlig desinteressiert und sich dabei unterhaltend, verließen die beiden Frauen das Badezimmer und ich tat, was ich seit einer gefühlten Ewigkeit tun musste. Es fühlte sich toll an!

Nachdem ich noch eine Weile entspannt hatte, versuchte ich, mir die Hose wenigstens so hoch wie möglich zu ziehen. Ich erwischte den Hosenbund der Trainingshose und zog mit aller Kraft. Die Unterhose rutschte automatisch ein wenig mit nach oben. Wenigstens bis über die

34

Oberschenkel reichte nun die Hose. Aber aufstehen und die Hose ganz nach oben ziehen, war mir leider nicht möglich. Da konnte ich probieren, wie ich wollte. Mein Rücken schmerzte zu sehr.

Nach einigen Fehlversuchen gab ich schließlich auf. „Fertig!", schrie ich in den Wohnungsflur und fühlte mich wie ein kleines Kind, dem geholfen werden musste. Aber irgendwie war ich das momentan wohl auch. Frau Bauer und Frau Meier kamen wieder zurück. „Na also, ging doch", sagte Frau Meier. Die beiden zogen erst mich und danach meine Hose nach oben. Abschließend betätige Frau Meier die Spülung und grinste: „So, jetzt Hände waschen und dann wieder aufs Sofa." Sie schien die Situation zu genießen, mir Anweisungen geben zu können. Aber was blieb mir anderes übrig? Wortlos fügte ich mich meinem Schicksal.

„Meine Kleidung ist noch ganz nass", stammelte ich auf dem Weg ins Wohnzimmer. „Könnten Sie mir bitte etwas anderes zum Anziehen geben? In meinem Schlafzimmer über dem Stuhl liegen eine bequeme Hose und ein Pulli. Die würde ich gerne anziehen." Frau Bauer machte sich auf den Weg ins Schlafzimmer. Es lag genau unter ihrem. „Und frische Unterwäsche?", rief sie von dort. „Wo haben Sie trockene Unterwäsche? Ihre ist doch nass." „In der Kommode rechts vom Bett", rief ich ihr zu.

Als sie zurückkam, halfen mir die beiden Frauen,

35

mich umzuziehen. Nackt stand ich vor ihnen und fühlte mich hilflos und verloren. Aber die beiden machten das sehr routiniert. „Hat wohl auch Vorteile, wenn man Kinder hat, die man versorgen muss", schoss es mir durch den Kopf. Aber peinlich war mir die Situation schon.

„Bitte erzählen Sie niemandem davon", bat ich die beiden Frauen. Zu meiner Erleichterung nickten sie mir zu.

Nach einigen Minuten hatte ich es mir wieder auf einem trocknen Teil des Sofas einigermaßen bequem gemacht. „Ich muss jetzt aber wirklich nach oben", sagte Frau Bauer. „Ich muss den Kindern etwas zu essen machen." Im gleichen Moment kam endlich der Arzt zur Tür rein. „Hallo Herr Schneider, Tag die Damen." Er schaute die beiden Frauen lächelnd an. „Na, Herr Schneider, da werden Sie ja gut versorgt. Gleich von zwei Frauen." Ich wollte gerade etwas Negatives sagen, aber Frau Bauer und Frau Meier waren mir ja wirklich eine große Hilfe gewesen. „Ja, die beiden Damen haben mir sehr gut geholfen", gab ich zur Antwort. „Danke", sagte ich noch kleinlaut zu den beiden Frauen, als sie mein Wohnzimmer verließen.

„Na, dann erzählen Sie mal, was passiert ist", sagte Herr Moltke und ich gab ausführlich Auskunft. Leider vergaß ich zu erwähnen, dass ich der Meinung war, dass das alles nie passiert wäre, wenn er mich nicht zu mehr Bewegung aufgefordert hätte. Dann hätte er sich sicher sofort bei mir entschuldigt.

Es folgten ein paar Beweglichkeitsprüfungen und Herr Moltke nickte. „Ich gebe Ihnen erstmal eine Spritze", sagte er schließlich, „dann geht es Ihnen gleich besser und morgen kommen Sie dann zu mir in die Praxis. So wie es aussieht, haben Sie sich nur einen Nerv eingeklemmt." „Nichts Lebensbedrohliches also? Sicher?", wollte ich wissen. „Es fühlt sich sehr ernsthaft an." „Ziemlich sicher", sagte Herr Moltke und setzte mir die Spritze. „Legen Sie sich noch ein wenig hin und ruhen Sie sich aus." „Und wenn es nicht besser wird?", fragte ich den Arzt. „Kann ich Sie dann zu Hause anrufen?" „Nein", antwortete Herr Moltke sehr bestimmt, „dann rufen Sie die Feuerwehr an." Enttäuscht schaute ich ihn an. Die Feuerwehr also. Ich wollte protestieren, dass ich mich von ihm vernachlässigt fühle und er schließlich die Verantwortung für mein Leben hätte, aber noch bevor ich den Mund aufmachen konnte, hatte er mit einem "Schönen Abend noch" die Wohnung verlassen.

Frau Bauer, obwohl sie nach oben gehen wollte, sowie Frau Meier standen noch immer in der Wohnung. Ich hatte sie gar nicht mehr bemerkt. Aber sie wollten wohl beide sichergehen, dass ich bei meinem Sturz nicht lebensgefährlich verletzt worden war. Ihre Anteilnahme musste ich ihnen wirklich hoch anrechnen.

„Na also, wird doch wieder", sagte Frau Meier. „Sybille bringt Ihnen gleich noch etwas zu essen

37

runter. Mein Mann und ich müssen heute Abend zum Kegeln. Aber Sybille guckt nach Ihnen." „Sybille müsste dann der Vorname von Frau Bauer sein", überlegte ich. Meine Ex-Frau hatte diesen Namen nie erwähnt. Oder? Ich war mir nicht sicher. Vielleicht hatte ich ihn nur überhört.

Frau Meier verließ den Raum. „Frau Meier?", rief ich hinterher. „Ja?", fragte sie. „Ähm, denken Sie bitte an den kleinen Hebel in der Haustür, ich …" Frau Meier schüttelte den Kopf. „Ja, Herr Schneider, ich denke daran." Dann verschwand sie aus der Wohnungstür. „Warum macht sie denn nur einen so genervten Eindruck?" fragte ich mich. „Ich wollte sie doch nur kurz daran erinnern." Zur Klarstellung rief ich ihr schnell noch hinterher: „Zu unserer aller …" „Sicherheit", rief sie aus dem Hausflur zurück. „Zu unserer aller Sicherheit! Ich weiß!"

Frau Bauer meldete sich zu Wort. „Ich muss mich jetzt wirklich um die Kinder kümmern", sagte sie. „Ich komme dann nachher noch mal runter und bringe Ihnen etwas zu essen. Bleiben Sie am besten auf der Couch. Hier ist noch die Fernbedienung, dann können Sie sich ein wenig ablenken."

Normalerweise gucke ich Fernsehen, wenn ich im Fernsehsessel sitze", sagte ich und schaute Frau Bauer erwartungsvoll an. Aber Frau Bauer ignorierte mich nur, schnaufte und verließ ohne weiteren Kommentar meine Wohnung. In den Fernsehsessel würde ich es nicht schaffen. Also richtete ich mich auf dem Sofa ein wenig auf, rückte mich zurecht und schaltete den Fernseher ein. Gleich würde der Fernsehfilm kommen, den ich mir heute Morgen schon aus der Fernsehzeitschrift ausgesucht hatte. Ich freute mich. Jetzt bekam der Tag wieder ein bisschen Normalität, die mich beruhigte. Das Einzige, was mich momentan noch unruhig machte, war das nass gewordene Sofa. „Das ist sicher bald wieder trocken", hoffte ich und pustete ein wenig in Richtung der Nässe. Aber mir wurde schwindelig dabei und so gab ich diesen Versuch bald wieder auf.

Langsam schien aber die Spritze Wirkung zu zeigen. Ich entspannte mich mehr und mehr und war auch in der Lage, mir selbst ein Glas Mineralwasser einzuschenken. Glücklicherweise stand immer eine Flasche Mineralwasser neben dem Sofa im Flaschentragekorb. Das tat gut. Ich hatte gar nicht bemerkt, dass ich so durstig war. „Aber ich sollte nicht zu viel trinken", schoss es mir durch den Kopf. Sonst muss ich zu oft zur Toilette. Das Erlebnis, mit Frau Bauer und Frau Meier ins Bad zu gehen, steckte mir noch tief in den Knochen und hatte sich vermutlich für immer und ewig in mein Gedächtnis eingebrannt.

Nach einigem Hin- und Herrücken auf dem Sofa stellte ich fest, dass ich mich nicht auf das Fernsehen konzentrieren konnte. Das war einfach nicht meine gewohnte Sitzposition. Sehnsüchtig schaute ich zu meinem Fernsehsessel. Dann richtete ich meinen Oberkörper auf, schob mich langsam nach vorne bis an den Rand des Sofas und begann, langsam aufzustehen. Dabei achtete ich darauf, ob es mir irgendwo weh tat und wo der Schmerz saß. Erstaunlicherweise kam ich recht gut nach oben, schlurfte langsam zu meinem Fernsehsessel und setzte mich vorsichtig hinein. Ja, so war es gut. So konnte ich entspannt fernsehen. Jetzt war fast alles so wie früher. Langsam wurde ich innerlich ruhiger.

Schließlich musste ich eingeschlafen sein. Erst ein durchdringendes Räuspern weckte mich auf. Frau Bauer stand mit einem Tablett in der Hand in meinem Wohnzimmer. Ich erschrak. „Die Wohnungstür wird doch wohl nicht die ganze Zeit über offen gestanden haben?", entfuhr es mir. „Da hätte ja jeder ..." „Keine Bange", sagte Frau Bauer, „die Tür war zu. Ich habe mir den Schlüssel mitgenommen, der draußen am Schlüsselbrett hing. Es stand ja deutlich *Gästeschlüssel* dran. Der Schlüssel war allerdings ein wenig staubig." Sie zuckte mit den Schultern. „Aber das geht mich nichts an. Hier ist das versprochene Abendessen."

„Danke", sagte ich zu ihr. Den Gästeschlüssel hatte ich ganz vergessen. Den musste ich unbedingt woanders deponieren, den hätte ja jeder mitnehmen können und ich hätte es noch nicht mal bemerkt. Aber in dem Fall war es nicht so verkehrt. „Aber Sie hätten mich wenigstens fragen können", rügte ich sie.

„Wie sind Sie denn in den Sessel gekommen?", fragte mich Frau Bauer und ignorierte ganz einfach meine Rüge. „Langsam, ganz langsam", antwortete ich und Frau Bauer musste lachen. Ich glaube, ich hatte sie noch nie lachen gesehen. Aber so vertraut sind wir ja auch nicht miteinander.

„Ich werde hier im Sessel essen. Sie können mir das Tablett gleich in die Hand geben", sagte ich zu ihr. Sie hatte eine Suppe gekocht und etwas Brot dazugelegt. Sehr lecker. In unserer Kantine rochen die Suppen nicht so gut, aber daran hatte ich mich schon gewöhnt. Das hier war wirklich noch mal was anderes. „Danke schön", sagte ich zu Frau Bauer, als sie den Raum verließ. „Guten Appetit und gute Nacht", sagte sie, als sie sich noch mal umdrehte. „Ich vermute, Sie werden dann alleine ins Bett kommen."

„Ja, danke", sagte ich. „Im schlimmsten Fall schlafe ich einfach hier im Sessel."

Als ich am nächsten Tag aufwachte, lag ich wirklich noch in meinem Fernsehsessel. Zum Glück war dieser bequem, so dass ich nicht zusätzlich noch Verspannungen hatte. Die Investition vor einigen Jahren in diesen Sessel hatte sich auf jeden Fall gelohnt.

Ich schaltete den Fernseher, der noch immer lief, aus und stand vorsichtig auf. „Das fühlt sich schon viel besser an als gestern", dachte ich und streckte mich vorsichtig ein wenig. Zuerst mal ins Bad. „Ich habe ganz vergessen, mir gestern die Zähne zu putzen", schoss es mir durch den Kopf. Sofort spürte ich einen pelzigen Geschmack im Mund.

41

Aber das musste jetzt warten. Zuerst machte ich mir mein Müsli und eine Tasse Tee. Das brauche ich morgens, um zu mir zu kommen. Und ich musste dringend im Büro anrufen. Herr Moltke hatte gesagt, dass ich heute in die Praxis kommen soll. Aber das Büro war frühestens in 15 Minuten besetzt. Da konnte ich noch in Ruhe zu Ende frühstücken.

Schon acht Minuten später saß ich mit dem Telefon in der Hand am Küchentisch. Der Zeiger bewegte sich nur langsam. Jetzt nur noch drei Minuten ... zwei ... und eine ... Um Punkt 08:00 Uhr wählte ich die Telefonnummer des Büros. „Die Firma Plünder & Co. Guten Tag. Was kann ich für Sie tun?", meldete sich die Zentrale. „Guten Morgen, hier ist Walther Schneider aus der Kalkulation. Walther mit *th*. Ich möchte bitte die Personalabteilung sprechen. Ich war gestern nämlich joggen und ..." Die Leitung klackte. „Bitte warten, Sie werden weiterverbunden ...", meldete sich eine automatische Stimme. Überrascht schaute ich auf den Telefonhörer. Die Zentrale hatte mich nicht ausreden lassen, das sollte ich der Geschäftsleitung melden. Unmöglich sowas. Doch bevor ich mich weiter aufregen konnte, meldete sich eine Männerstimme: „Personalabteilung, guten Morgen, was kann ich für Sie tun?" „Guten Morgen", sagte ich, „hier spricht Walther Schneider, Walther mit *th*. Ich möchte mich krankmelden. Ich war gestern ..." Ich entschied spontan, mich kurz zu fassen. „Also ich hatte gestern einen Unfall und muss heute zum Arzt. Könnten Sie das bitte notieren? Meine

42

Personalnummer ist die 004657." „Das hat ihn jetzt bestimmt beeindruckt, dass ich meine Personalnummer weiß", dachte ich mir.

„Herr Schneider, ja,", der Mann tippte auf eine Tastatur, „Sie sind aus der Kalkulation. Ich gebe Ihrem Vorgesetzten Bescheid. Bitte schicken Sie uns eine Krankschrift und teilen Sie uns mit, wenn Sie längere Zeit krank sind. Danke für Ihren Anruf und gute Besserung."

„Danke", wollte ich noch sagen, aber da war der Hörer auf der anderen Seite schon wieder aufgelegt worden. Komisch, es war doch schon kurz nach acht und der Personalbuchhalter machte den Eindruck, als hätte er Stress.

Egal, ich hatte meiner Pflicht genüge getan und jetzt hieß es, sich für den Arztbesuch vorzubereiten. Zähne putzen, duschen, anziehen und dann los. Ich wusste, dass die Praxis um 09:00 Uhr öffnet. Ich brauche zu Fuß ca. 15 Minuten bis zur Praxis. Ich musste also um 08:45 Uhr von zu Hause losgehen. „Stopp!", schoss es mir durch den Kopf. „Ich brauche etwas länger heute, da ich nicht so schnell gehen kann. Also gehe ich um 08:35 Uhr los. Dann dürfte ich gegen 09:00 Uhr dort sein." Ich schaute auf die Uhr. Schon 08:12 Uhr. Jetzt musste ich mich ja schon richtig beeilen.

Um 08:55 Uhr erreichte ich die Praxis. Diese war natürlich noch verschlossen. Ich überlegte: „Ob ich klingeln sollte? Nein, das wäre wohl unhöflich.

Aber ich stellte mich deutlich vor die Tür, so dass jedem, der nach mir kam, klar sein musste, dass ich als Erster heute Morgen hier war." Das schien mir ein guter Plan zu sein.

Um 09:00 Uhr rüttelte ich an der Tür. Merkwürdig, noch immer geschlossen. Dabei war es doch Punkt neun. Ich schaute noch mal auf meine Uhr. „Vielleicht ist die Praxis ja heute zu", ging mir ein Gedanke durch den Kopf. „Aber dann hätte Herr Moltke gestern doch nicht gesagt, dass ich vorbeikommen soll." Schweißperlen bildeten sich auf meiner Stirn. „Und wenn die Praxis heute geschlossen hat? Und ich bekomme keine Krankschrift? Das würde bestimmt eine Abmahnung bedeuten." Mir wurde schlecht. Panisch suchte ich nach einem Hinweisschild zu den Öffnungszeiten und nach einem Zettel, ob die Praxis vielleicht wegen Urlaubs geschlossen hatte. Das wäre eine Katastrophe. Ich versuchte, tief durchzuatmen und mich zu beruhigen.

Im gleichen Moment gab es ein leises Klacken im Türschloss und als ich erneut gegen die Tür drückte, ließ sie sich öffnen. 09:03 Uhr. „Na gut, ein bisschen zu spät, aber ich will ja nicht so sein."

„Guten Morgen!", sagte ich demonstrativ und konnte es mir nicht verkneifen, auffällig auf meine Armbanduhr zu schauen. „Guten Morgen, Herr Schneider", sagte die Sprechstundenhilfe. „Der Herr Doktor hat schon gesagt, dass wir mit Ihnen rechnen sollen. Nehmen Sie doch bitte im Wartezimmer Platz, Sie können dann gleich zum

44

Herrn Doktor rein." „Warum hinterlässt der Hinweis, dass Herr Moltke mich bereits angekündigt hat, bei mir einen fahlen Beigeschmack?", fragte ich mich. „Aber sicher hat er es nur gut gemeint, damit ich nicht so lange warten muss. Außerdem hat er ja mitbekommen, in welchem gesundheitlichen Zustand ich gestern war. Da ist es ja das mindeste, dass ich bevorzugt behandelt werde." „Und ich brauche unbedingt eine Krankschrift", sagte ich zu der Sprechstundenhilfe. „Ich will nicht meinen Job verlieren." „Bekommen Sie", sagte die Sprechstundenhilfe, „aber nehmen Sie bitte erstmal im Wartezimmer Platz."

Kaum hatte ich mich hingesetzt und entschieden, keine Zeitschrift zu nehmen, weil sich das für die kurze Zeit nicht lohnte, krächzte eine Stimme aus dem Lautsprecher. „Herr Schneider, bitte ins Behandlungszimmer. Herr Schneider bitte." Ich stand vorsichtig auf und ging zum Behandlungszimmer.

Auf dem Weg dorthin streiften meine Blicke Auszeichnungen von Herrn Moltke, die im Gang aufgehängt waren. „Wofür hat der seine Auszeichnungen bekommen?", fragte ich mich kurz. Immerhin war er an meiner Misere schuld. Ich atmete tief durch und versuchte, diesen Gedanken schnell wieder zu verdrängen. Ich wollte nicht ungerecht sein. Herr Moltke hatte mich zwar aufgefordert, mich mehr zu bewegen, aber die Idee, joggen zu gehen, war mir schließlich selbst gekommen.

„Herein!", hörte ich die Stimme von Herrn Moltke, als ich an die Sprechzimmertür geklopft hatte.

„Guten Morgen", sagte ich beim Eintreten. „Da bin ich", sagte ich zu Herrn Moltke. „Sie waren ja gestern bei mir und haben gesagt, dass ich heute …" „Ich weiß", sagte Herr Moltke, „ich weiß. Ich habe Ihren Notruf von gestern nicht vergessen. Wie fühlen Sie sich denn heute?", fragte er und blätterte dabei durch meine Akte.

„Besser", sagte ich, „besser als gestern. Es schmerzt zwar noch ein wenig, aber im Vergleich zu gestern, ist das gar nichts. Wenn Sie mir noch eine Spritze geben, kann ich vielleicht morgen wieder ins Büro. Die rechnen ja nicht damit, dass ich ausfalle und meine Arbeit macht sich nicht von alleine …" Erwartungsvoll schaute ich Herrn Moltke an.

Er räusperte sich und rückte sich auf seinem Sessel zurecht. „Herr Schneider, wenn ich mir Ihre Krankenakte so ansehe und über unsere letzten Gespräche nachdenke, gewinne ich den Eindruck, dass Ihnen Entspannung mal guttun würde."

„Entspannung?", fragte ich. „Sie meinen Urlaub? Den habe ich schon geplant. In zwei Monaten habe ich zwei Wochen frei. Da will ich den Keller aufräumen und im Garten alles für den Sommer fit machen."

„Erholen Sie sich denn im Garten?", fragte mich Herr Moltke mit provozierendem Blick. „Sie waren doch im letzten Sommer mehrmals die Woche hier wegen Ihrer Rückenbeschwerden, wegen des Ausschlags und wegen der Entzündung im Daumen, weil Sie sich mit dem Hammer darauf gehauen hatten."

„Ach ja, der Ausschlag", sagte ich nachdenklich. „Das lag daran, dass ich den Rasen gedüngt hatte und danach barfuß über die Wiese gelaufen bin."

„Herr Schneider", sagte der Doktor und beugte sich leicht nach vorne, „Sie haben sich in Gedanken mit dem restlichen Düngerwasser aus der Gießkanne die Arme und das Gesicht gewaschen. Sie hatte keinen Ausschlag an den Füßen, sondern im Gesicht und an den Armen. Und auf den Daumen geschlagen haben Sie sich nur, weil Sie während des Hämmerns geschaut haben, was Sie als nächstes im Garten tun können. Ich habe mir diese Einzelheiten notiert, da wir uns so häufig sehen, dass es schon ungewöhnlich ist."

Ich schluckte und wollte etwas sagen. Aber der Doktor fuhr unbeirrt fort. „Herr Schneider, noch während Sie eine Arbeit verrichten, beschäftigen Sie sich bereits mit der nächsten und dann wieder mit der nächsten. Sie waren letztes Jahr sehr blass, als Sie ständig zu mir gekommen sind, obwohl sie während Ihres Urlaubs täglich im Garten waren. Sie waren alles andere als erholt. Man hatte den Eindruck, Sie hätten die zwei Wochen nur im Keller verbracht."

„Der Keller", sagte ich vor mir her, „den wollte ich ja letztes Jahr schon aufräumen ..."

„Herr Schneider, so geht das nicht weiter. Sie sind 53 Jahre alt. Seit Sie nicht mehr mit Ihrer Frau zusammen sind, wird es immer schlimmer mit Ihnen. Und ich sage das jetzt mal klar und deutlich: Sie müssen unbedingt zur Ruhe kommen und an Ihre Gesundheit denken. Und als ich Ihnen gesagt habe, dass Sie mehr Bewegung brauchen und Sport machen sollen, dachte ich eher an einen Sportverein, in dem Sie auch soziale Kontakte knüpfen können. Ich hatte ehrlich nicht damit gerechnet, dass Sie noch am gleichen Abend loslaufen würden. Sie sind doch überhaupt nicht im Training ..."

„Aber ich laufe im Büro die Treppen hoch", sagte ich, „und zu Hause auch ..." Meine Stimme versagte. Ich fühlte mich plötzlich so hilflos und ausgelaugt. Ich musste schluchzen und ließ die Schultern sinken.

„Herr Schneider, so geht das mit Ihnen nicht weiter. Man sieht Ihnen doch an, dass es Ihnen nicht gut geht. Sie sind immer angespannt und ziehen sich immer mehr zurück."

„Sie irren sich", sagte ich perplex nach so viel Offenheit. „Ich lebe gerne zurückgezogen und seitdem meine Frau nicht mehr da ist, ist mein Leben viel besser organisiert und strukturiert. Und ordentlicher. Ich fühle mich sehr wohl."

„Herr Schneider, ich gebe Ihnen den guten Rat, einmal eine Kur zu beantragen. Ich unterstütze Sie hierbei vollkommen. Sie sollten sich mal ein paar Wochen um Ihre Gesundheit kümmern und sich Gedanken um Ihr zukünftiges Leben machen. Wollen Sie sich wirklich immer mehr zurückziehen oder stehen Sie sich gerade selbst nur sehr im Weg, das Leben zu genießen? Gehen Sie zur Krankenkasse und holen Sie sich einen Kurantrag. Alleine schon mit Ihren ständigen Rückenbeschwerden dürfte es kaum ein Problem darstellen, die Kur genehmigt zu bekommen. Überlegen Sie es sich einmal. Sie haben meine volle Unterstützung."

Ich hatte einen Kloß im Hals und wollte noch etwas erwidern, aber mein Bauchgefühl sagte mir, dass der Doktor bei mir einen Nerv getroffen hatte. War ich wirklich zufrieden oder redete ich mir das nur ein? Was, wenn meine körperlichen Beschwerden eine tiefere Ursache hatten?

Noch bevor ich etwas sagen konnte, klopfte es an der Tür. „Herr Doktor, das Wartezimmer ist voll", sagte die Sprechstundenhilfe, als sie die Tür öffnete. „Ja, ich bin hier jetzt fertig", sagte Herr Moltke. „Herr Schneider erhält noch eine Krankschrift für die nächsten drei Tage, bitte geben Sie sie ihm mit."

„Danke, Herr Moltke", sagte ich zerknirscht. Meine Gedanken schwirrten durch meinen Kopf. Eine Kur beantragen? Ich? Aber ich war doch noch viel zu jung, und ich fühlte mich doch fit. Na ja, bis auf den

49

Rücken, die Gelenke und … Ich schnaufte. „Vielleicht ist die Idee gar nicht so schlecht. Ich denke mal darüber nach", sagte ich noch, als ich die Sprechzimmertür hinter mir schloss.

Ich steckte die Krankschrift auf dem Nachhauseweg gleich in den Briefkasten. Die Briefumschläge hatte ich schon beschriftet und Briefmarken hatte ich immer zu Hause. Für alle Fälle …

Als ich zu Hause das Treppenhaus betrat, kam mir Frau Bauer entgegen. Sie lächelte. „Na, da kann ja wieder jemand fast normal gehen. Ein bisschen langsam noch, aber das sieht doch schon wieder gut aus", sagte sie zu mir.

„Ja, danke", sagte ich leise und schlurfte die Treppen an ihr vorbei nach oben zu meiner Wohnung. Frau Bauer schüttelte den Kopf. „Herr Schneider? Ist alles in Ordnung?", rief sie hinter mir her.

„Ja, danke", wiederholte ich und öffnete meine Wohnungstür.

Plötzlich stand Frau Bauer hinter mir. „Herr Schneider, ich kenne Sie nun wirklich überhaupt nicht, aber dass etwas nicht in Ordnung ist, erkenne ich sofort. Benötigen Sie Hilfe?"

Ich erschrak, da mir gleich die Situation vom Vorabend einfiel, als Frau Bauer und Frau Meier mir auf die Toilette geholfen haben. Wie erniedrigend für mich. Ich schluckte, ging in mein Wohnzimmer und setzte mich aufs Sofa.

Frau Bauer, die hinter mir herkam, ließ nicht locker. Sie folgte mir bis zur Wohnzimmertür und fragte, ob sie jemanden anrufen solle, der mir helfen könne.

Ich dachte nach und schluchzte laut. „Nein", sagte ich zu ihr, „es gibt niemanden, den sie anrufen können und der mir helfen würde. Ich habe keine privaten Kontakte. Jedenfalls jetzt nicht mehr. Meine Schwester redet nicht mehr mit mir, seit ich von meiner Frau geschieden bin. Sie hält mich für einen Sturkopf. Dabei habe ich ihr gar nichts Böses getan." Die Tränen liefen mir jetzt die Wangen herunter und ich war über meine eigenen Worte sehr erschrocken. Zusammengesunken saß ich auf meinem Sofa und zog lautstark die Nase hoch.

„Taschentuch?", fragte Frau Bauer und hockte sich neben mich. Ich nickte und sie zog ein Papiertaschentuch aus ihrer Hosentasche. „Als Mutter hat man die immer dabei", sagte sie fast schon entschuldigend, als sie es mir reichte. Ich putzte mir die Nase, während mir Tränen die Wangen herunterliefen. „Aber Herr Schneider, Sie sind doch nicht alleine. Wenn Sie etwas brauchen, rufen Sie einfach nach mir." Sie schien über ihre eigenen Worte sehr verwundert zu sein und ergänzte schnell, „oder sie rufen Frau Meier. Aber jetzt hören Sie auf zu flennen, Sie sind ja schlimmer als meine Kinder."

„Und jetzt will der Arzt mich auch noch abschieben", stotterte ich vor mich hin. „Sie abschieben?", fragte Frau Bauer. „Wie meinen Sie das? Sie können doch nicht abgeschoben werden. Sie sind doch hier geboren worden."

„Nein, nicht so", sagte ich. „Er will, dass ich eine Kur mache. Wochenlang von zu Hause fort. Mit vielen Fremden in einem großen Schlafsaal, Schwefelbäder mit Dutzenden von Menschen, Ärzte, die einen auf dem Hof marschieren lassen und …"

„Herr Schneider!", unterbrach mich Frau Bauer, „was für einen Film haben Sie denn gesehen? Ich war auch schon mal in einer Kur und das hat mir sehr gutgetan. Und die Kinder waren auch mit. Wir hatten viel Zeit, uns um uns zu kümmern, wurden gut betreut und versorgt und die Anwendungen, die ich bekommen habe, haben mir alle sehr gutgetan. Und Massenschlafsäle gibt es nicht mehr. Diese Zeiten sind längst vorbei. Glauben Sie mir! Also ich finde das eine gute Idee von Ihrem Arzt. Eine Kur wird Ihnen bestimmt guttun. Danach sind Sie wieder fit und fühlen sich viel besser. Ich an Ihrer Stelle würde mich darüber freuen."

Frau Bauer stand auf. „Ich muss jetzt gehen. Wenn Sie möchten, bringe ich Ihnen heute noch mal etwas zu essen runter. Sie können ja sicher noch nicht einkaufen gehen."

Ich entspannte und beruhigte mich wieder etwas. „Ja, das wäre sehr freundlich von Ihnen. Aber nur, wenn es Ihnen keine Umstände macht. Ich habe notfalls noch ein paar Fertiggerichte im Tiefkühler. Die kann ich mir auch fertig machen. Die habe ich mal für Notfälle gekauft."

„Fertiggerichte?", fragte mich Frau Bauer. Das ist doch ungesundes Zeugs. Nein, nein, das kann ich nicht verantworten. Ich bringe Ihnen gegen 13:00 Uhr etwas zu essen vorbei. Leon ist dann aus der Schule zurück und bis dahin habe ich das Essen fertig. Ich kann Sie leider nicht zu mir nach oben bitten. Im Vergleich zu Ihrer Wohnung sieht es bei mir aus, als hätte eine Bombe eingeschlagen. Aber vermutlich kann keine Ordnung der Ihren standhalten."

„Fertiggerichte", murmelte Frau Bauer noch vor sich hin, als sie meine Wohnung verließ und schüttelte den Kopf.

„Aber ich bezahle dafür", rief ich ihr hinterher. Ich zweifelte daran, dass sie mich gehört hatte. Die Wohnungstür war schon ins Schloss gefallen.

Ich ließ mich auf mein Sofa zurückfallen und zuckte kurz zusammen, da ein Stich durch meinen Rücken fuhr. Ich dachte nach und spürte, wie ich zu meinem sachlichen Denken zurückkehrte. Da fühlte ich mich gleich wieder etwas wohler.

Eine Kur. Ich sollte also eine Kur machen. „Wie soll ich das denn meinem Arbeitgeber beibringen? Er braucht mich doch. Ich kann doch nicht mir nichts dir nichts einfach mal so ein paar Wochen ausfallen. Und wer soll dann meine Arbeit machen? Wer kümmert sich um meinen Garten oder um meine Zimmerpflanzen? Ich habe doch niemanden, der mich unterstützt …" Mich schauderte. „Ich habe doch niemanden", schoss es mir wieder durch den Kopf. In meinem Bauch meldete sich ein flaues Gefühl. *Ich habe doch niemanden.*" Und wenn ich jetzt zur Kur gehen würde, hätte ich noch nicht mal mehr meine Arbeit … Meine Gedanken überschlugen sich und ich musste nach Luft schnappen. Oh je, ich wäre ohne Existenzsicherung … Ich würde meine Miete und meine Rechnungen nicht mehr bezahlen können. Der Gerichtsvollzieher würde klingeln und einen Kuckuck auf alle meine Möbel kleben. Auf meinen Fernseher, meine Stereoanlage und dann würde er meine Geldbörse ausschütten und sich das Geld in seine Tasche stecken. Dabei würde er hämisch lachen und ich könnte seine großen Zähne sehen, die aussehen würden wie die Zähne eines Raubtieres. In meinen Gedanken sah ich einen Teufelsschwanz, als der Gerichtsvollzieher sich umdrehte, um ins Schlafzimmer zu gehen, um mein Erspartes zu suchen. Ich schreckte hoch und erwachte schweißgebadet. Ich musste wohl eingeschlafen sein. Erleichtert atmete ich durch.

Noch immer etwas wirr im Kopf, stand ich vorsichtig auf. Ich versuchte, einen klaren Gedanken zu fassen. Nein, so ging das wirklich nicht weiter. Ich musste etwas für meine Gesundheit tun. Und zwar jetzt! Ich richtete mich gerade auf. „Autsch", entfuhr es mir. Durch meinen Rücken war wieder ein Stechen gefahren. Ich musste wohl *dringend* etwas für meine Gesundheit tun.

Ich griff nach dem Telefonhörer, drücke die Kurzwahl 1 und kurz darauf hatte ich einen Termin mit der Sprechstundenhilfe von Herrn Moltke für die kommende Woche vereinbart. „Ich möchte mit Herrn Doktor über meinen Kurantrag sprechen", sagte ich zu ihr. „Das Formular hole ich mir morgen bei der Krankenkasse", sagte ich und legte zufrieden auf.

Und dann ging alles sehr schnell. Nachdem ich den Kurantrag bei der Krankenkasse geholt und ausgefüllt hatte, ließ ich diesen von Herrn Moltke ergänzen und versendete ihn noch am gleichen Tag. Zur Sicherheit hatte ich mir alle Seiten des Antrages kopiert und den Antrag per Einschreiben versendet. Es könnte ja sein, dass mein Antrag sonst verloren geht. Oder dass ein Sachbearbeiter Rückfragen haben würde. Jedenfalls war mein Antrag jetzt raus und jetzt hieß es nur noch abwarten.

Bald fühlte ich mich besser und ging wieder meinem Beruf nach. Das Thema Sport hatte ich zunächst an den Nagel gehängt. Aber tagtäglich überprüfte ich meinen Briefkasten ganz genau, um die Antwort von der Versicherung nicht zu übersehen.

Es dauerte fast drei Wochen und dann hatte ich meinen Bewilligungsbescheid im Briefkasten. Eine weitere Woche später hielt ich auch das Schreiben mit dem genauen Termin und der Anschrift, wo meine Kur stattfinden sollte, in den Händen.

Als ich gerade den Briefkasten wieder schloss, kamen Frau Bauer und Frau Meier durch den Hausflur. „Guten Tag, die Damen", sagte ich höflich und hielt den Brief der Versicherung demonstrativ in den Händen. „Wie geht es Ihnen?" „Hallo, Herr Schneider", sagten beide fast gleichzeitig und schienen sich über meine Freundlichkeit schon fast zu wundern.

Zugegeben, nach meinem Unfall hatte ich den Kontakt zu den anderen Hausbewohnern wieder einschlafen lassen, aber für einen normalen Begrüßungsaustausch hatte es natürlich immer gereicht.

Ich schaute die beiden an und wippte mit dem Oberkörper etwas nach vorne und wieder nach hinten. Den Brief hielt ich sichtbar, aber fest umklammert, in den Händen.

„Danke, gut", sagte Frau Bauer. „Es geht mir gut. Seit Sie wieder arbeiten gehen, bekommt man Sie gar nicht mehr zu sehen. Manchmal weiß man gar nicht, ob Sie überhaupt noch leben." Frau Meier lachte. „Das stimmt, aber den letzten Gedanken, den ich dann von Ihnen im Kopf haben werde, ist unser gemeinsamer Toilettenbesuch." Wieder lachte Frau Meier und ich fühlte, wie mir die Röte ins Gesicht stieg.

Aber es stimmte natürlich, was Frau Bauer sagte.

Seit dem Unfall ging ich nach dem Büro eigentlich nur noch nach draußen, wenn es notwendig war. Selbst meinen Garten vernachlässigte ich. Die Angst, wieder Rückenschmerzen zu bekommen, überlagerte mein schlechtes Gewissen.

„Die Kur", sagte ich schnell, um die Gedanken in Frau Meiers Kopf und auch aus meinem Gedächtnis zu verbannen. „Ich habe den Termin für die Kur bekommen." Triumphierend hielt ich den Brief in die Höhe. „In zwei Wochen geht es schon los. Ich fahre für drei Wochen in ein Kurbad. Ist das nicht toll?"

„Na, da scheint sich Ihre Einstellung zur Kur ja erheblich geändert zu haben", sagte Frau Bauer. „Vor kurzem war ein Kuraufenthalt noch etwas ganz Schreckliches für Sie."

Ich schaute Frau Bauer an. „Wie meinen Sie das?", fragte ich sie.

„Na, als Sie mir das erste Mal davon erzählten, hatten Sie ja ziemlich krasse Vorstellungen, wie so ein Kuraufenthalt ablaufen würde. Menschenmassen in Schlafsälen, Ärzte wie Kommandeure …"

„Ach ja", sagte ich schnell und war peinlich berührt. „Zwischenzeitlich habe ich mich aber erkundigt und ich weiß jetzt ungefähr, wie es in einer Kur so abläuft", sagte ich dann. „Für meine Gesundheit ist das genau das Richtige."

„Ich muss jetzt gehen", sagte ich zu Frau Bauer und zu Frau Meier. „Ich habe noch zu tun ..."

„Noch zu tun?", fragte Frau Meier und schaute Frau Bauer hierbei fragend an.

„Jawohl", sagte ich demonstrativ, „ich muss mir Listen machen, was ich alles für die Kur benötige. Was ich einpacken muss und was ich noch alles einkaufen muss. Und wen ich informieren muss ... Jedenfalls habe ich noch einiges zu tun. Schönen Tag noch", ergänzte ich und ging die Treppen nach oben.

„Ihnen auch einen schönen Tag", hörte ich die beiden hinter mir sagen.

Als ich mich in meiner Wohnung auf mein Sofa setzte fragte ich mich, wen ich eigentlich über meine Abwesenheit informieren müsste. Als ich noch mit meiner Frau zusammen war, hat sie immer meine Schwester angerufen, wenn wir weggefahren sind. Gut, wir waren meistens nur kurz weg. Übers Wochenende oder so. Aber wir hatten ja den Garten und da war es im Sommer eigentlich immer sehr schön. Ich habe mich da jedenfalls sehr wohl gefühlt, auch wenn meine Frau den Garten oft lästig fand, weil er so viel Arbeit machte.

Irgendwie machte mich der Gedanke, niemanden über meine Abwesenheit informieren zu müssen, traurig. „Ach", schoss es mir durch den Kopf, „ich sage Frau Bauer einfach Bescheid, wenn ich die

Wohnung verlasse. Das reicht aus. Und vielleicht ist das ja sowieso nicht verkehrt. Wenn ich weg bin, kann sie ein bisschen darauf achtgeben, dass niemand in meine Wohnung einbricht. Und sie könnte meinen Briefkasten leeren. Sie wird meine Post ja wohl nicht öffnen." Ein weiterer Gedanke schoss mir durch den Kopf: „Soll ich Frau Bauer meine Pflanzen in der Wohnung gießen lassen?" Ich wog die Risiken ab und entschied, zu einem späteren Zeitpunkt noch mal darüber nachzudenken. „Und mein Garten? Der muss weiter ohne mich auskommen", entschied ich. So wie die Prognosen stehen, soll es in der nächsten Zeit eh viel regnen. Das wäre für mich ein Vorteil. Dann bahnte sich ein unangenehmer Gedanke einen Weg in mein Gehirn: „Ob Frau Bauer ihre Kinder mit in meine Wohnung nimmt, wenn sie meine Pflanzen gießt?" Puh, das wäre mir gar nicht recht. Eigentlich würde ich das überhaupt nicht wollen. Die fassen sicher alles an oder machen alles kaputt. „Aber wie soll ich das verhindern? Ich kann ja schlecht mein Misstrauen äußern, wenn ich sie wirklich fragen sollte, ob sie meine Pflanzen gießt." Der Gedanke wurde mir langsam zu problematisch und ich entschied nochmals, später darüber nachzudenken. Aber mit der Liste, was ich brauchen würde, konnte ich schon mal anfangen. Dann wäre ich kurz vor der Kur nicht so gestresst, wenn ich packen musste.

Zum Glück standen in dem Brief der Klinik schon ein paar Tipps, was man auf jeden Fall mitbringen solle. Meine Liste hatte ich somit in Kürze fertig. So! Jetzt konnte die Kur kommen. Ich war quasi schon reisefertig. Zwei Wochen im Voraus.

Aber auch diese zwei Wochen vergingen und endlich kam der Tag der Abreise näher.

Am Abend vor meiner Abreise klingelte ich bei Frau Bauer. Leon öffnete und starrte mich nur ungläubig an. „Ich habe nichts gemacht", sagte er und machte einen Schritt rückwärts in die Wohnung. „Mama!", rief er dabei, „da ist der …", er stockte, „Herr Schneider an der Tür". Schweißperlen standen auf seiner Stirn. Als wäre er kurz davor gewesen, etwas Unfreundliches zu sagen.

Frau Bauer kam zur Tür und wischte sich dabei die Hände an einem Handtuch ab, das sie in der Hand hielt. „Hallo, Herr Schneider", sagte sie freundlich, „was kann ich für Sie tun? Sie haben hier ja noch nie geklingelt." Sie dachte kurz nach. „Außer sich zu beschweren. Sind Sie wegen Leon hier? Hat er etwas angestellt? Ich weiß ja, dass er manchmal den Fernseher zu laut macht, aber ich achte schon immer darauf."

„Nein, nein", sagte ich schnell. „Alles in Ordnung. Ich wollte Ihnen nur sagen, dass ich ab morgen für drei Wochen in Kur bin und wollte sie bitten, meinen Briefkasten zwischendurch mal zu leeren. Viel Post bekomme ich nicht, aber ich möchte auch nicht, dass der Postbote bemerkt, dass ich nicht da bin. Der würde das vielleicht jemandem weitersagen und dann …"

Frau Bauer schaute mich erstaunt an. „Wie meinen Sie das, Herr Schneider, Sie denken doch nicht ernsthaft, dass der Postbote einem organisierten Team von Einbrechern angehört?" Frau Bauer lachte laut auf. „Sie sind schon ein komischer Kauz." Dann nahm sie meinen Briefkastenschlüssel entgegen. „Ich kümmere mich darum", sagte sie. „Gute Erholung, Herr Schneider." Sie schaute auf den Schlüssel.

„Meine Pflanzen brauchen nicht gegossen zu werden. Die gieße ich vor meiner Abreise nochmal ordentlich und das reicht aus, bis ich wieder zurückkomme." Ich hoffte, die Begründung erklärte ausreichend, dass ich ihr keinen Wohnungsschlüssel übergeben hatte. Irgendwie war mir die Situation, ihr nur den Briefkastenschlüssel übergeben zu haben, aber unangenehm.

„Mama, kommst du?", hörte ich die Stimme von Leon. „Ich muss", sagte Frau Bauer, nickte und trat einen Schritt zurück in ihre Wohnung.

Mit einem verkrampften Lächeln verabschiedete ich mich und ging hinunter in meine Wohnung. Ich hörte, wie Frau Bauer ihre Wohnungstür schloss.

„Komischer Kauz", gingen mir Frau Bauers Worte durch den Kopf. Wie meinte sie das? Ich wollte eben einfach nur vor unliebsamen Überraschungen gefeit sein. Da finde ich es schon okay, einen Schritt weiterzudenken als üblich. Fast wünschte ich mir schon, dass der Postbote als

Einbrecher auffliegen würde. Dann könnte ich Frau Bauer beweisen, dass ich mit meiner Vorsicht recht hatte. Aber er sollte dann nicht bei uns im Haus bei einem Einbruch erwischt werden. Das würde ich keinem unserer Hausbewohner und am wenigsten mir wünschen. Vielleicht im Nachbarhaus - und vielleicht so, dass die Polizei ihn auf frischer Tat ertappen würde und dann käme die Polizei und Frau Bauer würde aus dem Fenster schauen, weil sie die Polizeisirenen hören würde und dann würde sie sehen, wie der Postbote abgeführt wird und ihr würde einfallen, dass ich diese Möglichkeit bereits einmal erwähnt hatte. Vielleicht würde sie ihrem Sohn von meiner Äußerung erzählen und der wäre beeindruckt und würde mich nicht mehr Blödmann, so hatte er mich ja ein paar Mal betitelt, nennen ... Ich grinste. Man sollte ja niemandem etwas Schlechtes unterstellen, aber irgendwie machte mich der Gedanke an einen einbrechenden Postboten glücklich.

Mein Zug am nächsten Morgen fuhr bereits um 08:35 Uhr vom Hauptbahnhof ab. Die Kurklinik befand sich nur wenige hundert Kilometer entfernt und ein Auto habe ich nicht. Da bot sich die Zugfahrt geradezu an.

Mein Gepäck, und das war nicht gerade wenig, hatte ich durch einen Abholservice bereits auf den Weg zum Kurort bringen lassen. Ein Paketdienst hatte dazu meine zwei Koffer zu Hause abgeholt. Dadurch brauchte ich sie nicht selbst zu tragen. Schließlich war die Kur ganz auf meinen Rücken ausgerichtet. Ganz wohl war mir bei dem Gedanken aber nicht, mein Hab und Gut einer fremden Firma zu überlassen, aber als ich in der Kurklinik angerufen hatte, wurde mir bestätigt, dass sie seit Jahren mit dieser Firma zusammenarbeiten und noch nie irgendwelche Probleme mit ihnen gehabt hatten. Zur Sicherheit hatte ich mir noch neue Schlösser für die Koffer gekauft und diese ordentlich verschlossen. Und mein Name befand sich jeweils auf einem Zettel innen und außen an den Koffern. Aber wertvolle Sachen trug ich ja sowieso grundsätzlich immer bei mir. Man konnte ja nie wissen ...

Um den Zug nicht zu verpassen, war ich bereits sehr früh aufgestanden, hatte nach dem Frühstück noch mal geprüft, ob ich alle Unterlagen eingepackt und die Fenster richtig verschlossen hatte. Meine Pflanzen hatte ich noch mal gründlich gegossen und gedüngt und den Müll mit nach unten genommen. Als ich die Wohnung verließ, hatte ich das Gefühl, dass alles in Ordnung ist und ich mich auf die Reise begeben konnte.

Ich erreichte bereits um 07:45 Uhr den Hauptbahnhof. Dieser hat mehrere Etagen und auf den Gleisen herrscht ein reger Zugverkehr. Viele Menschen sind in dem großen Gebäude unterwegs. Gehen, laufen und suchen nach dem richtigen Gleis, um irgendwo hinzufahren oder irgendjemanden abzuholen oder hinzubringen.

Ich war sehr früh dort, aber ich wollte ja in Ruhe den Bahnsteig suchen und mich darüber informieren, wo der Waggon, in dem ich einen Sitzplatz reserviert hatte, in den Bahnhof einfahren würde. Als ich durch die große Halle ging, wurde mir wieder klar, dass ich die Hektik in Bahnhöfen überhaupt nicht mochte. Das war mir alles zu unübersichtlich und zu verwirrend. Die Leute, die hin- und her hetzten, die Ansagen durch die Lautsprecher, die ich nie verstand und der Lärm der ein- und ausfahrenden Züge machten mich nervös. Ich war froh, endlich den richtigen Bahnsteig gefunden zu haben und entsprechend zeitig zu sein. Ich platzierte mich gleich an der richtigen Stelle, an der mein Waggon einfahren würde und kontrollierte in größeren Abständen die digitale Anzeige der Bahnsteiginformation. Nur nicht in den falschen Zug einsteigen, ermahnte ich mich selber. Angestrengt versuchte ich, die Hektik der anderen Reisenden zu ignorieren. Ich schaute mich um und stutzte. Waren die anderen vielleicht gar nicht hektisch und ich bildete mir das nur ein? Ich schaute mich nochmal um. Tatsächlich schienen die anderen Wartenden entspannt zu sein. Merkwürdig, wo sie doch auch verreisten. Ich tröstete mich mit dem Gedanken, dass sie vermutlich nur Tagespendler waren, die sich auskannten oder jemanden abholten. Da wäre ich natürlich auch viel entspannter.

Der Zug fuhr pünktlich ein und nachdem ich meinen Sitzplatz gefunden und mein Gepäck verstaut hatte, spürte ich, dass ich ein wenig entspannte. Jetzt konnte nicht mehr viel passieren. Ich saß im Zug und wenn jetzt nicht der Strom ausfiel oder die Lok einen Schaden hatte, konnten wir bald losfahren. Als sich die Türen des Zuges schlossen, lehnte ich mich in meinem Sitz zurück. Der Zug setzte sich in Bewegung und ich war auf dem Weg in die Erholung. Tief atmete ich durch.

„Merkwürdig", schoss mir ein Gedanke durch den Kopf, als die Landschaft an mir vorüberzog. Noch vor einigen Wochen wäre ich nicht auf die Idee gekommen, eine Kur zu machen und jetzt saß ich bereits im Zug auf dem Weg dorthin und spürte sogar so etwas wie Vorfreude. Mit dem festen Vorhaben, jetzt alles auf mich zukommen zu lassen, döste ich vor mich hin.

Nur wenige Stunden später war ich bereits am Ziel angekommen. Ein Fahrservice der Klinik holte mich mit dem Auto am Bahnhof ab und kurze Zeit später stand ich vor der Klinik. Der Fahrer des Autos lud mein Gepäck aus. „Ich bringe das Gepäck in die Eingangshalle", sagte er und verschwand im Inneren des Gebäudes. Ich schaute ihm hinterher und betrachtete das Gebäude. „Sieht aus wie ein Hochbunker", dachte ich mir und mir wurde etwas unbehaglich zumute. Fünf Stockwerke war das Gebäude hoch und erinnerte mich irgendwie an meine alte Berufsschule. Das Gebäude hatte ein flaches Dach und war u-förmig um einen spärlich begrünten Hof herumgebaut. Grauer Beton, zum Teil schon vermoost, dunkle Streifen senkrecht unter den Fensterbänken, an denen jahrelang Regenwasser nach unten gelaufen war und schwarz eingerahmte Fenster verstärkten den düsteren Eindruck. Der Eingangsbereich hatte eine

65

Betonüberdachung, die von zwei Betonpfeilern getragen wurden. Zu meiner Freude stellte ich fest, dass viele Zimmer Balkone hatten. Ich schaute nach oben. „Ob ich wohl auch ein Zimmer mit Balkon bekomme?", fragte ich mich zweifelnd.

Das Gebäude machte einen erdrückenden Eindruck auf mich. „Wird schon werden", tröstete ich mich selbst und glücklicherweise kam ganz tief in meinem Inneren ein bisschen das Gefühl auf, hier gut aufgehoben zu sein. „Eine Schutzburg für Walther Schneider" dachte ich mir und grinste. Das schien mir die richtige Herangehensweise zu sein.

Zögerlich betrat ich das Gebäude durch die automatischen Schiebetüren und stand zu meiner Überraschung in einer hellen und einladend wirkenden Eingangshalle. Zu meiner linken Seite stand ein großer Empfangstresen, es hingen große bunte Bilder an den Wänden und in der Halle verteilt gab es mehrere Polstersitzgruppen, teils mit Tischchen davor. In einer Ecke stand eine große weiße Tafel, auf der Plakate befestigt waren, die auf Freizeitaktivitäten und Veranstaltungen hinwiesen. Einige Menschen in weißen Kitteln und andere in Sportbekleidung oder Bademänteln gingen durch die Eingangshalle. Manche mit Krücken. Es schienen aber auch einige andere Neuankömmlinge zur gleichen Zeit in der Klinik eingetroffen zu sein. Sie alle standen, genau wie ich, etwas orientierungslos in der Eingangshalle. „Hoffentlich bin ich hier richtig", schoss es mir durch den Kopf.

Zögerlich ging ich zum Empfangstresen, der gerade frei geworden war. „Guten Tag", sagte ich, „mein Name ist Walther Schneider, Walther mit *th.* Ich bin ab heute hier zu Kur."

„Guten Tag, Herr Schneider", sagte eine freundliche junge Dame in einem weißen Kittel. „Herzlich willkommen in unserer Klinik!" Sie tippte kurz auf ihrer Computertastatur und dann setzte sich der Drucker geräuschvoll in Gang. Sie reichte mir mehrere Formulare und einen Kugelschreiber. „Ich würde Sie bitten, erst diese Formulare auszufüllen und danach werden Sie auf Ihr Zimmer gebracht." Als ich die Formulare, die meine Identität bezeugen sollten, ordnungsgemäß ausgefüllt und wieder abgegeben hatte, prasselten die Informationen nur so auf mich ein: „Ihr Zimmer liegt im 3. Stock. Mahlzeiten erhalten Sie im Speisesaal im 2. Stock. Gehen Sie zu den Essenszeiten einfach dorthin. Der Weg zum Speisesaal ist ausgeschildert. Wir haben mehrere Aufzüge und fünf Treppenhäuser. Achten Sie bitte darauf, dass nicht alle Aufzüge in allen Etagen anhalten. Sie können aber auch gerne die Treppenhäuser benutzen. Heute um 15:00 Uhr findet hier in der Aula ein Treffen statt, bei dem wir die neuen Kurgäste noch einmal begrüßen und ihnen die Klinikabläufe erklären. Wir empfehlen Ihnen, daran teilzunehmen." Dann überreichte sie mir einen Zimmerschlüssel und einen weiteren kleinen Schlüssel. „Der kleine Schlüssel hat eine Nummer und ist für ein Schließfach mit der gleichen Nummer. Die Schließfächer finden Sie gegenüber von den Aufzügen. Hier werden Sie

Ihre Eingangspost finden und auch die Anwendungspläne werden hier deponiert. Wir empfehlen Ihnen, mehrmals am Tag in das Fach zu schauen, da sich Anwendungspläne ändern können."

„Ein Anwendungsplan?", fragte ich. „Was ist das?" „Da steht drauf, welche täglichen Therapietermine Sie haben. Ob Sie zum Beispiel zur Gymnastik oder zur Massage sollen", erhielt ich zur Antwort.

„Ach so!" Ich nickte und bedankte mich freundlich, hatte aber die Hälfte der Informationen schon wieder vergessen. „Ob ich nochmal nachfragen soll?", fragte ich mich, aber die freundliche Dame am Empfangstresen hatte sich bereits dem nächsten Wartenden zugewendet. Im gleichen Moment erschien eine weitere junge Frau und stellte sich neben mich. *Pflegehelferin Anja Kaube* stand auf einem kleinen Schild, das an ihrem Kittel befestigt war. „Herr Schneider?", fragte sie mich und ich nickte. „Ich bringe Sie auf Ihr Zimmer", sagte sie. Ich hielt nach meinem Gepäck Ausschau. „Das Gepäck ist schon oben", sagte die Pflegehelferin, die meine suchenden Blicke bemerkt hatte. Ich nickte. Dann machten wir uns auf den Weg zu den Fahrstühlen.

Die Pflegehelferin drückte auf den Knopf des Aufzugs und wir warteten geduldig. Als wir einstiegen und nach oben fuhren, drehte sie sich zu mir um. „Ich bringe Sie in den 3. Stock. Sie haben dort das Zimmer 360. Achten Sie bitte bei der Benutzung der Aufzüge darauf, dass nicht alle

Aufzüge in allen Etagen halten."

Der Satz kam mir jetzt bekannt vor. Aber momentan schien mir trotzdem noch alles sehr unübersichtlich zu sein. Mein Magen verkrampfte sich. Ob ich mir das alles merken kann? „Wird schon", sagte ich zu mir selbst, um mich zu beruhigen. Aber so ganz beruhigte mich das nicht.

Die Türen des Aufzugs öffneten sich. „Das hier ist der 3. Stock und in dieser Richtung befindet sich Ihr Zimmer auf der linken Seite." Die Pflegehelferin deutete nach rechts in einen langen Gang, der mit hellgrauem PVC ausgelegt war. Mittig an der Decke angebrachte Neonröhren erhellten den Gang, der hellbeige gestrichen und mit ein paar Bildern dekoriert war. Rechts und links von dem Gang gingen die Zimmer ab. „Und dort ist das Arztzimmer." Sie zeigte in die andere Richtung. „Frau Doktor Kluge ist für Sie zuständig. Vor Beginn der Behandlung wird noch ein kleiner Gesundheitscheck gemacht. Dieser findet bei Ihnen in einer dreiviertel Stunde statt. Bitte versäumen Sie diesen Termin nicht."

Dann schob mich die junge Dame in ein Zimmer, deren Tür sie geöffnet hatte und das sich relativ nah bei den Aufzügen befand. „Bis 13:00 Uhr gibt es Mittagessen und bitte vergessen Sie auch nicht das Informationstreffen um 15:00 Uhr in der Aula", sagte sie noch und verschwand.

Langsam schloss ich die Tür hinter mir zu und ging mit prüfendem Blick durch den schmalen

Zimmerflur. Dann betrat ich den Raum, der für die nächsten drei Wochen mein Zuhause sein sollte. Ich schluckte. Das Zimmer glich sehr einem Krankenzimmer und machte keinen wirklich wohnlichen Eindruck auf mich. Auch hier waren die Wände hellbeige gestrichen und zwei Bilder mit Blumen hingen an einer der langen Wände. Die Bilder sahen aus, als hätte sie jemand aus einem Kalender ausgeschnitten. Das Bett mit seinem umlaufenden Rahmen aus Metall war ein Krankenbett und stand gleich rechts, wenn man am Ende des Zimmerflures angekommen war, an der den Bildern gegenüberliegenden langen Wand des Zimmers. An dem am Kopfende befindlichen Metallrohr war eine hohe Stange angebracht, die über das Kopfteil des Bettes ragte und an der ein Haltegriff angebracht war. An dem Haltegriff konnte man sich, wenn man im Bett lag, in eine sitzende Position hochziehen. Durch den Haltegriff war ein Kabel gezogen worden, an dem eine Art Fernbedienung hing. Ich nahm die Fernbedienung in die Hand und drückte ein paar Knöpfe. Das Bett ließ sich nun automatisch mit Hilfe der Fernbedienung rauf- und runterfahren, ebenso konnte man hiermit den Kopf- und den Fußteil getrennt voneinander verstellen. Gegenüber vom Bett hing ein Fernseher an der Wand. „Wenigstens ist für bequeme Unterhaltung gesorgt", dachte ich mir.

Dann schaute ich mich weiter um. Am Ende des Zimmers war eine Fensterfront, die sich über die ganze Zimmerbreite erstreckte. Hinter den Gardinen entdeckte ich einen Balkon und freute mich. Schnell ging ich zur Balkontür und zog die Gardine auf. Mein Zimmer befand sich auf der Hofseite, durch die ich das Gebäude betreten hatte. Der Balkon machte einen etwas langweiligen Eindruck. Der graue Beton und die kahle Metallbrüstung wirkten trostlos. „Schön ist anders", sagte ich. „Aber besser, als gar keinen Balkon zu haben", tröstete ich mich selbst und schaute weiter zu meiner rechten. In meinem Zimmer standen ein Sessel, ein Stuhl und ein kleiner Tisch vor dem Fenster. „Hier kann ich mich hinsetzen und ein Buch lesen", überlegte ich. „Und den Stuhl kann ich bei gutem Wetter auf den Balkon stellen, um draußen zu sitzen." Der Gedanke gefiel mir. Zuhause hatte ich keinen Balkon und diesen Luxus wollte ich hier genießen.

Dann drehte ich mich um und ging zurück zum vorderen Bereich des Zimmers in den schmalen Eingangsflur. Hier befanden sich rechts eine Garderobe und links ein paar Wandschränke in dunklem Holz. Kurz bevor die Wandschränke begannen, führte eine Tür nach links hinein in ein Badezimmer.

Eine meiner schlimmsten Vorstellungen waren ein Gemeinschaftswaschraum und Toiletten auf dem Gang gewesen. Ich war sehr froh, dass Frau Bauer mit ihrer gegenteiligen Aussage recht behalten hatte. Meine Vorstellungen von einer Kurklinik waren wesentlich schlimmer gewesen als die Realität selbst. „Woher hatte ich nur diese Bilder im Kopf?"

Ich war erleichtert, knipste das Licht im Badezimmer an und betrat den Raum. Er war fensterlos, aber geräumig und mit einer behindertengerechten großen Dusche und einem erhöhten Toilettensitz ausgestattet, damit man sich leichter hinsetzen oder aufstehen konnte. „Altersgerecht", dachte ich und musste grinsen. „Vielleicht sollte ich mir zu Hause ..." Ich verwarf den Gedanken gleich wieder. So alt war ich nun wirklich noch nicht. „Aber praktisch ist es ja ...", schloss ich den Gedankengang ab.

Die Mosaikfliesen des Badezimmers waren in einem dunkelbraun-grünlichen Ton gehalten. Das machte den Raum dunkel. Selbst die Neonbeleuchtung und der große, in der Wand eingelassene Spiegelschrank, konnten daran nichts ändern.

Das dunkle Badezimmer, die PVC-Auslegware im Zimmer, die hellbeige gestrichenen Wände und die Kalenderbilder sowie die Vorrichtung zum Abstellen von Krücken, die an einer Wand angebracht war, machten auf mich nicht gerade einen aufmunternden Eindruck. Wenigstens trösteten mich der Flachbildschirm und der Balkon etwas über die sonstige Ausstattung des Raumes hinweg. Und dass ich ein eigenes Badezimmer hatte, machte mich sogar ein bisschen glücklich.

Ich setzte mich auf den Stuhl am Fenster und betrachtete mein Zimmer. „Ob ich mich hier drei Wochen wohl fühlen werde?", fragte ich mich. Ich dachte an meinen bequemen Fernsehsessel und an die schönen Dinge, die mich zu Hause umgaben. Sie fehlten mir jetzt schon. Ich seufzte.

Dann erst nahm ich meine Koffer wahr. Sie standen neben dem Bett auf dem Boden. Ich holte tief Luft. „Na gut", motivierte ich mich selbst. „Dann werde ich erstmal auspacken." Das Einräumen in die Wandschränke war schnell erledigt. Neben Alltagskleidung hatte ich vor allem Sportbekleidung eingepackt. Der Plan sah ja vor, dass ich Mobilität und Beweglichkeit aufbauen sollte. Und darauf war ich gut vorbereitet. Zur Sicherheit hatte ich mir vor meiner Abreise noch einen zweiten Trainingsanzug und ein zweites Paar Sportschuhe gekauft. Weiterhin einen Reisebademantel, Badeschlappen, ich wollte mir ja keinen Fußpilz holen, zwei Sporthosen und zwei Sport-Shirts. Das Geld dafür auszugeben war mir schwergefallen, aber ich war fest entschlossen, meinen Körper fit zu bekommen. Und wer weiß, vielleicht würde ich ja nach der Kur regelmäßig Sport treiben. *Richtigen Sport*, so wie mein Arzt es genannt hatte. Die Geldausgabe war also somit eine Investition in meine Zukunft.

Ich schaute auf die Uhr. Es war bereits 13:12 Uhr. Um zum Mittagessen zu gehen, war es schon zu spät. Außerdem hatte ich keinen großen Hunger. Ich hatte im Zug meine am Morgen zurechtgemachten Käsebrote gegessen und war noch immer satt. Außerdem musste ich ja um 13:45 Uhr zum Gesundheitscheck.

Ich machte mich also auf den Weg und erreichte

das Arztzimmer quasi sofort, da es sich direkt um die Ecke von meinem Zimmer befand. Ich setzte mich auf einen Stuhl vor dem Sprechzimmer und wartete geduldig eine halbe Stunde lang darauf, dass ich aufgerufen wurde. „Frau Dr. L. Kluge" stand auf einem Schild, das neben der Tür angebracht war.

Als ich schließlich hereingerufen wurde und das Sprechzimmer betrat, empfing mich eine freundliche Frau mit lockigen blonden Haaren. Sie saß hinter ihrem Schreibtisch und wirkte trotz ihres weißen Kittels nicht distanziert. Im Gegenteil: Sie wirkte auf mich vergnügt und aufgeschlossen. Sie musste ungefähr meine Größe und mein Alter haben.

Frau Doktor Kluge gab mir zu verstehen, dass ich mich ihr gegenüber auf den Stuhl setzen solle und schaute sich kurz ein paar Unterlagen an, die auf ihrem Schreibtisch lagen und die aussahen wie die Formulare, die ich für den Kurantrag eingereicht hatte. Danach stellte sie mir eine Menge allgemeine und spezielle gesundheitliche Fragen. Außer meinem Gewicht, Größe, körperlichen Beschwerden und Leiden, von mir einzunehmende Medikamente und sportlichen Aktivitäten, wollte Sie noch wissen, ob ich regelmäßig Alkohol trinken würde. Ich verneinte und erwidere stolz, dass Wasser und Tee meine Hauptgetränke sind. Sie nickte freundlich, wirkte aber nicht sonderlich beeindruckt. Ich lächelte verlegen.

Dann ließ Frau Doktor Kluge mich aufstehen und

ein paar Bewegungsübungen machen: Ich sollte zuerst ein paar Kniebeugen machen. Fünf schaffte ich. Danach musste ich erstmal tief Luft holen und abwarten, bis das Schwindelgefühl wieder weg war.

Als nächstes forderte sie mich auf, mich aufrecht hinzustellen, meine Arme nach oben zu strecken und meinen Oberkörper so weit wie möglich nach unten zu beugen. In diesem Stand sollte ich dann mit den Fingern den Boden oder meine Füße berühren. Ich kam jedoch nicht weit. Auf Höhe meiner Kniescheiben endete diese Übung für mich. Weiter runter kam ich mit meinem Oberkörper nicht. Meine Finger waren noch weit vom Boden und meinen Füßen entfernt. Außerdem bekam ich kaum noch Luft und spürte, wie mir das Blut in den Kopf lief. Ich stöhnte und richtete mich mühsam auf. „Tut mir leid. Weiter runter geht es nicht."

„Verkürzte Bänder", sagte sie nur und machte sich ein paar Notizen.

„Stellen Sie sich mal auf ein Bein!", war ihre nächste Anweisung. Ich zog ein Bein an und kippte fast im gleichen Moment zur Seite, da ich das Gleichgewicht verlor. Schnell setzte ich das Bein wieder auf den Boden. „Sorry", entschuldigte ich mich und zuckte einmal verlegen kurz mit den Schultern.

„Ist schon okay", sagte Frau Doktor Kluge und tippte etwas in ihren Computer. Dann nickte sie und die Untersuchung schien beendet zu sein. Schließlich sagte sie noch, dass sie mir einen Anwendungsplan erstellen würde, den ich am Abend in meinem Schließfach finden würde. „Dort steht drauf, wann Sie welche Anwendungen in welchem Raum haben und zu welcher Uhrzeit Sie sich dort einfinden sollen. Und zwischendurch können Sie gerne spazieren gehen. Auf der anderen Straßenseite gibt es einen Eingang zu einem wunderschönen alten Park. Das wird Ihnen gefallen. Gutes Gelingen", wünschte sie noch und ich verabschiedete mich. „Falls Ihnen eine Anwendung nicht zusagt, melden Sie sich bitte bei mir. Dann sprechen wir darüber."

Ich bedankte mich bei ihr und verließ das Arztzimmer. Ein Blick auf die Uhr zeigte mir, dass ich mich auf den Weg in die Eingangshalle zur offiziellen Begrüßung machen musste. Wieso fühlte ich mich denn gerade so gestresst? Ich war doch zu Erholung hier. „Wird wohl nur am ersten Tag so sein", dachte ich gerade, als ich vor den Aufzügen ankam. Ich drückte den Aufzugknopf und wartete. Aber ein Gedanke ließ mich nicht los. Ich merkte, dass die Information, dass die Aufzüge nicht in allen Etagen halten, mich verunsicherte. Ich wollte zur Begrüßung aber auf keinen Fall zu spät kommen, nur weil ich vielleicht in einem falschen Aufzug stand. Ich entschied, mir die Aufzüge später in aller Ruhe anzusehen und benutzte die Treppe, um zur Eingangshalle zu kommen. Zum Glück befand sich das Treppenhaus gleich neben den Aufzügen.

76

Als ich in der Halle ankam, befanden sich dort bereits etwa zehn weitere Kurgäste. Ich nickte kurz und gesellte mich dazu.

„Guten Tag, zusammen", hörte ich eine Stimme sagen und nahm einen Mann wahr, der aus einem der Gänge zu uns getreten war. Er trug einen blauen Anzug und eine Krawatte und machte den Eindruck, als hätte er hier etwas zu sagen.

„Bitte folgen Sie mir in den Gemeinschaftsraum."

Wortlos folgten wir ihm in einen Raum, der mit mehreren Sitzgruppen ausgestattet war und an dessen Wänden Regale standen, in denen sich viele Bücher befanden. In einem Regal konnte ich eine Sammlung von Gesellschafts- und Kartenspielen entdecken. Wir nahmen Platz und als ich meinen Blick umherschweifen ließ, stellte ich fest, dass die Wände hier auch wieder in Hellbeige gestrichen waren. „Die Farbauswahl hier im Ort scheint ja sehr begrenzt zu sein", dachte ich. Aber gleichzeitig gefiel mir auch diese Eintönigkeit. Hierdurch spürte ich eine innere Ruhe.

„Ich heiße Sie in unserer Klinik willkommen und wünsche Ihnen zunächst einen angenehmen Aufenthalt und gutes Gelingen", begann der Mann im Anzug seine Rede. „Mein Name ist Stefan Kogel und ich arbeite in der Hauptverwaltung der Klinik. Ich werde Sie jetzt über ein paar wichtige Punkte und Verhaltensregeln in unserer Klinik informieren. Fragen beantworte ich im

Nachhinein."

Es folgte ein Schweigen und ein prüfender Blick seinerseits in die anwesende Runde. Wir Anwesenden verharrten wie Schulkinder auf unseren Sitzen und bewegten uns nicht. Hin und wieder räusperte sich jemand von uns. Ansonsten starrten wir ihn nur unsicher an.

„In erster Linie ist es wichtig, dass Sie sich an Ihren persönlichen Anwendungsplan halten. Auf dem Anwendungsplan finden Sie Informationen zu Ihren Therapien, die Uhrzeiten sowie die entsprechenden Raumnummern und welche Kleidung notwendig ist. Sie finden Ihren Anwendungsplan in den Schließfächern gegenüber den Aufzügen. Wir bitten Sie, die Schließfächer mehrmals täglich zu prüfen, da sich Planänderungen ergeben können." Ich horchte auf. Die Info, dass es Schließfächer mit Anwendungsplänen gab, hatte ich jetzt bereits das dritte Mal gehört. Somit würde ich sie mir wohl jetzt merken können.

Dann fuhr er fort: „Sie haben die Möglichkeit, zusätzlich zu Ihren Anwendungen an verschiedenen Vorträgen teilzunehmen, die abends angeboten werden. Es gibt aber auch Handarbeitskurse, Vorführungen und Unterhaltungsprogramme, die Sie interessieren könnten. Die sind natürlich alle freiwillig für Sie. Sie müssen also nicht daran teilnehmen. Es gibt aber auch Vorträge, bei denen Anwesenheitspflicht für Sie besteht. Diese Vorträge finden Sie in Ihrem jeweiligen Anwendungsplan."

Dann schaute er kurz nach oben, als würde er etwas suchen. „Sie werden feststellen, dass wir hier einen sehr schlechten Handyempfang haben. Vor allem auf den Zimmern. Es gibt auch kein Wireless Lan im Gebäude. Wir hoffen aber, dass dies in ein paar Jahren anders ist. Es gibt jedoch einen frei zugänglichen Computerplatz, von dem aus Sie Nachrichten versenden können. Ihren Zugangscode erhalten Sie am Empfang bei meinen netten Kolleginnen und Kollegen.

„Haben Sie das soweit verstanden?" Er schaute prüfend in die Runde und wir nickten pflichtbewusst. Irgendwie auch eingeschüchtert.

Sein Blick wurde ernst: „Wichtig ist vor allem, dass Sie ab 22:30 Uhr die Nachtruhe einhalten und sich dann auf Ihren Zimmern aufhalten. Es sei denn, es gibt eine organisierte Veranstaltung der Klinik. Und grundsätzlich müssen Sie sich an das Alkoholverbot im gesamten Gebäude halten. Lediglich in der Cafeteria ist es Ihnen gestattet, ein alkoholisches Getränk zu sich zu nehmen. Ich wiederhole: *Ein* alkoholisches Getränk. Ausgeschilderte Raucherzonen finden Sie ausschließlich im Außenbereich. Verstanden?"

Wieder nickten alle.

Als Weiteres erklärte er uns das Gebäude: „Die Klink hat mehrere Etagen. Die Etage Minus Eins befindet sich im Souterrain, Eins im Erdgeschoss,

79

Zwei im ersten Stock, lassen Sie sich hierdurch bitte nicht verwirren, und so weiter und so fort. Sie haben die Möglichkeit, unsere fünf Aufzüge zu benutzen. Aber wundern Sie sich nicht, nicht jeder Aufzug fährt in alle Etagen. Nur der Hauptaufzug Nummer Vier hält in allen Etagen. Die für Sie zuständigen Ärzte habe ihre Sprechzimmer jeweils auf der Etage, auf der Sie untergebracht sind. Auf jeder Etage sind Schilder und Hinweise mit entsprechenden Pfeilen darunter angebracht, wo sich z. B. der Speisesaal befindet. Gleiches gilt für die Therapieräumlichkeiten, Sporthallen und so weiter. Vortragsräume befinden sich hier im Erdgeschoss, die Therapiebäder im Souterrain und unser Fitnessstudio und die Moorbäder im Nebengebäude. Das Nebengebäude erreichen Sie durch einen unterirdischen Gang. Bitte folgen Sie einfach nur den Hinweisschildern. Im Erdgeschoss finden Sie weiterhin noch einen Ruheraum und einen Gebetsraum, die Cafeteria und den Gemeinschaftsraum, in dem wir uns gerade befinden. Hier können Sie sich Bücher oder Spiele ausleihen. Aber bitte beachten Sie die Schließzeiten. Nochmal für Sie: Ab 22:30 Uhr ist Nachtruhe. Frühstück gibt es von 07:00 bis 09:30 Uhr, Mittagessen von 11:00 bis 13:00 Uhr und das Abendessen können Sie in der Zeit von 17:30 bis 19:30 Uhr erhalten. Im Speisesaal ist freie Platzwahl und Sie können sich am Buffet bedienen. Sollten Sie Unverträglichkeiten haben, verständigen Sie bitte Ihren zuständigen Arzt hierüber." Er lächelte.

„Ein Thermalbad ist auch an die Klinik

angeschlossen. Hierzu verlassen Sie das Haus und gehen Richtung Bahnhof. Nach ungefähr 500 Metern rechts rein und dann können Sie das Gebäude schon sehen. Der Park gegenüber unserer Klinik ist sehr weitläufig und Sie haben die Möglichkeit, diesen auf eigene Faust zu erkunden." Jetzt lächelte er noch breiter. „Die Parkanlage ist bereits sehr alt und hat einen sehr schönen Baumbestand. Lassen Sie ihn sich nicht entgehen. Wenn Sie durch den Park gehen, erreichen Sie eine Promenade. Halten Sie sich links, kommen Sie in eine Fußgängerzone mit Geschäften, wo Sie sich mit zusätzlichem persönlichem Bedarf eindecken können."

Mir schwirrte bereits der Kopf, wie sollte ich mir das alles auf einmal merken können?

In Gedanken sah ich mich hilflos durch die Gänge irren und nach Hilfe betteln. Diese Flut von Informationen überforderte mich völlig. Ich atmete tief durch. Ruhig bleiben, befahl ich mir selbst und hörte weiter zu ...

„Der Schlüssel für die Schließfächer befindet sich an Ihrem Zimmerschlüssel. Den haben Sie vielleicht schon gesehen. Ebenso wie einen Safeschlüssel. Dieser ist für den Safe in Ihrem Kleiderschrank bestimmt. Wertsachen, die nicht hierin deponiert worden sind und gestohlen werden, sind nicht versichert. Einen Schlüssel zum Haupteingang erhalten Sie nicht. Um 22:30 Uhr werden die Eingänge verschlossen."

Ich schluckte. Das klang merkwürdig. „Das ist bestimmt nur zu unserer Sicherheit", dachte ich mir. „Man weiß ja nie, wer sonst nachts durch das Gebäude schleicht."

„Wenn Sie länger als 22:30 Uhr unterwegs sein werden, benötigen Sie eine Erlaubnis Ihres Arztes. Bitte befragen Sie *nie* unser Empfangspersonal, die dürfen hierzu keine Entscheidung treffen. Wenden Sie sich bitte *immer* an Ihren Arzt, auch wenn Sie das Wochenende nicht hier verbringen wollen!"

„Wenn Sie Familienbesuch übernachten lassen möchten, besteht die Möglichkeit, dass Sie ein Zimmer in einem benachbarten Hotel buchen können. Selbstverständlich übernehmen wir hierfür keine Kosten!"

„Klingt wie eine geschlossene Anstalt", machte sich ein Gedanke in meinem Kopf breit. Warum löste dieser Gedanke Panik und gleichzeitig beruhigende Gefühle in mir aus? Sehr seltsam.

„Dieser Raum hier, in dem wir uns gerade befinden, ist, wie bereits erwähnt, der Gemeinschaftsraum. Hier können Sie sich bis 22:30 Uhr aufhalten und die Gesellschaftsspiele nutzen oder lesen. Aber auch dieser Raum wird um 22:30 Uhr geschlossen."

Ich schaute mich nochmal genauer um. Die Auswahl an Büchern war ziemlich groß. Sollte mir langweilig werden, würde ich mir die Bücher mal genauer ansehen.

„Noch Fragen?", hörte ich Herrn Kogel. Sein Blick schweifte über die Runde, aber niemand meldete sich zu Wort. „Gut!" sagte er. „Dann wünschen wir Ihnen nochmals einen schönen Aufenthalt und gutes Gelingen!"

„Danke", hörte ich mich sagen und die Anwesenden und auch ich applaudierten als Anerkennung für die ausführlichen Informationen.

Aber diese Informationsflut musste ich erstmal verdauen. Ich schaute auf die Uhr. Die Einführung hatte keine Stunde gedauert und war mir doch wie eine Ewigkeit vorgekommen. Es war erst 15:45 Uhr.

Ich überlegte kurz. Was konnte ich denn jetzt tun? Meine Sachen hatte ich bereits in den Schränken verstaut und die Zeit bis zum Abendessen auf dem Zimmer zu verbringen, dazu hatte ich keine Lust. Dann war es klar: Ein Spaziergang zur Entspannung erschien mir als Auftakt meiner Kur am sinnvollsten zu sein. Gleichzeitig konnte ich die Umgebung der Klinik etwas erkunden. Zum Glück hatte ich bei der Anmeldung am Empfangstresen einen Aufsteller mit Umgebungsplänen der Klinik gesehen. Der kostete nichts und es konnte ja nicht schaden, einen zu besitzen. Auch die kleinste Ortschaft konnte ihre Tücken haben. Auf meinen Orientierungssinn wollte ich mich lieber nicht verlassen. Ich verließ also den Gemeinschaftsraum, nahm mir einen

Umgebungsplan und verließ die Klinik durch den Haupteingang. Ich ging über den Hof, dann um das Klinikgebäude herum und befand mich nun an der Hauptstraße. Die Hauptstraße war stark befahren und verdiente ihren Namen meines Erachtens nach zurecht. Für eine Kleinstadt mit ca. 14.000 Einwohnern war hier jede Menge Autoverkehr. Dank Internet hatte ich diese Information bereits gehabt, bevor ich von zu Hause aus losgefahren war. Ich wollte ja schließlich vorher wissen, wo ich drei Wochen meines Lebens verbringen würde.

Aber für die Kurgäste war gut vorgesorgt. Mir gegenüber sah ich den Eingang des Parks, der über einen Zebrastreifen sicher zu erreichen war. Zu meiner Linken sah ich in der Ferne das Bahnhofsgebäude. „Von da bin ich gekommen", dachte ich, „den Weg kenne ich schon." Ich schaute zum Park. „In den Park gehe ich besser nicht. Da besteht die Gefahr, dass ich mich verlaufe", entschied ich. Ich bog also nach rechts ab. Ich konnte mich zwar nicht mehr genau erinnern, wo sich die Fußgängerzone befand, aber die Richtung könnte stimmen. In der Fußgängerzone konnte ich sicher noch in einen Laden gehen, um das ein oder andere zu kaufen und damit meinen Aufenthalt angenehmer zu machen. Vielleicht ein paar Kekse oder Schokolade. Ich hatte zwar beides in meinen Koffer gepackt, aber einen Vorrat zu haben, war bestimmt nicht schlecht. Also auf in Richtung Fußgängerzone. Da konnte ich nichts falsch machen. Dachte ich mir jedenfalls.

Schon nach etwa 30 Minuten Fußweg stand ich am Ende der Ortschaft. Hier gab es jedenfalls keine Fußgängerzone. Ich befand mich nur inmitten eines Wohngebietes ohne Ladengeschäfte. Es sah auch nicht so aus, als würde ich hier noch viel erwarten können. Für einen kurzen Moment war ich ratlos, drehte mich um und machte mich auf den Rückweg. Dann bog ich in eine Seitenstraße ein, die mir den Eindruck machte, als könnte ich hier richtig sein. Aber auch diese Straße endete nach kurzer Zeit an einer Ackerfläche. Das konnte nicht sein. Ich befand mich doch in einer Kleinstadt. Irgendwo hier musste es doch die Fußgängerzone mit den Geschäften geben. Genervt zog ich den Umgebungsplan aus meiner Hosentasche und faltete ihn auseinander. Ich erschrak. Es waren zwar Straßennamen eingezeichnet, aber nur die im Innenstadtbereich. Das Wohngebiet mit all seinen Straßen war zwar eingezeichnet, aber die Straßennamen fehlten. Ich befand mich also in einer Straße, deren Namen nicht auf dem Plan eingezeichnet war. Irgendwie musste ich aber wieder zurück zur Klinik und dann vermutlich in die andere Richtung laufen. Ich schaute mich um. Viele Häuser sahen sich ähnlich und es gab eine Menge von größeren Straßen, deren Namen aber auch nicht auf dem Plan eingezeichnet waren. Es war noch nicht einmal ein Mensch auf der Straße zu sehen, den ich nach dem Weg hätte fragen können. Ich spürte, wie ich leicht panisch wurde. Wie sollte ich aus dem Straßengewirr wieder herausfinden? Ich war an vielen Sackgassen und Privatstraßen vorbeigekommen und alle Straßen schienen an einem Acker zu enden. In diesem Moment wünschte ich mir sehnlichst meinen Fernsehsessel zurück. Meine Wohnung und meine vertraute Umgebung. Und ich hätte mich sogar darüber gefreut, meine Nachbarinnen zu sehen.

Hektisch tastete ich in meiner Jackeninnentasche nach meinem Handy. „Mist", sagte ich laut. Ich hatte das Handy im Zimmer vergessen. Und jetzt hätte ich es so dringend gebraucht. Ich hätte die Klinik anrufen und um Hilfe bitten können. Ich nahm mir fest vor, zukünftig mein Handy mitzunehmen. Schließlich hatte ich es ja mal für Notfälle gekauft. Und jetzt war ich innerhalb von wenigen Wochen das zweite Mal in einer Situation, in der ich es gebraucht hätte und es nicht bei mir hatte. Ich ärgerte mich über mich selbst und darüber, dass meine Ex-Frau schon wieder recht gehabt hätte.

„Ich könnte irgendwo klingeln und nach dem Weg fragen", dachte ich und schaute mir die Häuser an. Sie sahen alle unbewohnt aus. Sicher waren die Besitzer alle berufstätig und noch nicht zu Hause.

Plötzlich hörte ich das Hupen mehrerer Autos. „Die Hauptstraße", schoss es mir durch den Kopf und ich drehte meinen Kopf in Richtung des Geräusches. Jetzt hupte es in der Ferne mehrmals. Mein Herz machte vor Freude einen Sprung. Schnell folgte ich dem Geräusch des immer wiederkehrenden Hupens. Irgendetwas musste wohl passiert sein. Ich freute mich, als ich mehr und mehr lauter werdende

Motorengeräusche hörte und dann endlich die Autos sehen konnte. Ich kann mich nicht erinnern, mich je so über Autos gefreut zu haben, deren Fahrer genervt sind, weil sie wegen eines LKWs vor einer Baustelle im Stau stehen. Dankbar winkte ich einigen Autofahrern zu, als ich an ihren Autos vorbeiging. Diese quittierten meinen Dank jedoch mit erbosten Blicken, so dass ich schnell wieder damit aufhörte.

Dann konnte ich in der Ferne die Kurklinik sehen. Was für eine Freude. Erleichtert ging ich auf den Gebäudekomplex zu. Dort angekommen, entschied ich mich, jetzt doch durch den Park zu gehen, um zur Fußgängerpromenade zu kommen. Es war ja noch hell genug und so schwer konnte das ja nicht sein. Herr Kogel hatte ja gesagt, dass man die Fußgängerpromenade erreichen konnte, wenn man durch den Park ging. Ich schaute auf die Uhr und beeilte mich, denn ich wollte zum Abendessen wieder pünktlich zurück sein. Mein Ausflug in das Wohngebiet schien mich Stunden gekostet zu haben.

Ich betrat den Park durch ein großes Eisentor und folgte dem Hauptweg. Dort staunte ich nicht schlecht. Der Weg zur Fußgängerpromenade war hier sogar ausgeschildert. „Wäre ich doch bloß gleich durch den Park gegangen", ärgerte ich mich. Nachdem ich ein Stück gegangen war, konnte ich sehen, dass eine Promenade im Park in eine Fußgängerzone überging. Was für eine Freude.

Ich kam an einer Touristeninformation vorbei, einem Drogeriemarkt, einem Lebensmitteldiscounter, an zwei Cafés und mehreren Second-Hand-Läden. Mich überkam ein Gefühl von Sehnsucht nach den Geschäften, in denen ich immer einkaufte. Sie waren mir vertraut. Der Gedanke, sofort wieder abzureisen, machte sich in mir breit. Aber das konnte ich nicht tun. Mein Arzt, Herr Moltke, würde kein Verständnis dafür haben. Immerhin hatte er meinen Kurantrag vorrangig bearbeitet und was würde Frau Bauer sagen? Sie würde mich auslachen und denken, dass ich ein Weichei bin. Das durfte ich beim besten Willen nicht zulassen. Ich musste die drei Wochen hier durchstehen. Irgendwie musste ich das schaffen.

Etwas enttäuscht über die kurze Fußgängerzone, ich war nach fünfzehn Minuten Fußweg schon am Ende angelangt, machte ich mich auf den Weg zurück in die Klinik. Ich hatte mir in einem kleinen Supermarkt etwas Schokolade und Kekse gekauft und zur Sicherheit noch ein paar Flaschen Mineralwasser, falls ich nachts Durst bekommen würde. Ich schaute auf meine Uhr. Wenigstens gab es bald Abendessen. Und der Gedanke, heute Abend in Ruhe fernsehen zu können, munterte mich etwas auf.

Den Weg zurück in die Klinik fand ich sehr schnell und auf meinem Zimmer wieder angekommen, setzte ich mich auf das Bett und wartete darauf, dass die Uhr 17:25 Uhr anzeigte. Ich wollte pünktlich zum Abendessen um 17:30 Uhr im

Speisesaal sein. Die Schilder dorthin hatte ich bereits gesehen, so dass ich schnell dort sein würde. Einfach bis zum Ende meines Etagenflures gehen, eine Etage nach unten und schon würde ich vor dem Eingang stehen. Zwischenzeitlich hatte ich auch schon großen Hunger bekommen. Meine Vorräte wollte ich nicht anbrechen. Wer weiß, wann ich diese noch benötigen würde. Aber ich freute mich auf das Abendessen und auf einen ruhigen Abend danach. Der Tag war für meinen Geschmack schon aufregend genug gewesen.

Die Essenzeit passte mir ganz gut. Man soll ja nicht so spät essen.

Um nicht zu spät zum Speisesaal zu kommen, machte ich mich bereits um viertel nach fünf auf den Weg dorthin. Die Ausschilderung war wirklich gut und bereits ein paar Minuten später war ich dort. Und stand vor einer verschlossenen Tür.

Noch während ich darüber nachdachte, ob ich noch mal auf mein Zimmer zurückkehren sollte, füllte sich der Flur vor dem Speisesaal mit Menschen. Krücken, Rollstühle und Rollatoren waren hier die Fortbewegungsmittel. Der Rückweg war mir quasi abgeschnitten worden und ich fühlte mich beobachtet. Ohne die Hilfe eines Fortbewegungsmittels schien man hier Außenseiter zu sein und den Altersdurchschnitt drückte sogar ich dramatisch.

Aber die Leute plauderten freundlich miteinander und ich konnte mich nach und nach entspannen.

Hauptsache, mich sprach keiner an. Im gleichen Moment, in dem die Tür zum Speisesaal geöffnet wurde, setzte sich die hungrige Meute in Bewegung und machte sich auf den Weg, um den Raum zu bevölkern.

Der Speisesaal war sehr groß und hoch und moderne Deckenleuchten und eine helle mit floralen Mustern versehene Tapete gaben dem Raum eine angenehme Ausstrahlung. „Kein Hellbeige", schoss es mir durch den Kopf, „aber trotzdem schön."

An der langen Raumseite gegenüber der Eingangstür gab es große Fenster. Hierdurch konnte ich den Park sehen, der gegenüber dem Gebäude lag. Die Fensterseite musste also zur Hauptstraße hinausgehen. Links am Ende des Raumes konnte ich durch die großen Fenster Richtung Bahnhof sehen und rechts im Speisesaal war eine lange Theke über die gesamte Wandbreite angebracht. Hier war auch die Essenausgabe für die Kurgäste, die mobil genug waren, ihre Teller selbst zu tragen. Hinter der Theke befanden sich Arbeitsflächen und durch einen großen Wanddurchbruch konnte man sehen, dass sich hierhinter die Küche befand. Auf der Theke standen nach vorne geöffnete Vitrinen mit Kühlschalen, gefüllt mit Salaten, Wurst, Käse und Marmeladen sowie Butter und Margarine. Ein Stück weiter standen Brotkörbe. Säfte, Wasser und Milchgetränke schlossen sich daneben an. Die Auswahl war sehr groß und ich musste an zu Hause denken. Seit meine Frau ausgezogen war, aß ich eigentlich jeden Abend das Gleiche. So konnte ich nichts falsch machen. Aber gegen die Auswahl hier hatte ich beim besten Willen nichts einzuwenden. So üppig hatte ich mir die Essensauswahl nicht vorgestellt.

Ich nahm mir einen Teller vom Stapel, der gleich zu Beginn des Buffets aufgebaut war, und stellte mich in der Reihe, die sich zwischenzeitlich vor dem Buffet gebildet hatte, an. „Meine Güte, dauert das lange", dachte ich schon nach kurzer Zeit. Zwei Männer unterhielten sich vor mir und bemerkten gar nicht, dass die Schlange sich zwischenzeitlich weiter nach vorne bewegt hatte. „Hallo!", sagte ich ganz ruhig und rückte etwas näher an die Männer heran, um sie zum Weitergehen zu animieren. Aber die beiden Männer reagierten nicht. „Dann eben nicht", entschied ich ungeduldig und ging einfach an den beiden vorbei. „He! Sie sind noch gar nicht dran. Hinten anstellen!", sagte einer der beiden Männer, dem nicht entgangen war, dass ich mich vorgedrängelt hatte. „Selbst schuld", sagte ich nur. „Wenn Sie sich die ganze Zeit unterhalten, halten Sie die Leute nur vom Essen ab." Demonstrativ drehte ich mich um und ignorierte die beiden, die nun angefangen hatten, über mich zu reden. Ich ärgerte mich darüber, sah aber keinen Sinn darin, noch irgendwie auf die Situation zu reagieren. Ich konnte ja schließlich nichts dafür, dass die beiden nicht aufgepasst und sich verquatscht hatten. Und wenn ich Hunger hatte, war ich ungenießbar und ungeduldig, zumal, wenn das Essen bereits in so greifbarer Nähe war.

Ich belud meinen Teller so voll es ging und begab mich auf die Suche nach einem freien Platz an einem der vielen Tische in dem Speisesaal. Obwohl an jedem Tisch mehrere Stühle standen, war es gar nicht so leicht, einen Platz zu finden. Die Kurgäste, die sich bereits hingesetzt hatten, schienen sich zu kennen und ich wollte mich nicht einfach irgendwo dazusetzen. Schließlich waren das alles Fremde für mich. Unsicher schlenderte ich mit meinem Teller durch den großen Raum.

Dann sah ich einen freien Platz. Relativ am Ende des Raumes. Lediglich zwei ältere Männer hatten an dem großen Tisch Platz genommen und es gab hier noch einige freie Stühle. Die Männer redeten nicht miteinander. Das schien mir ein guter Platz zu sein.

Zielstrebig ging ich auf den Tisch zu und rempelte versehentlich eine Frau an, die mit ihrem Teller einen freien Sitzplatz an einem der anderen Tische ansteuerte. „He! Passen Sie doch auf!", sagte sie zu mir. „Mir wäre fast der Teller aus der Hand gefallen." „Ja, ja, dann müssen Sie eben besser aufpassen", brummelte ich vor mich hin, ging weiter und setzte mich einfach an den noch freien Platz zu den beiden älteren Männern. „Guten Abend!", begrüßte ich die beiden Herren der Höflichkeit halber und die beiden nickten und grüßten ebenfalls.

Mehr wurde nicht gesprochen. Das gefiel mir gut. Ich hatte wohl instinktiv den richtigen Tisch angesteuert. Mir war nicht nach unnützen

Gesprächen zumute.

Ich kaute vor mich her und betrachtete hierbei meinen Teller. Doch irgendwas stimmte nicht und ich fühlte mich nicht wohl. Bereits nach einer kurzen Weile verspürte ich ein beklemmendes Gefühl. Ich dachte nach. „Mich bedrückt das Schweigen am Tisch", stellte ich dann fest. Eigentlich wollte ich ja gar nicht mit jemandem ins Gespräch kommen und alleine zu essen und dabei nicht zu sprechen, war ich ja gewohnt. Aber irgendwie war es etwas anderes, zu dritt an einem Tisch zu sitzen und sich anzuschweigen. Das schien mir irgendwie unnormal zu sein. Selbst mit meiner Ex-Frau hatte ich beim Essen immer ein Thema gefunden, über das wir uns unterhalten konnten. Es ging um die Arbeit, den Garten oder um die lauten Kinder aus der Nachbarschaft. Ich überlegte. Dann gab ich mir innerlich einen Anstoß. „Sind Sie schon lange hier?", fragte ich die beiden Herren. Der offensichtlich jüngere der beiden schaute mich überrascht an. „Ja, seit drei Wochen", antwortete er schließlich und aß schweigend weiter. Der zweite Mann sagte nichts, sondern schaute mich nur kurz an und nickte, bevor er sich wieder auf seinen Teller konzentrierte.

„Ah ja", sagte ich unsicher. Nach einer Weile ergänzte ich noch: „Ich bin heute angekommen." Dann kehrte wieder Ruhe ein. Eine unendliche Ruhe. „Na, wenigstens habe ich es versucht", dachte ich und tröstete mich: „Dann habe ich halt meine Ruhe beim Essen. Auch nicht schlecht." Ich nahm den nächsten Bissen. Nun aß also auch ich stillschweigend mein Abendessen auf und bis zum Ende der Mahlzeit sprach niemand mehr ein Wort. Nach gut vierzig Minuten zog ich mich zurück. Nicht, ohne noch einen schönen Abend zu wünschen. Das gehört sich halt so.

Den Teller, den ich abräumen wollte, nahm mir eine junge Frau vom Servicepersonal aus der Hand, die plötzlich neben mir stand. „Den müssen Sie nicht wegräumen", sagte sie, verstaute den Teller auf ihrem Servierwagen und verschwand. „Danke", sagte ich, aber das schien sie nicht mehr gehört zu haben.

Als ich den Speisesaal verlassen hatte, ging ich auf mein Zimmer. Es war 19:30 Uhr. Zuvor hatte ich noch meinen Anwendungsplan aus dem Schließfach genommen und mir angeschaut, in welcher Etage welcher Aufzug hielt, wo sich der unterirdische Gang in das Nebengebäude befand und wo sich die Treppenhäuser und der Computerarbeitsplatz befanden. Mit ein bisschen Vorsicht und frühzeitigem Aufbruch sollte ich alle Therapieräume gut und zeitig finden. Schließlich befanden sich die meisten Räume alle im gleichen Gebäude wie unsere Zimmer. Jetzt verstand ich auch, warum mir am Morgen bei meiner Ankunft so viele Leute in Sportbekleidung oder im Bademantel aufgefallen waren. Dadurch, dass man das Gebäude nicht verlassen musste, war es nicht notwendig, Alltagskleidung anzuziehen. Das schien mir ganz praktisch zu sein, hinterließ in mir aber ein merkwürdiges Gefühl. Ich beschloss, am nächsten Morgen nochmal darüber nachzudenken. Den ganzen Tag in Sportkleidung unterwegs zu sein, fühlte sich komisch an. Wenn ich von zu Hause aus in den Garten ging, zog ich mich auch erst dort um. Und wenn ich mich wieder auf den Weg nach Hause machte, hängte ich die Arbeitskleidung im Garten an einen Haken. Alles hatte seinen Platz und seine Zeit.

Aber jetzt war Feierabend! Ich wollte mir keine weiteren Gedanken mehr machen und schaute mich in meinem Zimmer um: Zuhause würde ich mich jetzt in meinen Fernsehsessel kuscheln, den Fernseher anschalten und das ansehen, was ich mir bereits am Abend vorher aus der Fernsehzeitschrift ausgesucht hatte.

Aber hier hatte ich weder einen Fernsehsessel, noch eine Fernsehzeitschrift. Gut, ich konnte mich auf das Bett legen und die Kopfstütze nach oben fahren. Das war immerhin einigermaßen bequem. Meine Fernsehzeitschrift. Ich hatte keine Fernsehzeitschrift! Wie sollte ich da festlegen, was ich sehen will? Ich wurde ein wenig unruhig. Das gefiel mir gar nicht. Ich nahm mir vor, gleich am nächsten Tag eine Fernsehzeitschrift zu kaufen und ärgerte mich einen kurzen Moment über mich selbst. Ich hätte mir am Nachmittag aus der Fußgängerzone eine Zeitschrift mitbringen sollen. Aber das konnte ich jetzt nicht mehr ändern. Ich legte mich auf mein Bett und schaltete den Fernseher mit der Fernbedienung an. Dann zappte ich von einem Kanal zum nächsten. Nachdem ich alle Programme rauf- und runtergeschaltet hatte, blieb ich bei einer TV-Quizshow hängen und schlief ein …

Um Punkt sechs Uhr am nächsten Morgen schreckte ich auf, sprang aus dem Bett und prüfte schnell meinen Tagesplan, den ich gestern in meinem Schließfach gefunden hatte und der mir aufzeigte, welche Stationen ich heute während meiner Kur absolvieren sollte. *Schwefelbad* stand dort: 08:15 Uhr. Also hatte ich Zeit fürs Frühstück. Der Speisesaal öffnete ja bereits um 07:00 Uhr. Ich ging ins Bad und duschte mich. Dann stand ich vor der schwierigen Entscheidung, ob ich direkt einen Trainingsanzug anziehen sollte. Ich merkte, wie sich mein Innerstes sträubte, nicht in die gewohnte Tageskleidung zu schlüpfen. Zum Frühstück im Trainingsanzug zu gehen, widerstrebte mir ungemein. Das entsprach gar nicht meinen Gewohnheiten und fiel mir sehr schwer.

Zu Hause lief ich gerne in meinem Trainingsanzug herum, aber ich würde das Haus nie damit verlassen, es sei denn natürlich, ich würde joggen wollen. Zur Arbeit oder zum Einkaufen würde ich auch immer nur korrekt gekleidet gehen. Ich schnaufte und zog mir schließlich eine Hose und ein Hemd an und darüber eine Strickjacke. Natürlich auch vernünftige Straßenschuhe dazu. „Dann muss ich mich eben nach dem Frühstück umziehen", überlegte ich. Aber schließlich wollte ich ja eh nochmal nach dem Frühstück auf mein Zimmer, um mir die Zähne zu putzen. Unsicher ging ich zum Badezimmerspiegel, schaute hinein und sah mir meine Zähne an. Ob man wohl sehen würde, dass ich sie mir noch nicht geputzt hatte? Nein, die Zähne waren sauber. Dann hob ich die Hand vor meinen Mund und pustete hinein. „Nein, Mundgeruch habe ich auch nicht." Es würde also niemandem auffallen, dass ich das Zimmer mit ungeputzten Zähnen verlassen würde. Aber die Zähne vor dem Frühstück zu putzen, schien mir Zeitverschwendung zu sein.

„Herrje, so viele Überlegungen schon so früh am Morgen. Wie soll das für meine Gesundheit gut sein? Zu Hause habe ich meinen festen Rhythmus, feste Zeiten und feste Gewohnheiten." Ich seufzte. Ein organisiertes Leben tat so gut.

Dann machte ich mich auf den Weg zum Speisesaal.

Der Raum war schon gut besucht. Sicher hatten die meisten auch alle sehr früh ihre ersten Anwendungen.

Ich ging zum Frühstücksbuffet und als ich meinen Teller beladen hatte, steuerte ich zielstrebig auf den Tisch zu, an dem ich am Abend zuvor bereits gesessen hatte. Lieber die zwei schweigenden Männer als neue fremde Menschen. Durch diese Platzwahl fühlte ich mich wenigstens auf sicherem Terrain. Ich erreichte den Tisch und stellte fest, dass ich der Erste an diesem Morgen war.

„Umso besser", dachte ich, stellte meinen Teller ab und setzte mich.

97

Ich stutzte, als sich kurz darauf eine Frau zu mir setzte. „Ich sitze immer hier beim Frühstück", sagte sie und nahm mir gegenüber Platz. Ich dachte kurz darüber nach, ob ich jetzt Ärger bekommen würde. Vielleicht saß ich ja auf ihrem Platz. „Die beiden anderen sind noch nicht da?", fragte sie mich. Innerlich verdrehte ich die Augen. Für ausschweifende Gespräche war ich wirklich noch nicht wach genug. Aber ich versuchte mich der Höflichkeit halber in Kommunikation. „Guten Morgen. Die beiden Herren sind noch nicht da", sagte ich und biss in mein Vollkornbrötchen.

„Bei mir ist die Nackenwirbelsäule hinüber", sagte die Frau und zeigte mit dem Finger auf ihre Nackenwirbelsäule, als ob ich nicht wüsste, wo sich diese befindet. „Und meine Bandscheiben im unteren Lendenwirbelbereich sind auch nicht mehr das, was sie mal waren." Ich nickte. „Und ich habe ständig Schmerzen, obwohl ich schon seit Jahren in Behandlung bin", redete sie weiter. „Ich habe schon mit fast allen Ärzten hier im Haus gesprochen, aber die können mir auch nicht weiterhelfen. Gestern habe ich die Krankenkasse angerufen und gesagt, dass ich in eine andere Klinik muss. Diese hier ist nicht die richtige für mich."

Während der ganzen Zeit, in der sie redete, kaute ich auf meinem Vollkornbrötchen herum. Ich sagte nichts und ich tat nichts.

„Die Krankenkasse hat aber gesagt, dass sie der Meinung sind, dass ich in der richtigen Klinik bin.

Aber ich sehe das anders. Wissen Sie, seit Jahren sage ich zu meinem Hausarzt …", fuhr sie unbeirrt fort, ohne den Redefluss zu stoppen.

Ich aß mein Frühstück auf und wurde ungeduldig. Konnte ich einfach so aufstehen, obwohl die Frau noch immer mit mir redete? Wäre das nicht unhöflich? Sie machte auch nicht den Eindruck, als würde sie jemals wieder aufhören zu reden. Spontan schaute ich auf die Uhr. „Oh je, ich muss zur Behandlung", unterbrach ich sie. „Ich komme sonst zu spät." Schnell stand ich auf und verließ den Tisch. Es hatte etwas Fluchtartiges, so wie ich den Raum verließ. Du liebe Zeit, wo war ich denn hier hingeraten? Ich konnte mich noch nicht einmal daran erinnern, ob *sie* mich gegrüßt oder mir ihren Namen gesagt hatte, bevor sie angefangen hatte, pausenlos auf mich einzureden. Ich beschloss, ihr den Namen *Nackenwirbelsäule* zu geben und vor ihr auf der Hut zu sein.

Meinen Frühstücksteller hatte ich stehen lassen, so wie das Servicepersonal es mir am Abend vorher gesagt hatte, aber in mir blieb ein merkwürdiges Gefühl von Unordnung und Faulheit, gegen das ich kaum ankam. „Papperlapapp", sagte ich zu mir selbst. „Das machen alle so, warum sollte ich das nicht auch so machen?" Beruhigen konnte mich dieser Gedanke aber nicht. Auch wenn andere Papierschnipsel auf die Straße warfen, hätte ich das nie im Leben getan. Selbst wenn dort bereits ein riesiger Papierberg liegen würde.

Im Gang zurück zu meinem Zimmer bewegten sich zwei ältere Damen, Rollatoren vor sich herschiebend und in Hausanzügen gekleidet, in die gleiche Richtung, in die ich wollte. Da die beiden nebeneinander herliefen, nahmen sie die ganze Breite des Flures ein. Ein Überholen schien mir unmöglich zu sein.

Ich schaute auf die Uhr. Meine erste Anwendung startete bereits in 30 Minuten und ich musste noch die Zähne putzen, meine Tasche packen, den Trainingsanzug anziehen und zum Therapieraum gehen. Vielleicht hätte ich doch schon im Trainingsanzug zum Frühstück gehen und die Tasche vorher packen sollen. Das wäre vermutlich praktischer gewesen. Jetzt würde mich das alles unnötig Zeit kosten. Immerhin musste ich zum Schwefelbad ja noch runtergehen ins Souterrain. Ich wurde nervös. Der Zeitplan musste doch eingehalten werden.

Die beiden Damen schoben sich laut plappernd weiterhin langsam durch den Gang und ich kam nicht an ihnen vorbei.

Ich räusperte mich und wartete einen Moment. Keine Reaktion.

Ich räusperte mich noch einmal. Diesmal etwas lauter. Aber auch jetzt geschah nichts.

Mein Blick auf die Uhr sagte mir, dass ich mich nun beeilen musste. Ich wollte auf keinen Fall zu spät zu meiner ersten Anwendung kommen.

100

„Dann eben anders", platzte es aus mir heraus. Ich holte tief Luft, zog meinen Bauch ein und schob mich seitlich durch die Lücke zwischen den beiden Rollatoren hindurch. Hierbei drängte ich die beiden Damen ab, so dass einer der Rollatoren an der Wand entlang schabte. „Sie Rüpel", rief mir eine der beiden Damen hinterher. „Was fällt Ihnen ein?"

„Hab keine Zeit!", sagte ich demonstrativ. „Ich habe eine Anwendung." Die Betonung lag hierbei auf *ich*. Schnellen Schrittes lief ich weiter zu meinem Zimmer.

„Er hätte ja wenigstens auf sich aufmerksam machen können", sagte die eine Dame sehr laut zu ihrer Begleitung, so dass ich es hören konnte. „Vermutlich wieder jemand, der so mit sich selbst beschäftigt ist, dass er nicht daran denkt, dass wir älteren Menschen manchmal langsamer sind." „Hä?", fragte ihre Begleitung. „Du musst lauter sprechen, Anna. Ich habe mein Hörgerät vergessen." „Ach ja, und schwerhörig", ergänzte Anna noch und lächelte. „Der junge Mann denkt sich, er sei der Einzige hier, der Anwendungen hat", sagte sie dann wieder ganz laut. „Ohne Rücksicht auf Verluste hier durchzurennen, einfach unmöglich."

„Ja, unmöglich", sagte Lena, die zweite ältere Dame. „Kein Respekt vor dem Alter!"

Schnell verschwand ich in meinem Zimmer und schloss die Tür hinter mir zu. Mein Herz klopfte aufgeregt. Was war hier nur los? Gestern vor dem

Abendessen hatte ich schon eine unangenehme Begegnung mit den beiden Männern, dann mit der älteren Dame, die fast ihren Teller fallen gelassen hat und jetzt warfen diese beiden Damen mir Respektlosigkeit vor.

Dabei war ich doch immer so rücksichtsvoll und zuvorkommend. Und vor allem höflich.

Ich starrte auf die Uhr. Ich musste mich beeilen. „Hab keine Zeit, mir Gedanken zu machen", stellte ich fest.

Auf meinem Anwendungsplan stand, dass ich zunächst ins Schwefelbad sollte. „Okay", überlegte ich, „was brauche ich alles?" Ich schnappte mir eine Tasche, warf meine Badehose und mein Handtuch, nein zwei Handtücher, man weiß ja nie, hinein. Dann noch meine Badeschlappen und meinen Bademantel und zum Schluss zog ich meinen Jogginganzug und meine Sportschuhe an. „Habe ich an alles gedacht? Nein, den Anwendungsplan muss ich noch mitnehmen." Zum einen hatte man mir gesagt, dass die Therapeuten die Anwesenheit bei der Therapie jeweils unterschreiben würden und dann musste ich auch immer wissen, wann die nächste Anwendung stattfand. Ich überlegte nochmal, ob ich an alles gedacht hatte. Ja, es schien so. Jetzt war ich zufrieden mit mir und machte mich schnell auf den Weg in Richtung Souterrain, wo die Anwendung stattfinden sollte. Zum Glück fand ich den Weg sofort, da die Informationsschilder überall gut sichtbar angebracht waren. Aber im Jogginganzug auf dem Flur unterwegs zu sein, fühlte sich ungewohnt und unangenehm an. Und doch schien es praktisch zu sein.

Die beiden alten Damen sah ich noch im Gang nebenan verschwinden. Ich staunte. So lange hatten die beiden für den Gang gebraucht? „Selber schuld, dass ich mich an denen vorbeigedrängelt habe", dachte ich mir. „Wenn die beiden so langsam sind und mitten im Gang laufen. Hätten ja hintereinander hergehen können. Schließlich sind sie ja nicht alleine hier. So etwas Egoistisches." In mir kam Wut hoch. Warum regte ich mich jetzt nur so auf? Ich kannte die beiden nicht und eigentlich sollten sie mir egal sein. Ich musste kurz grinsen, da ich an Frau Bauer und Frau Meier denken musste. Sicherlich würden die beiden später auch mal mit ihren Rollatoren unterwegs sein und rücksichtslos Wege blockieren.

Zu meiner Überraschung und Freude kam ich fünf Minuten zu früh im Therapiebereich an und musste noch im Gang warten. Der Gang war sehr lang und der Boden weiß gefliest. Auf der rechten Seite waren nochmal die gleichen Fliesen bis hin zur Decke angebracht. Neonröhren erhellten den langen Gang auf unnatürliche Weise. Auf der linken Seite führten weiße Türen in einer weißen Wand in die Therapieräume. Ich fühlte mich wie in einem Schlachthaus, wäre da nicht dieser aufdringliche Geruch nach faulen Eiern gewesen, der eindeutig darauf hinwies, dass sich hinter den Türen die Schwefelbäder befanden.

Eine der Türen öffnete sich und ein weiß gekleideter Herr mit einem langen weißen Bart rief mich in einen Raum hinein. „Der passt ja hierher wie die Faust aufs Auge", dachte ich und musste grinsen. Der Mann erinnerte mich an Noah mit der Arche. Er bat mich in einen mit weißen Vorhängen abgetrennten Raum hinein und zeigte auf eine große weiße Badewanne, die sich mitten in dem kleinen Raum befand und bereits zur Hälfte gefüllt war. „Bitte ziehen Sie sich aus und setzen Sie sich in die Wanne", sagte er. „Ich lasse dann noch mehr Schwefelwasser ein."

Ich erschrak. „Ausziehen? Ganz?", fragte ich erstaunt. Ungläubig schaute ich den Mann an. „Aber die Badehose? Die behalte ich doch sicher an."

Der Mann schüttelte langsam den Kopf: „Keine Badehose. Die brauchen Sie hier nicht. Und beeilen Sie sich bitte. Die Termine sind eng getaktet." Er zeigte auf die Uhr an der Wand, auf der sich der Sekundenzeiger gnadenlos nach vorne schob.

Ein unangenehmes Gefühl beschlich mich. Jetzt sollte ich also nackt vor einem fremden Mann in einer Badewanne liegen. Ich spürte, wie mich dieser Gedanke anspannte und ließ meine Tasche auf den Boden fallen. Wozu hatte ich überhaupt die ganzen Sachen in meine Tasche gepackt?

„Beeilen Sie sich bitte", hörte ich den Mann sagen.

„Wann hatte mich das letzte Mal jemand unten herum nackt gesehen?", ging es mir durch den Kopf und ich spürte Unbehagen aufkommen. „Oh je, Frau Bauer und Frau Meier", erinnerte ich mich. Jetzt fühlte ich mich noch schlechter.

„Kommen Sie bitte endlich", sagte der Mann ungeduldig.

Unsicher zog ich mich aus, verschränkte die Hände vor meinem Geschlecht und ging auf die Wanne zu. Der Geruch nach faulen Eiern war extrem in diesem Raum. „Hier würde ich nicht arbeiten wollen", überlegte ich.

Dann hielt ich mich am Wannenrand fest und stieg vorsichtig in die Wanne hinein. Das warme Schwefelwasser umschloss meine Beine warm und gemütlich, während ich in der Wanne stand. Dann fiel mir der Mann wieder ein, der noch immer vor der Wanne stand und mich beobachtete. Verschämt schob ich die Hände wieder vor mein Geschlecht. Doch dabei kam ich ins Rutschen und ich strampelte mit den Füßen und Händen, um wieder Halt zu finden, was jedoch sehr schwierig war. Das Wasser schwappte rechts und links über den Wannenrand. „Meine Güte, das ist doch kein Whirlpool", lachte der Mann und hielt mich am Arm fest, damit ich nicht hinfallen konnte. „Setzen Sie sich langsam hin und dann legen Sie sich einfach zurück und entspannen sich." Er schnaufte leicht und ließ weiteres Wasser in die Wanne laufen. Endlich kam ich zur Ruhe und das warme Wasser, das mich nun von den Zehen bis zum Kinn einschloss, beruhigte sich auch langsam. „Wenn etwas sein sollte, rufen Sie mich oder drücken Sie auf diesen Klingelknopf. Ich komme dann sofort. Zwischendurch schaue ich mal nach Ihnen." Dann drehte er sich um und verließ kopfschüttelnd den Raum. Sicherheitshalber schaute ich mich um, ob mich niemand sehen konnte und als ich sicher war, alleine zu sein, spürte ich, wie ich mich langsam mehr und mehr entspannte. Selbst an den Geruch nach faulen Eiern, schien ich mich langsam zu gewöhnen.

Ich rückte mich schließlich noch ein wenig zurecht, konzentrierte mich auf mein Internetwissen, dass ein Schwefelbad gut für die Wirbelsäule, gegen Entzündungen und auch noch schmerzstillend sein sollte, schloss die Augen und lauschte der Musik, die im Hintergrund spielte. Die wohlige Wärme des Wassers machte mich schläfrig.

Als ich plötzlich ein Geräusch hörte, öffnete ich die Augen und der Mann in Weiß stand vor mir. „So!", sagte er. „Die Zeit ist um. Wie hat es Ihnen gefallen? War alles in Ordnung?", fragte er mich und zog am Wannenstöpsel, um das Wasser abfließen zu lassen. Ich war noch etwas benommen und brauchte einen Moment, um zu realisieren, wo ich mich befand. Ich musste wohl fest eingeschlafen sein.

Schlagartig wurde mir plötzlich klar: Ich lag nackt in einer Wanne, aus der gerade das Wasser abgelassen wurde und vor mir stand ein fremder Mann. Mit einem Schlag fühlte ich mich wieder verletzlich. Schnell stand ich auf, um mich in das Handtuch zu hüllen, das der Mann mir hinhielt. Aber mir wurde plötzlich schwindelig und ich musste mich am Wannenrand abstützen. „Langsam, langsam", sagte der Mann und umfasste meinen Arm. „Sie dürfen sich nach dem Schwefelbad nicht so hektisch bewegen. Ihr Kreislauf ist jetzt heruntergefahren und Sie sollten sich jetzt etwas ausruhen."

Er umfasste meinen Arm, um mir aus der Wanne zu helfen. Sein fester Griff war mir unangenehm. Ich war schließlich nackt und dieser fremde Mann stand unmittelbar neben mir. Aber meine Schwindelattacke ließ mir keine andere Wahl. Ich fügte mich also meinem Schicksal und ließ mich von dem Mann zu einem Stuhl führen. Er reichte mir das Handtuch. „Warten Sie einen Moment und trocknen Sie sich erst dann ab, wenn Sie sich besser fühlen", sagte er. Er war auf einmal sehr mitfühlend.

Ich nickte und ließ den Kopf hängen, weil ich mich matt und schlapp fühlte. Erst nach einer Weile fühlte ich mich besser, trocknete die Restfeuchtigkeit ab, zog mich an und verließ mit schlurfenden Schritten das Schwefelbad. Auf dem Weg zu meinem Zimmer fühlte ich mich noch immer ein wenig benommen und ich war dankbar für die Zeit, die ich zur Akklimatisierung nach dem Bad bekommen hatte.

In meinem Zimmer setzte ich mich auf mein Bett und prüfte meinen Anwendungsplan. Bis zur nächsten Anwendung blieben mir noch 40 Minuten. Da konnte ich mich kurz hinlegen und ausruhen.

Aber auf dem Bett liegend starrte ich einfach nur an die Decke. Ich wollte unbedingt entspannten, fand aber keine Ruhe. Nach einer Weile erhob ich mich genervt wieder und stellte erleichtert fest, dass mein Kreislauf sich inzwischen beruhigt hatte.

30 Minuten später und damit 10 Minuten zu früh stand ich vor einer Tür, auf der ein Schild darauf hinwies, dass sich dort eine Sporthalle befand. Da ich wieder zu früh zu meiner Anwendung gekommen war, setzte ich mich auf einen der Stühle, die neben dem Eingang zur Sporthalle, die sich im ersten Stock befand, aufgestellt waren.

Nach kurzer Zeit trafen weitere Kurgäste ein, die wie ich im Jogginganzug vor der Tür warteten. Auf meinem Plan stand *Sportgymnastik*. Das würde mir sicher guttun, war ich überzeugt, als ich mich nach der sehr kurzen Ruhepause auf den Weg zur Sporthalle gemacht hatte. Mein Kreislauf hatte sich nun komplett gefangen und ich fühlte mich wieder gut.

Dann kam endlich unser Physiotherapeut um die Ecke. Sportlich und durchtrainiert und auffallend demonstrativ begrüßte er uns mit den Worten: „Schön, dass Sie alle da sind. Dann wollen wir gleich mal loslegen!" Er öffnete die Tür zur Sporthalle und bat uns, einzutreten. Da ich der erste Wartende gewesen war, fand ich, dass ich auch der Erste sein sollte, der die Sporthalle betreten durfte. Immerhin könnte ich mir den dann besten Platz aussuchen. Ich drängte mich an den anderen Wartenden vorbei und war enttäuscht, als ich die Sporthalle sah. Es war nur ein etwas größerer Raum, hier gab es keine guten oder schlechten Plätze. Aber für ein bisschen Bewegung würde es wohl reichen. Irgendwie glich die Sporthalle meinem Zimmer hier in der Klinik. PVC-Auslegware und wieder die gleiche hellbeige Wandfarbe. Lediglich die angebrachte Sprossenwand, die Gymnastikmatten und -bälle sowie herumliegende Springseile machten den Raum zu einer Sporthalle.

Der Physiotherapeut stellte sich kurz als Konrad Schulze vor und bat uns, dass wir uns in der Mitte des Raumes in einer Reihe aufstellen. Wir waren zu acht und stellten uns, wie gewünscht, ordentlich in einer Reihe auf. Die zuvor von ihm eingesammelten Anwendungspläne, auf denen unsere Krankheitsdiagnosen vermerkt waren, nahm er nacheinander kurz einzeln zur Kenntnis. „Das ist also die Bandscheibengruppe", sagte er plötzlich. „Wurde jemand von Ihnen schon operiert?" Seine Stimme durchdrang die kleine Sporthalle. „Hand hoch, wer schon operiert wurde!" Automatisch standen wir mit einem Mal stramm und kerzengerade und zwei Frauen hoben schnell die Hand, während mir schon der Schweiß ausbrach. Vor diesem Mann hatte ich Respekt. Seine Befehle und Fragen hätten ebenso gut auf einem Kasernenhof erschallen können. Meine Erinnerung sagte mir, dass ich geahnt hatte, dass es hier so ablaufen würde.

„Gut", sagte er zu uns. „Bitte stellen Sie sich kurz mit Ihren Namen vor, damit ich weiß, wer wer ist. Die beiden Damen, die bereits operiert wurden, dann bitte nachher etwas vorsichtiger bei den Übungen. Alle anderen gehen bis an ihre Grenzen." Sein Ton war nun wieder etwas ruhiger. „Zuckerbrot und Peitsche", dachte ich nur. Trotzdem lief mir der Schweiß den Rücken herunter und ich spürte, wie ich mich verspannte.

Nachdem wir alle unsere Namen genannt hatten, begannen wir mit unseren Übungen: „Stellen Sie die Beine zusammen und strecken Sie diese durch, Oberkörper aufrichten und Arme nach oben. Dann ein bisschen in die Knie gehen. Dann beugen Sie langsam den Oberkörper nach vorne und dann nach unten. Fingerspitzen in Richtung Boden zeigend. Soweit sie können. Und los!"

Gehorsam folgten wir seinen Anweisungen und beugten uns schließlich nach vorne herunter. Ich versuchte es jedenfalls. Mühsam schob ich meinen Oberkörper in Richtung Boden. Doch meine Fingerspitzen reichten wieder mal gerade nur bis zu den Kniescheiben. Als ich vorsichtig zu meiner Linken blickte, sah ich, dass die ältere Dame neben mir bereits mit den Fingerspitzen den Boden berührte. „Wie beschämend", dachte ich mir. Die Frau ist mindestens 20 Jahre älter als ich und viel beweglicher. Ich tröstete mich mit dem Gedanken, dass ich ja berufstätig war, während die ältere Dame sicherlich täglich Gymnastik in einem Turnverein machte.

„Na, Herr, äh, Schneider, da geht doch bestimmt noch was, oder?" Ich spürte den Blick des Physiotherapeuten auf mir ruhen und nahm wahr, wie mir das Blut in den Kopf stieg. Dann sah ich, wie der Physiotherapeut sich vor mich hinstellte. Eigentlich sah ich nur seine Waden und seine Füße, denn ich hatte den Oberkörper noch immer nach unten gebeugt und traute mich nicht, mich seinem Befehl zu widersetzen. Und irgendwie hatte ich jetzt auch Angst, mich wieder nach oben zu bewegen. Das würde meinem Rücken bestimmt nicht guttun. Zwischenzeitlich hatte ich sogar das Gefühl, jeden Moment in der Mitte durchzubrechen. Das Atmen fiel mir schwer. Tapfer versuchte ich, noch weiter nach unten zu kommen. Es ging tatsächlich noch ein bisschen weiter, aber zu meinem Entsetzen stellte ich fest, dass ich hierbei die Beine immer mehr beugen musste. Vermutlich war das nicht der Sinn dieser Übung.

„Hier sehen Sie ein gutes Beispiel für verkürzte Sehnen und Bänder", sagte der Physiotherapeut. „Die Mobilität der Wirbelsäule ich ebenfalls stark eingeschränkt. Sie können sich wieder aufrichten, Herr Schneider, wir wollen ja nicht, dass wir Sie hier heraustragen müssen." Als ich mit hochrotem Kopf wieder nach oben kam, starrten mich meine Kursgefährten an, als käme ich von einem Planeten, auf dem nur kurzsehnige Wesen ohne Gelenke leben.

111

„Aber als Erster im Kurs sein wollen", hörte ich eine Stimme sagen und einige Anwesende kicherten. Ich erkannte den Mann aus dem Speisesaal vom ersten Abend, der mir am Buffet zu langsam gewesen war.

„Das wird schon noch", richtete der Physiotherapeut sich an mich und klopfte mir auf die Schulter. „Das wird schon noch."

Die ältere Dame neben mir, die sich problemlos bis zum Boden runtergebeugt hatte, grinste. Vielleicht, weil ich sie zur Seite geschoben hatte, als ich als erster den Raum betreten wollte. Wie nachtragend. Ich beschloss, sie zu ignorieren.

„Stellen Sie sich nun auf ein Bein", lautete der nächste Befehl. „Schauen Sie geradeaus und konzentrieren Sie sich hierbei auf einen Punkt an der gegenüberliegenden Wand. Wir trainieren hiermit die Tiefenmuskulatur."

Ich stellte mich aufrecht hin und zog ein Bein an. Für einen kurzen Moment schien ich still zu stehen, doch ich merkte schnell, dass ich ins Wanken kam. Um Halt zu bekommen, fixierte ich eine Querstrebe der mir gegenüberliegenden Sprossenwand. Doch es nutzte nichts. Ich kippte gnadenlos zur Seite. Und noch ehe ich mich auffangen konnte, hatte ich die ältere Dame neben mir aus ihrem sicheren einbeinigen Stand herausgerissen. Die wiederum verlor nun ebenfalls das Gleichgewicht und stieß den Teilnehmer neben ihr um. Wie im Dominoeffekt kippten nun alle zur Seite. Der Schwung war so heftig, dass einige von uns zu Boden fielen. Es entstand ein Tumult. Einige schimpften vor sich hin oder protestierten lautstark.

„Bitte Ruhe!", sagte Konrad, der Physiotherapeut. „Hat sich jemand verletzt?" Er schaute uns an. Langsam waren alle wieder aufgestanden und hatten sich etwas beruhigt. Wir stellten uns alle wieder in einer Reihe auf. Zum Glück schien sich niemand weh getan zu haben, aber ich spürte die vorwurfsvollen Blicke, die mich trafen. Die alte Dame neben mir klopfte ihre Sporthose so heftig mit den Händen aus, als wäre sie in Matsch gefallen. Danach rückte sie ein Stück von mir weg. Sie wollte das Risiko eines Sturzes wohl nicht mehr eingehen.

„Herr Schneider, hörte ich den Physiotherapeuten sagen und sah, wie er auf mich zukam." Ich zog den Kopf ein. „Nehmen Sie bitte etwas Abstand zu den anderen Teilnehmern, bevor noch etwas Ernsthaftes passiert. Ihr Gleichgewichtssinn und Ihre Motorik scheinen nicht die besten zu sein."

Frustriert rückte ich ein Stück von der Reihe der Teilnehmer ab und fühlte mich sehr alt und ausgesetzt. Dabei war ich doch der Meinung gewesen, eine gewisse Grundsportlichkeit zu besitzen. Immerhin arbeitete ich ja regelmäßig in meinem Garten und zu Hause und im Büro benutzte ich die Treppen. Aber hier schien ich an meine Grenzen zu stoßen. Viel früher, als ich befürchtet hatte.

Ein älterer Herr drehte sich zu mir und rief: „Nehmen Sie es nicht so schwer, das kriegen Sie schon noch hin." Er lächelte mich freundlich an. Oder lachte er mich aus? „Danke", sagte ich, konnte aber meinen frustrierten Tonfall nicht verbergen.

Als wieder Ruhe eingekehrt war und wir als nächste Übung das andere Bein anziehen sollten, hob ich mein Bein zur Sicherheit nur ein klein wenig nach oben. Ich schaukelte hin und her mit meinem Körper, konnte mich aber jetzt jedes Mal schnell wieder auffangen, wenn ich kurz vor dem Umfallen war, indem ich das Bein schnell wieder auf den Boden stellte. Es fühlte sich für mich nicht gut an, bei dieser Übung kaum Körperbeherrschung zu haben. Die Übung schien doch so leicht zu sein. Jedenfalls sah es bei den anderen so aus, die wie Flamingos mit angezogenem Bein aufrecht und ruhig dastanden. Ich musste grinsen und lachte in mich hinein: „Vielleicht sollten sie mehr Krabben essen, dann wären sie nicht alle so blass." Dieser Gedanke rächte sich sofort, da ich durch die Unkonzentriertheit wieder zur Seite kippte. Diesmal konnte ich mich aber nicht wieder auffangen und fiel erneut hin.

Die Leute blickten mich an und manche schüttelten den Kopf. Aber ich stand schnell wieder auf und versuchte so zu tun, als wäre nichts passiert.

Konrad beendete die Übung „zu unser Sicherheit", wie er betonte und nach ein paar weiteren für mich

114

anstrengenden motorischen Übungen waren die Anwendungen bei Herrn Schulze endlich zu Ende. Was für ein Glück. Ich ließ mir die Teilnahme an der Therapiestunde mit der Unterschrift von Herrn Schulze bestätigen, schnappte mir meinen Anwendungsplan und verließ die Sporthalle. Im Herausgehen bedankte ich mich noch höflich bei Herrn Schulze für seine Geduld. Er lächelte nur und schwieg.

Hydrojetmassage stand als nächstes auf meinem Plan. Vierte Etage. Mir blieben nur zehn Minuten Zeit und so machte ich mich direkt auf den Weg nach oben und setzte mich auf den Stuhl vor dem genannten Therapieraum.

Ich schaute mich um und dachte, dass die Beschilderungen wirklich gut waren. Bisher hatte ich die Räumlichkeiten gut finden können. Die Klinik war gut organisiert. Vielleicht konnte ich die ein oder andere Idee in meiner Wohnung oder in unserem Miethaus oder in der Firma umsetzen. Für Praktisches war ich ja immer zu haben.

„Herr Schneider, bitte", sagte eine weibliche Stimme, als eine Tür geöffnet wurde. „Kommen Sie bitte herein."

Eine große automatische Massageliege befand sich mitten im Raum. Sie erinnerte mich an das untere Teil einer Sonnenbank. Nur viel moderner und mit vielen Knöpfen an der Seite. Auf der Liegefläche lag eine dünne Folie und diese wiederum auf einer dickeren Plastikplane.

„Machen Sie sich bitte schon mal fertig", sagte die Therapeutin. „Ich bin sofort wieder bei Ihnen. Und legen Sie sich bitte noch nicht auf die Liege. Warten Sie, bis ich wiederkomme."

Ich nickte, zog stöhnend meine Kleidung aus und blieb nackt mitten im Raum stehen. „Wie demütigend", dachte ich mir. „Hoffentlich gewöhne ich mich noch daran, ständig nackt sein zu müssen." Ich legte meine Hände wieder auf meine empfindlichste Körperstelle und wartete darauf, dass etwas passierte. Zum Glück waren die Fensterjalousien geschlossen, so dass mich niemand sehen konnte. „Blödsinn", schoss es mir durch den Kopf. „wie soll mich hier jemand sehen können? Ich befinde mich im vierten Stock und gegenüber ist der Park." Trotzdem fühlte ich mich unbehaglich.

Als sich nach kurzer Zeit die Tür öffnete und die Therapeutin eintrat, starrte sie mich erschrocken an. „Warum sind Sie nackt?", fragte sie mich. „Ziehen Sie sich bitte die Unterwäsche wieder an." Mir wurde übel und ich spürte, wie ich rot anlief. Mit vor dem Geschlechtsteil verschränkten Händen stolperte ich zu meiner Kleidung, die ich auf einem Stuhl abgelegt hatte. „Wie peinlich", stotterte ich. „Entschuldigen Sie bitte, ich wusste nicht, dass ich mich nicht ganz ausziehen sollte." Am liebsten wäre ich im Erdboden versunken.

Die Therapeutin lachte. „Halb so schlimm, einen nackten Mann habe ich schon Mal gesehen und sicher war es meine Schuld. Sie sind ja heute das

116

erste Mal hier und da hätte ich Ihnen sagen müssen, dass Sie sich nur bis auf die Unterwäsche ausziehen sollen. Also entschuldigen Sie bitte die fehlende Information." Grinsend drehte sie sich zur Wand.

Nachdem ich meine Unterwäsche wieder angezogen hatte, legte ich mich auf ihre Anweisung hin auf die Hydrojetmassageliege.

Die Therapeutin schaltete das Gerät an und die Massagedüsen, die sich unter der stabilen Plastikplane langsam von meiner unteren Wirbelsäule bis hinauf in den Nacken bewegten, massierten mich vorsichtig mit ihren starken Wasserstrahlen. War das eine Wohltat.

„Wenn etwas sein sollte oder das Gerät zu stark eingestellt sein sollte, rufen Sie laut nach mir, ansonsten bin ich in zwanzig Minuten wieder hier. Das Gerät schaltet sich von alleine ab." „Ja, danke", rief ich der Therapeutin hinterher, als sie den Raum verließ. Und dann genoss ich die Hydrojetmassage.

Nach zwanzig Minuten schaltete sich das Gerät ab, ich erhob mich, zog mich an und verließ den Raum. Zuvor hatte die Therapeutin kurz nach dem rechten geschaut und ich hatte ihr zu verstehen gegeben, dass alles in Ordnung war. „Und entschuldigen Sie nochmals wegen …", setzte ich an, aber sie lachte nur aufmunternd.

Die Massage hatte mir richtig gutgetan.

Aufgelockert und beschwingt machte ich mich auf den Weg in mein Zimmer. *So* hatte ich mir den Kuraufenthalt gewünscht.

Ein Blick auf die Uhr zeigte mir, dass das Mittagessen anstand. Ich hatte auch schon Hunger, aber gleichzeitig gruselte es mir ein bisschen vor dem Speisesaal. Seit ich hier war, hatte ich noch mit niemandem so richtig ein paar Worte gewechselt und die Begegnungen mit anderen Kurgästen, die ich bis jetzt hatte, konnte ich auch nicht unter angenehm verbuchen. Nicht, dass ich zu Hause mehr reden würde, aber zumindest im Büro oder im Supermarkt kam manchmal das ein oder andere kurze Gespräch zustande. Der Speisesaal mit all den Menschen machte mir deutlich, wie einsam ich eigentlich war. Merkwürdig, bisher kam ich so gut alleine klar. Ich überlegte, das Mittagessen ausfallen zu lassen, aber der Hunger war stärker. Nachdem ich meine Tasche auf mein Zimmer gebracht und den Speisesaal erreicht hatte, füllte ich meinen Teller am Buffet. Dann machte ich mich wieder auf den Weg zu dem Tisch mit den zwei Herren, mit denen ich am Vorabend bereits schweigend zusammengesessen hatte.

Diese saßen bereits dort und auch die Frau, die ich *Nackenwirbelsäule* getauft hatte, hatte hier bereits Platz genommen. Ich stockte kurz, mangels anderer freier Plätze steuerte ich jedoch weiter auf den Tisch zu und setzte mich hin. „Mahlzeit!", sagte ich, als ich den Tisch erreichte und die drei Sitzenden erwiderten meinen Gruß freundlich.

„Wie geht es Ihnen?", fragte mich die *Nackenwirbelsäule* und schaute mich an. Sollte ich mich in ihr getäuscht haben und sie hatte doch Interesse an den Leiden ihrer Mitmenschen? Ich schluckte. „Danke, mir geht es soweit gut, aber stellen Sie sich vor, als ich heute Morgen in der Sporthalle war …" „Ah! Die Sporthalle, die kenne ich", unterbrach sie mich sofort. „Dort hatte ich auch schon Gymnastik. Aber da konnte ich ja gar nicht richtig mitmachen. Vielleicht hatte ich ja schon erwähnt, dass die Behandlungen hier nicht richtig auf mich zugeschnitten sind. Ich hatte solche Schmerzen in der Wirbelsäule. Und bei einer Übung zog es mir unglaublich stark in meinem rechten Arm, als hätte ich mir einen Nerv geklemmt …" „Also doch", ging es mir durch den Kopf, „die Frage nach meinem Befinden war nur eine Falle und ich war reingetappt." Als ich die beiden anderen Herren anschaute sah ich nur, wie diese ihre Augen verdrehten und schnell wieder auf ihre Teller starrten. „Aha", dachte ich, „die beiden kennen die *Nackenwirbelsäule* schon und halten sich deshalb stur zurück."

„… aber wissen Sie, ich habe ja schon bei der Krankenkasse …", fuhr die *Nackenwirbelsäule* unbeirrt fort. Ich wollte ihren Redefluss unterbrechen und überlegte. Mir blieb nichts anderes übrig, als einen Hustenanfall vorzutäuschen. Ich hustete wie verrückt und sie unterbrach ihren Monolog. „Haben Sie sich verschluckt?", fragte sie mich. „Ja, ich habe wohl etwas in die Luftröhre bekommen", antwortete ich und hustete nochmals demonstrativ. „Wird gleich wieder besser."

Ich hatte ihren Redeschwall gestoppt, aber für wie lange, fragte ich mich. Plötzlich schaute sie auf die Uhr. „Meine Güte", entfuhr es ihr. „Ich muss zu meiner Ärztin. Ich habe mir einen Sprechstundentermin geben lassen, um mit ihr über meine weiteren Anwendungen zu sprechen. Da muss dringend etwas geändert werden", sagte sie noch, bedankte sich für die nette Unterhaltung und verließ eilig den Tisch. Dafür, dass sie so viele Schmerzen hatte, ging sie sehr zügig durch den Speisesaal und verschwand in schnellen Schritten durch die Tür.

Die beiden Herren atmeten tief aus. „Geschafft! Endlich können wir wieder in Ruhe essen. Dass Sie aber auch auf ihre Frage geantwortet haben. Das interessiert die Frau gar nicht, wie es Ihnen geht. Die möchte nur von sich erzählen." Hiermit hatten mir die beiden bestätigt, was ich bereits geahnt hatte. Ich wäre froh gewesen, wenn ich früher gewarnt worden wäre.

Aber gut, nun wusste ich Bescheid, bedankte mich und begann zu essen.

„Sie war aber sehr schnell, als sie den Raum verließ", äußerte ich meine Gedanken gegenüber den beiden Herren, als ich den Mund wieder leer hatte.

„Ja, das ist vielen schon aufgefallen", erwiderte der jüngere der beiden. „Wenn sie etwas für sich geplant hat, kommt es scheinbar zu einer Wunderheilung, und wenn etwas nicht so läuft, wie sie sich das vorstellt, geht das Gejammere los."

Ich nickte und hatte das Gefühl, dass unser Gespräch hiermit bereits beendet war. Also aß ich stillschweigend weiter. Ich stellte fest, dass es mir sehr schwerfiel, ein Gespräch in Gang zu halten. Ich war das einfach nicht gewohnt. „Aber die beiden Männer machen auch keine Anstalten, ein Gespräch in Gang zu bringen", tröstete ich mich.

Nach dem Essen schaute ich auf meinen Anwendungsplan. *Bewegungsbad* stand dort. *Bitte bringen Sie ein Handtuch und einen Euro für den Umkleideschrank mit. Finden Sie sich bitte in Badebekleidung fünfzehn Minuten vor Beginn der Behandlung im Badebereich ein.*

Erschrocken blickte ich auf die Ziffern meiner Uhr. Mir blieb nur wenig Zeit. Während des Essens hatte ich die Uhrzeit völlig vergessen. Was für ein Stress. Ich sprang vom Tisch auf, rief „Ich muss los!", und machte mich schnell auf den Weg zu meinem Zimmer, um meine Badesachen zu holen.

Wie erstarrt blickte ich in den Gang, der zu meinem Zimmer führte. Das konnte jetzt wirklich nicht wahr sein. Auf dem Gang versperrten die beiden alten Damen vom heutigen Morgen wieder den Weg mit ihren Rollatoren. Ich schnaufte, als ich näher kam. „Können Sie auch ein wenig schneller gehen?", fragte ich demonstrativ laut und deutlich.

Langsam drehte Anna sich um. „Was wollen Sie denn schon wieder? Sie haben uns doch schonmal tätlich angegriffen." Lena nickte zustimmend.

Angegriffen? Jetzt schlug es dreizehn. Ich wollte gerade etwas zu meiner Verteidigung sagen, als ein Pfleger in den Gang trat. „Herr Pfleger!", schrie Anna laut und zeigte mit einem Finger auf mich. „Das ist der Mann, der uns angegriffen hat." Ich erschrak. „Was?", schrie ich. „Ich habe niemanden angegriffen", verteidigte ich mich. „Doch! Doch!", unterstützte Lena ihre Freundin. „Der Mann hat uns zur Seite gestoßen und ich bin mit meinem Rollator gegen die Wand geprallt und habe mir dabei die Hand aufgeschürft." Demonstrativ zeigte sie ihre rechte Hand. Hier konnte man tatsächlich ein Pflaster erkennen.

Ich spürte, wie ich blass wurde.

Der Pfleger hatte uns zwischenzeitlich erreicht. „Herr Schneider, Sie sind doch Herr Schneider? Sie müssen sich bitte dem Tempo unserer Klinik anpassen. Hier gibt es viele ältere oder kranke Menschen, die sich nicht so schnell fortbewegen können."

„Hä?", fragte Lena. „Sie müssen etwas lauter reden, ich verstehe Sie kaum", sagte sie zu dem Pfleger.

„Und Menschen, zu denen Sie lauter sprechen müssen", ergänzte der Pfleger noch seinen Satz und zwinkerte mir freundlich zu.

„Frau Engels und Frau Krüger werden Ihre Entschuldigung sicher gerne annehmen und die Angelegenheit ist dann bestimmt erledigt."

Ich schluckte, jetzt sollte ich mich auch noch entschuldigen.

Erwartungsvoll blickten mich die beiden Damen an, während sie umständlich auf den Sitzflächen ihrer Rollatoren mitten im Gang Platz nahmen. „Zeig ihm die Hand!", sagte Anna und Lena nickte. Dann hob sie ihre verletzte Hand so hoch sie konnte. Direkt unter meine Nase.

Ich drückste herum und suchte nach einem Ausweg. Ich könnte zurück zum Speisesaal laufen und dann einen der anderen Gänge nehmen. Aber das würde Zeit kosten und meine Bewegungsgymnastik fing ja bald an. Frau Engels und Frau Krüger blickten mich erwartungsvoll an.

„Na los!", sagte Frau Engels. „Wir warten!" „Und wir haben nicht ewig Zeit", ergänzte Frau Krüger. „Das dachte ich mir schon", schoss mir ein Gedanke durch den Kopf und ich überlegte, ob sich in dem Alter eine Reha überhaupt noch lohnte.

Der Blick der beiden Damen, aber auch der des Pflegers, ließen mir keine andere Wahl, als mich zu entschuldigen. Außerdem musste ich zu meiner nächsten Anwendung.

„Es tut mir leid", sagte ich schließlich kleinlaut. Es

klang aber irgendwie nicht wirklich überzeugend.

„Hä?", fragte Lena. „Ich verstehe Sie nicht. Sie müssen viel lauter sprechen." Sie hielt eine Hand an ihr Ohr und formte mit dieser eine Muschel, um mich besser verstehen zu können. Frau Krüger schloss sich der Vorgehensweise an. Die beiden alten Damen genossen sichtlich diese Situation. Frau Engels nickte mir auffordernd zu: „Na los!", sagte sie dann.

„Es tut mir leid!", sagte ich sehr laut, so dass es sicher auch noch in den anderen Gängen zu hören war.

„Und? War das alles?", fragte Frau Krüger.

Der Pfleger nickte mir aufmunternd zu.

Ich holte tief Luft. „Ich wollte nicht, dass Sie sich verletzen und wegstoßen wollte ich Sie auch nicht. Ich hatte es nur sehr eilig, das war alles. Bitte nehmen Sie meine Entschuldigung an."

Man sah deutlich, dass die beiden Damen nachdachten. Schließlich nickten Anna Engels und Lena Krüger wohlwollend mit den Köpfen. Auch der Pfleger schien zufrieden zu sein mit meiner Entschuldigung.

„Na gut", sagte Anna. „Wir nehmen Ihre Entschuldigung an. Aber dass das ja nicht noch einmal vorkommt", ermahnte sie mich. „Noch eine Entschuldigung nehmen wir nicht an." Lena nickte zustimmend.

Mein Blick auf die Uhr sagte mir, dass ich nur noch ein paar Minuten hatte, um in Badehose am Beckenrand zu stehen. Würde ich das nicht schaffen, könnte ich an der Anwendung nicht teilnehmen und würde bestimmt Ärger mit Frau Doktor Kluge bekommen.

„Ich muss jetzt aber wirklich los. Ich habe in fünf Minuten eine Anwendung im Badebereich."

„Da sollten Sie sich aber beeilen", sagte Anna. „Am besten gehen Sie beim nächsten Mal früher los, dann haben Sie es nicht so eilig. Jetzt könnte es ganz schön knapp werden." Sie schoben ihre Rollatoren zur Seite.

Innerlich verdrehte ich die Augen und rannte los. Als ich meine Zimmertür öffnete, hörte ich die beiden Damen und den Pfleger miteinander scherzen. „Bestimmt reden sie über mich und so laut wie sie sprechen, können sicher viele mithören", ging mir ein bedrückender Gedanke durch den Kopf. Aber ich musste mich beeilen. Ich hatte keine Zeit, mir noch weitere Gedanken darüber zu machen.

„Wo bin ich hier nur hingeraten?" dachte ich, als ich in Eile nach meinen Sachen suchte. „Ständig in Eile, vollgequatscht von fremden Menschen, von denen ich nichts hören will und andere, die sich gar nicht mit mir unterhalten, nackt vor irgendwelchen Therapeuten und zum Schluss noch auf Knien winselnd, um in mein Zimmer zu kommen. Und jetzt komme ich auch noch zu spät zu meiner Anwendung." Vermutlich würde ich hier wieder um Gnade betteln müssen, damit man mich während des Bewegungsbades nicht ertränken würde. Ich kochte vor Wut. Und das sollte mir alles guttun? Die Entspannung der Hydrojetmassage war vollends verflogen. Zu Hause war es mir wesentlich besser ergangen. Gut, ich war viel alleine und hatte vielleicht im Laufe meines Alleinseins die ein oder andere Macke ausgeprägt, aber das schien mir wesentlich weniger schlimm zu sein als das, was ich hier gerade erlebte.

So schnell ich konnte, zog ich mich aus, streifte mir die Badehose über, zog den Jogginganzug darüber, schlüpfte in meine Badeschlappen und lief im Laufschritt zum Badebereich. Um mit niemanden zusammenzustoßen, nahm ich die Treppen nach unten.

Als ich nach Luft japsend die Schwimmhalle betrat, wurde ich mit den Worten, „Ah, Herr Schneider ist doch da", begrüßt. Ich war also der Einzige, der fehlte, sonst hätte der Therapeut meinen Namen nicht wissen können. „Schön, dass Sie es einrichten konnten herzukommen!" Demonstrativ schaute er auf seine Uhr. „Ziehen Sie sich um! Wir haben schon angefangen."

Der Schwimmtherapeut war mir alles andere als sympathisch. Ich überlegte, ob ich ihm erklären sollte, warum ich zu spät war, aber er hatte sich schon wieder der Therapiegruppe zugewendet.

126

Vermutlich interessierte es ihn gar nicht. Ich war zu spät gekommen. Das zumindest war ein Fakt, den ich nicht leugnen konnte.

Die Schwimmhalle wirkte noch sehr neu. Große, bodentiefe Fenster ließen viel Licht herein und weiße Kacheln verstärkten den Lichteinfall. Es war sehr warm in der Halle und es gab mehrere Leitern, die den Einstieg ins das Becken erleichtern sollten. Das Becken selbst hatte eine Größe von etwa 5 x 15 Metern. Es gab einige Sitzbänke an der Seite der Halle und in großen Körben lagen Styropor-Schwimmhilfen bereit, die für gymnastische Übungen genutzt werden konnten.

„Beeilen Sie sich!", rief der Therapeut und deutete nach rechts. „Dort befinden sich die Umkleidekabinen."

Da ich meine Badehose bereits anhatte, lief ich schnell zu einer der Sitzbänke, streifte meine Badeschlappen ab, zog meinen Jogginganzug aus und warf meine Sachen auf die Bank. Dann lief ich zu der Leiter, die mir am nächsten war. Hektisch stieg ich die Leiter hinunter ins Wasser, aber in meiner Eile verfehlte ich die letzte Sprosse und rutschte ab. Mit einem lauten Platscher landete ich im Wasser. Das Wasser war nicht so tief, so dass ich schnell wieder auf meinen Beinen stand. „Wie peinlich", dachte ich mir.

Eine ältere Frau, die sich in meiner Nähe befand, räusperte sich. „Sie haben meine Haare nass

127

gemacht", sagte sie vorwurfsvoll.

„Entschuldigung!", sagte ich sehr laut und verlor die Nerven. „Entschuldigung! Entschuldigung! Entschuldigung! Kann man denn hier alles nur falsch machen?", schrie ich auf. Die Anwesenden starrten mich erschrocken an.

„Herr Schneider, beruhigen Sie sich bitte. Wenn Sie das nächste Mal etwas früher hier eintreffen, kommt es erst gar nicht zu so einer Unruhe." Mir war zum Heulen zumute. Mein Puls raste und ich spürte die Röte in meinem Gesicht. „Entschuldigung", sagte ich. „Der Tag war etwas zu aufregend für mich."

„Den kenne ich aus dem Speisesaal", sagte einer der anwesenden Männer. „Der hat es immer besonders eilig." Die anderen Anwesenden lachten. „Stimmt", sagte eine Frau, deren Gesicht mir bekannt vorkam. „Mir ist der auch schon aufgefallen."

„Hm", sagte der Therapeut nur und nahm seine Position am Beckenrand wieder ein. Hier stand er nun wie eine Statue auf den Fliesen und wartete ungeduldig darauf, Therapieanweisungen geben zu können. Nach und nach hatten sich alle wieder zu ihm hingedreht und beachteten mich nicht weiter. „Die Leute hier bringen mich zur Weißglut", dachte ich nur und tröstete mich mit dem Gedanken, dass das Wasser wenigstens angenehm warm war. „Tief durchatmen", sagte ich zu mir selbst und konzentrierte mich auf den

Schwimmtherapeuten. Ich atmete tief ein und versuchte, alle anderen Anwesenden auszublenden. Das gelang mir anderswo gut, warum nicht auch hier?

Die Stimme des Schwimmtherapeuten meldete sich. „Gehen Sie jetzt bitte zunächst alle im Becken auf und ab. Hin und her. Von rechts nach links, von links nach rechts. Kreuz und quer. Genau. So ist es richtig!"

Eine Gruppe von zwölf Menschen stampfte mehr oder weniger durch das brusthohe Wasser und versuchte, sich vorwärts zu bewegen.

„Das geht ja ganz leicht", ging es mir durch den Kopf. Wenigstens ein Erfolgserlebnis. Ich war zufrieden mit mir.

„So, und jetzt das Ganze rückwärts."

Ich bremste abrupt ab. „Rückwärts? Wenn das mal gut geht." Vorsichtig bewegte ich mich nun im Rückwärtsschritt durch das Wasser. Dabei geriet ich etwas ins Schwanken, fand mein Gleichgewicht zum Glück aber schnell wieder und bewältigte diese Aufgabe zu meiner Zufriedenheit.

Ich musste wohl einen etwas überheblichen Eindruck gemacht haben, als ich an einem Herrn vorbeiging, ihm zulächelte und nickte. Er quittierte mein Lächeln nur mit einem verächtlichen "Pah!".

„Als nächstes bitte in zwei Reihen aufstellen.

Jeweils sechs Leute nebeneinander. Den Blick zu mir nach vorne. Jetzt laufen Sie im Stehen. Jawoll, so ist es richtig. Und nehmen Sie die Arme mit. Rechts, links, rechts links ... Genau, Arme anwinkeln." Das Wasser sprudelte nur so.

„Und jetzt springen Sie alle von einem Bein auf das nächste. Gut so! Und wieder von einem Bein auf das nächste Bein springen. Weiter so! Höher die Knie", erschallte die nächste Anweisung. „Es geht bestimmt noch ein Stück höher", spornte der Therapeut unsere Bemühungen an.

Das Wasser war jetzt sehr unruhig und schwappte um meinen Körper herum.

Es kam, was kommen musste: Als ich das linke Bein nach oben zog, verlor ich das Gleichgewicht, schrie kurz auf und fiel mit einem lauten Platscher seitlich ins Wasser. Ich ging unter und verlor die Orientierung. Ich wusste nicht mehr, wo oben und wo unten war und ruderte mit beiden Armen wie ein Irrer. Ich hatte Wasser geschluckt und wollte unbedingt atmen und das Wasser ausspucken. Aber das ging nicht. Panik ergriff mich und ich bekam Angst zu ertrinken. Dann spürte ich, dass Hände nach mir griffen. Sie zogen mich nach oben und ich schnappte aufgeregt nach Luft. Aber noch immer orientierungslos und in Panik, ruderte ich mit beiden Armen weiter und strampelte wie wild mit den Füßen. Dann rutschte ich aus den Händen, die nach mir gegriffen hatten, heraus, fand keinen Halt mehr und ging wieder unter. Dabei schlug ich um mich. Mein einziger Gedanke

130

galt jetzt nur noch dem Überleben.

Plötzlich schlug mir jemand mit der Hand ins Gesicht und ich hielt inne. Geschockt und erschöpft bewegte ich mich nicht mehr. Mehrere Hände zogen mich nun an die Wasseroberfläche. Wie in Trance nahm ich wahr, dass mich jemand an den Beckenrand zog. Mehrere Anwesende hoben mich aus dem Wasser und legten mich auf den Fliesenboden. Kurz bevor der Schwimmtherapeut anfangen konnte, mir das Wasser aus der Lunge zu pumpen, hustete ich einen Schwall Wasser aus und fühlte mich wieder besser. Aber noch immer klopfte mein Herz wie verrückt und mein Puls raste. Aber ich war zurück unter den Lebenden und kam langsam wieder zu mir. Blinzelnd schaute ich in die Gesichter des Therapeuten und der anderen Kurgäste, die um mich herumstanden.

„Was für ein Auftritt", sagte einer der Herren und wurde von einer Frau hierfür gerügt. „Der arme Mann", sagte sie mitleidvoll, „der wäre fast ertrunken."

„Ach Quatsch! Der wollte doch nur im Mittelpunkt stehen. Frau Engels und Frau Krüger, die netten beiden alten Damen, haben sich auch schon über ihn beschwert!"

„Trotzdem tut er mir leid", sagte die Frau.

„Na, da haben wir aber Glück gehabt", sagte der Schwimmtherapeut zu mir. „Das haben wir hier

131

auch noch nicht gehabt, dass uns jemand fast ertrunken wäre. Tut mir leid, wenn die Übungen für Ihre Motorik zu kompliziert waren."

Mir traten die Tränen in die Augen und ich musste schlucken. Für meine Motorik zu kompliziert? Ich sollte von einem Bein auf das andere springen und genau das hatte ich getan. Was konnte ich dafür, wenn das Wasser einem Wellenbad glich? Ich war wütend. „Sie können Ihre Hände von meiner Brust nehmen", sagte ich zu dem Schwimmtherapeuten, der noch immer neben mir kniete und richtete mich auf.

Die anderen Anwesenden starrten mich an.

„Was gibt es da zu glotzen?", entfuhr es mir. „Könnt ihr euch nicht um euch selbst kümmern?"

„Das hätten wir mal tun sollen", sagte jemand. „Dann hätten wir jetzt unsere Ruhe!"

„Sehen Sie, dem geht's wieder prächtig", sagte der Mann, der vorher behauptet hatte, ich würde im Mittelpunkt stehen wollen. „Alles nur Theater!"

So schnell es ging, stand ich auf und die Umherstehenden machten mir Platz.

Auf wackeligen Beinen und noch immer benommen, ging ich zu meinen Sachen, stieg so schnell es ging in meinen Jogginganzug und schlüpfte in die Badeschlappen. Dann ging ich nach draußen. „Macht euren Mist doch alleine", sagte ich wütend beim Herausgehen. „Ich mache hier nicht mehr mit!" So schnell ich konnte, wollte ich die Halle verlassen und ging Richtung Ausgang. Fast wäre ich mit meinen Badeschlappen auf den nassen Fliesen ausgerutscht. „So eine Scheiße!", schrie ich laut auf und stolperte mehr oder weniger zur Hallentür. Ich hatte die Jogginghose falsch herum angezogen. Aber das war mir jetzt egal. Ich wollte nur noch hier raus.

„Herr Schneider ...", hörte ich den Schwimmtherapeuten hinter mir herrufen, aber ich hatte keine Lust mehr, mit ihm zu sprechen. Mit einem lauten Knall schlug ich die Tür der Schwimmhalle zu.

Im Treppenhaus kam mir eine fremde Frau entgegen und grinste. Zynisch zeigte ich ihr die Zähne. „Hübsch", sagte die Frau und begann zu kichern, als ich an ihr vorbeihetzte. „Ach, lassen Sie mich doch in Ruhe", herrschte ich sie an. „Aber Sie ...", begann sie den nächsten Satz, aber da hatte ich das Treppenhaus schon verlassen. „Die sollen mich doch alle in Ruhe lassen!", ging es mir durch den Kopf. Die Kur war eine dumme Idee. Zu Hause ging es mir viel besser als hier. Da hatte ich meine Ruhe und niemand nörgelte ständig an mir herum.

Ich war noch immer wütend und fand vor lauter Aufregung meinen Zimmerschlüssel nicht.

„Herr Schneider", hörte ich plötzlich eine Stimme

133

aus dem Gang. Es war die Frau aus dem Schwimmbad, der ich leidgetan hatte. „Herr Schneider, Sie haben da etwas, was mir gehört."

„Was?", fragte ich. „Ich habe nichts von Ihnen", raunzte ich sie an.

„Oh doch! Das haben Sie." Ihr Blick wanderte an meinem Körper herunter zu meinen Füßen. Ich wurde bleich. Das waren nicht meine Badeschlappen, die ich trug. Ich schaute die Frau an. Es mussten wohl ihre sein. „Deswegen konnte ich nicht richtig damit laufen", wurde mir klar. Reflexartig schüttelte ich die Badeschlappen ab, als wären sie vergiftet.

„Wo sind denn meine Badeschlappen?", fragte ich die Frau und starrte auf die, die ich gerade abgeschüttelt hatte und die mich mit rosa und türkisfarbenen Plastikblumen anstarrten. Dass mir das nicht vorher aufgefallen war. Ich ärgerte mich über mich selbst.

„Ihre habe ich angezogen", sagte die Frau. „Als Sie in aller Eile aus der Schwimmhalle gestürmt sind, habe ich gesehen, dass Sie in meine Badeschlappen geschlüpft sind. Aber wir können gerne wieder tauschen." Sie lächelte mich freundlich an.

„Ja bitte, sofort", sagte ich zu ihr und schob ihr ihre Badeschlappen rüber, während ich in meine stieg.

„Hoffentlich hat sie keinen Fußpilz", schoss es mir

durch den Kopf, aber ich versuchte gleich, diesen Gedanken wieder abzuschütteln. Die Frau sah gepflegt aus. „Und wenn doch?", meldete sich mein Gehirn …

Aber langsam beruhigte ich mich. „Danke, dass Sie mir hinterhergekommen sind", sagte ich zu der Frau und fand auch endlich den Schlüssel zu meinem Zimmer in einer der tiefen Taschen.

„Keine Ursache", sagte sie. Sie stockte kurz: „Und entspannen Sie sich ein wenig. Sie sind doch hier, um sich zu erholen."

Ich nickte.

„Einen schönen Tag wünsche ich Ihnen noch", sagte die Frau.

„Danke, Ihnen auch", erwiderte ich und schloss mein Zimmer auf. Nachdem ich die Tür hinter mir geschlossen hatte, zog ich den Jogginganzug aus, ging zu meinem Bett und setzte mich seufzend darauf. Ich atmete tief durch. Allmählich reichte es mir. Die Kur schien ein Desaster für mich zu werden. So wollte ich keine drei Wochen hier verbringen.

Ich stutzte. Irgendetwas fühlte sich hier komisch an. Erschrocken stellte ich fest, dass ich mich mit der nassen Badehose auf mein Bett gesetzt hatte. Meine Bettwäsche hatte schon einen großen Wasserfleck. „Na super", schrie ich auf. „Sonst noch etwas, was schief gehen kann?"

Im gleichen Moment klopfte es an der Tür.

„Reinigungspersonal!", hörte ich eine Stimme durch die Tür sagen. Schnell sprang ich vom Bett auf und schlüpfte ins Badezimmer. Ich wollte nicht, dass das Reinigungspersonal mich halbnackt in Badehose sieht. „Herein!", brüllte ich.

Ich hörte, wie sich die Tür öffnete und jemand mein Zimmer betrat.

„Bin gleich wieder draußen", sagte die Person, „ich wische nur kurz durch und leere den Mülleimer. Das Bad ist erst morgen dran und frische Handtücher gibt es nach Bedarf. Sie haben sicher gelesen, dass Sie Handtücher, die Sie gewechselt haben möchten, unter das Waschbecken legen sollen. Und wenn ..." Die Stimme verstummte. „Okay, ich sehe schon. Sie brauchen sich nicht zu schämen, das kann ja mal vorkommen. Ich wechsle dann gleich die Bettwäsche. Sie können sich ja in der Zwischenzeit frisch machen."

„Was meint die Reinigungsfrau mit frisch machen?", überlegte ich. Vorsichtig öffnete ich die Badezimmertür ein wenig und ließ den Blick durch das Zimmer schweifen. Dann verharrte mein Blick auf meinem Bett. Der Wasserfleck! Mein Blutdruck stieg ins Unermessliche. „Diese Person denkt doch wohl nicht im Ernst, dass ich ins Bett gemacht habe?" Das musste ich klären. Ich riss die Tür vom Badezimmer abrupt weiter auf, wobei ich den Eimer mit dem Putzwasser umstieß. „Herrje", entfuhr es mir, „nimmt das denn gar kein Ende?"

„Komme schon", rief eine Stimme vom Flur aus. „Ich habe nur frisches Bettzeug geholt."

„Was ist denn hier passiert?", fragte die Reinigungskraft, als sie mein Zimmer wieder betrat und in einer Wasserlache stand. „Du liebe Zeit, hier steht ja alles unter Wasser. Wie konnte das passieren?"

Spontan war ich nach dem Umfallen des Eimers wieder zurück ins Badezimmer gelaufen und hatte mich auf den Klodeckel gesetzt. Jetzt musste ich laut schluchzen.

„Ist nicht so schlimm", hörte ich die Reinigungskraft rufen. „Das kann doch wirklich mal passieren. Ich bringe das in Ordnung."

Eine Zeit lang hörte ich, wie aufgewischt und danach die Wäsche gewechselt wurde. Ich schluchzte noch immer. Wäre ich bloß zu Hause geblieben.

„Möchten Sie, dass ich einen Arzt rufe?", fragte mich die Reinigungskraft.

„Raus!", schrie ich in meinem aufgewühlten Zustand laut auf. „Raus hier! Lassen Sie mich in Ruhe!" Ich musste dadurch die Reinigungskraft so sehr erschrocken haben, dass ich innerhalb von Sekunden nur noch die Zimmertür laut ins Schloss fallen hörte.

Ich wartete eine kurze Weile und atmete

schließlich tief durch. Ich versuchte, mich zu beruhigen. „Das kann alles nicht wahr sein", dachte ich mir und befahl mir selbst, ganz ruhig zu bleiben. Langsam öffnete ich die Badezimmertür und erschrak, als mein Telefon plötzlich laut klingelte. „Was ist denn jetzt schon wieder?", fragte ich mich. Ich hastete zum Telefon und riss den Hörer ans Ohr. „Schneider!", meldete ich mich mehr oder weniger aggressiv. „Hallo Herr Schneider, hier ist Frau Doktor Kluge. Wie geht es Ihnen?"

„Äh, gut", stotterte ich und versuchte, meinen Gemütszustand in Ordnung zu bringen. „Danke gut", wiederholte ich noch mal ganz ruhig und gab mir Mühe, überzeugend zu wirken. „Was kann ich für Sie tun, Frau Doktor Kluge?"

„Herr Schneider, ich würde Sie gerne kurz in der Sprechstunde sehen. Wir müssten da ein paar Sachen besprechen."

Ich stutzte. Hatte ich etwa einen Termin verpasst?

„Wann soll ich denn kommen?", fragte ich nach.

„Sie haben gerade eine Pause zwischen Ihren Anwendungen", sagte Frau Doktor Kluge. „Es wäre schön, wenn Sie in ungefähr 20 Minuten bei mir sein könnten."

Ich kam ins Grübeln, als ich den Termin bestätigt und den Hörer aufgelegt hatte. Vermutlich war etwas passiert, dass sie mir persönlich sagen wollte. „Oder gab es eine ärztliche Diagnose, die mein Leben entscheidend prägen würde? Vielleicht hatte mein Arzt, Herr Moltke, mich deswegen hierhergeschickt. Vielleicht sollte ich hier in der Klinik die letzten Tage meines Lebens verbringen." Der Schweiß brach mir aus. „Natürlich! Das war es! Schluss! Ende! Aus! Von heute auf morgen!"

Aufgeregt zog ich mich um und setzte mich fassungslos auf meinen Stuhl am Fenster. Ich seufzte. Eine ungeheure Angst überkam mich. „Jetzt fahre ich zur Kur, damit es mir bald wieder gut geht und jetzt erfahre ich hier, dass mein Leben bald grausam zu Ende gehen wird." Mir schossen die Tränen in die Augen und ich konnte mich nur mit Mühe zusammenreißen, um nicht laut zu klagen.

„Okay", dachte ich schließlich, als ich mich wieder etwas beruhigt hatte. „Ich muss den Tatsachen ins Gesicht blicken und mich der Realität stellen. Immerhin bin ich in einer Klinik. Vielleicht wird man mich von hier aus gleich in eine Spezialklinik überweisen. Falls es noch Sinn macht." Ich schluckte schwer, stand schließlich auf. Dann machte ich mich mit schweren Füßen auf den Weg zu Frau Doktor Kluge. „Im Jogginganzug zum Todesurteil", ging mir ein Gedanke durch den Kopf.

Nervös und zitternd klopfte ich bei Frau Kluge an die Tür des Sprechzimmers. Mit einem freundlichen "Guten Tag", bat sie mich zu sich herein und bot mir einen Stuhl an.

„Sicher, damit ich nicht zusammenbreche, wenn sie mir gleich die Hiobsbotschaft mitteilt", überlegte ich und versuchte zu lächeln. Schließlich sollte sie mich in guter Erinnerung behalten, wenn ich nicht mehr leben würde.

„Herr Schneider", begann sie das Gespräch und mein Herz klopfte wie wild. „Ich habe Sie zu mir gebeten, da ich mir Ihre Befunde, die uns Ihr Arzt geschickt hat, nochmals angeschaut habe. Mir ist da etwas aufgefallen, was ich mit Ihnen klären muss. Ich versuche, mich einfach auszudrücken." Während sie mich ansah und tief Luft holte, stand ich kurz vor einer Ohnmacht und konnte mein Zittern kaum noch kontrollieren.

Schließlich fuhr sie fort: „Die Befunde zeigen mir, dass Ihre Wirbelsäule ... - „Ein Tumor", schoss es mir durch den Kopf - ... nicht die übliche S-Form darstellt. Im oberen Bereich der Wirbelsäule gibt es eine Verformung."

„Wie lange noch?", platzte es aus mir heraus. Frau Doktor Kluge antwortete spontan. „Noch drei Wochen", sagte sie.

Mir brach der Schweiß aus und Tränen traten in meine Augen.

„Was ist denn mit Ihnen los, Herr Schneider. Fühlen Sie sich nicht gut?", fragte mich Frau Doktor Kluge.

140

„Nicht gut?", erwiderte ich. „Sie sagen mir gerade, dass ich nur noch drei Wochen zu leben habe und da soll ich mich gut fühlen?" Ein Weinkrampf schüttelte mich. Dass mein Leben so schnell zu Ende gehen würde, hatte mir den Boden unter den Füßen weggerissen. Gut, dass Frau Doktor Kluge mir vorher einen Stuhl angeboten hatte.

„Wieso haben Sie nur noch drei Wochen zu leben?", fragte sie mich. „Wie kommen Sie darauf? Gibt es etwas, das ich noch nicht weiß?"

„Etwas, das Sie nicht wissen?", schluchzte ich. „Sie haben doch gerade gesagt, dass ich nur noch drei Wochen zu leben habe."

Frau Doktor Kluge konnte sich das Lachen kaum verkneifen. „Aber nein, Herr Schneider, Sie sind noch drei Wochen zur Kur hier. Das meinte ich mit den drei Wochen. Nichts anderes. Es tut mir leid, Sie so erschreckt zu haben, aber da haben wir uns wohl falsch verstanden. Beruhigen Sie sich bitte, es ist alles in Ordnung." Sie reichte mir ein Papiertaschentuch. „Hier!", sagte sie, „Ihre Nase tropft."

Geräuschvoll zog ich die Nase hoch und wischte mir mit dem Papiertaschentuch die Augen trocken. Danach reichte ich ihr in Gedanken das Papiertaschentuch zurück. Mit einem Kopfnicken deutete sie auf den Papierkorb, der neben mir an der Wand stand. „Entschuldigung", sagte ich und warf das Papiertaschentuch in den Papierkorb. „Ich bin etwas durcheinander und angespannt. Ich habe mich noch nicht so richtig an den Klinikablauf gewöhnt." Wieder zog ich mir die Nase hoch - diesmal etwas leiser. Erneut reichte sie mir ein Papiertaschentuch. Dankbar nickte ich. „Warum hatte ich keine eingesteckt? Das passierte mir doch sonst nicht."

„Sie scheinen Ihren gewohnten Alltagsrhythmus zu vermissen", meinte Frau Kluge. „Aber das ist normal. In ein paar Tagen haben Sie sich an den Klinikablauf gewöhnt und sicher nette Menschen kennengelernt."

Ich musste an die Menschen denken, denen ich bisher begegnet war, und an die unangenehmen Erfahrungen, die ich bereits gemacht hatte. Mein zustimmendes Nicken zu Frau Doktor Kluges Prognose fiel mir von daher sehr schwer.

Aber ich merkte, dass ich mich zwischenzeitlich wieder etwas entspannt hatte. Doch noch nicht sterben zu müssen, beruhigte mich ungemein.

„Aber weshalb ich Sie eigentlich hergebeten hatte, Herr Schneider", sagte Frau Kluge, „ist, dass ich Ihren Anwendungsplan geändert habe. Sie werden zukünftig am Bogenschießen teilnehmen."

„Bogenschießen?", fragte ich erstaunt. „Was soll das denn bringen?" Hierauf konnte ich mir überhaupt keinen Reim machen.

„Das ist ganz einfach", sagte Frau Doktor Kluge. „Beim Bogenschießen muss man den Körper gerade aufrichten und anspannen. Das stärkt die Muskulatur. Zusätzlich übt man sich in Konzentration. Dieser Sport bringt einen zur Ruhe. Und wenn ein Pfeil abgeschossen wurde, kommen Geist und Körper in eine Entspannungsphase. Und Entspannung scheint mir in Ihrem Fall auch Sinn zu machen."

Ich dachte kurz nach. Das klang alles schlüssig für mich. „Na gut", gab ich zur Antwort. „Das hört sich vernünftig an. Dann werde ich also Bogenschießen lernen."

„Ich muss zugeben", sagte Frau Doktor Kluge, „ich wollte Ihren Anwendungsplan eigentlich erst in der zweiten Woche umstellen, nachdem ich die Unterlagen nochmal gelesen hatte. Aber auf dem Gang habe ich unsere Reinigungskraft getroffen. Sie war ganz aufgeregt und erzählte mir, dass sie in Ihrem Zimmer gewesen ist ..." Frau Doktor Kluge schaute mich mit etwas nach vorne gesenktem Kopf über ihre Brille hinweg an. „Sie wissen, was ich meine ..." „Ja", sagte ich. „Ich weiß. Es tut mir leid. Ich wollte die Reinigungskraft nicht erschrecken." „Hoffentlich hat sie nichts von dem nassen Bett erzählt", schnellte mir ein Gedanke durch den Kopf. Ich wollte nicht, dass Frau Doktor Kluge denkt, ich hätte auf mein Bett gemacht.

Ich kam nicht mehr dazu, das zu erklären. Frau Doktor Kluge hatte sich zu ihrem Drucker gedreht, der hinter ihr stand und nahm das Blatt heraus, das sie soeben gedruckt hatte. „Hier ist Ihr neuer

Anwendungsplan. Morgen um 10:30 Uhr haben Sie den Einführungskurs im Bogenschießen. Viel Spaß und viel Erfolg."

Das Gespräch war somit beendet. Sie streckte mir die Hand entgegen und ich verabschiedete mich mit einem Händedruck und einem Dankeschön. Wieder musste ich die Nase hochziehen.

„Und putzen Sie sich die Nase!", rief Frau Doktor Kluge mir noch hinterher, als ich den Raum verließ.

Ausgerechnet Frau Engels und Frau Krüger schoben sich gerade mit ihren Rollatoren am Sprechzimmer vorbei, als ich den Gang betrat. „Brauchen Sie ein Taschentuch?", fragte mich Frau Engels freundlich.

„Nein danke!", sagte ich. „Meine Nase lasse ich immer laufen!" Wütend machte ich mich auf den Weg in mein Zimmer.

„Frechheit!", rief mir Frau Engels hinterher. „Das hat man davon, wenn man freundlich ist. Aber glauben Sie nicht, dass wir Ihnen noch mal unsere Hilfe anbieten!"

„Hoffentlich haben die beiden nichts von dem Gespräch mitbekommen", ging es mir durch den Kopf, als ich mich in meinem Zimmer wieder auf mein Bett setzte. Erschrocken fuhr ich hoch, setzte mich aber gleich wieder hin, als mir einfiel, dass ich meine Wäsche bereits gewechselt und die

Reinigungskraft die nasse Bettwäsche schon lange ausgetauscht hatte. „Meine Güte, was für ein Tag", dachte ich mir.

Dann fiel mir mein Anwendungsplan für heute ein. Ich musste dringend prüfen, wann ich den nächsten Termin hatte.

Als ich den Plan geprüft hatte, entspannte ich mich. Für heute stand nur noch ein Vortrag über das richtige Verhalten bei Rückenbeschwerden auf dem Plan. Das gefiel mir gut: Hinsetzen und zuhören. Und dieser Vortrag begann erst in 40 Minuten. Ich hatte also genügend Zeit, um in den Vortragsraum ins Erdgeschoss zu schlendern. Danach gab es Abendessen. Der Tag schien sich noch zum Guten zu wenden.

Bereits 25 Minuten später stand ich vor dem Vortragsraum. Natürlich viel zu früh. Ich überlegte kurz, ob ich noch mal nach draußen an die frische Luft gehen sollte, entschied mich aber dagegen. Wenn der Vortragsraum aufgeschlossen wird, wollte ich möglichst der Erste sein, der in den Raum hineinkam und mir den besten Platz aussuchen. Außerdem bestand die Gefahr, dass ich mich draußen verlaufen würde. Dann käme ich zu spät zum Vortrag oder würde ihn ganz verpassen. Das wollte ich auf gar keinen Fall riskieren. Immerhin handelte es sich um einen Pflichtvortrag, an dem jeder während seines Kuraufenthaltes mindestens einmal teilgenommen haben musste.

Also wartete ich geduldig vor der geschlossenen Tür.

Kurze Zeit später hörte ich Stimmen. „Aha, da kommen bereits andere Teilnehmer." Ich schob mich ein Stück näher an die Tür heran, damit klar war, dass ich zuerst hier war und mir die Auswahl des ersten Sitzplatzes zustand.

Die Stimmen kamen näher und ein Rollator wurde um die Ecke geschoben. Es erschien Frau Engels. Der nächste Rollator folgte prompt und wurde von Frau Krüger geschoben.

Meine Gesichtszüge entglitten mir. Ausgerechnet die beiden alten Damen, die ich nicht leiden konnte. Ich versuchte, freundlich zu schauen und rang mir ein Lächeln ab.

Die beiden Damen ignorierten mich, schoben ihre Rollatoren an die mir gegenüberliegende Wand und nahmen auf den Sitzflächen Platz.

Beide starrten mich an.

Mein Lächeln gefror und ich schien zu versteinern. Ob sie bemerkt hatten, dass meine Entschuldigung von heute Mittag nicht wirklich von Herzen kam, sondern nur auf ihren Druck hin und wegen des anwesenden Pflegers? Oder ob sie beleidigt waren, weil ich kein Taschentuch von ihnen annehmen wollte? Irgendwie fühlte ich mich schuldig.

„Hallo", sagte ich mehr oder weniger aus Verlegenheit, da die Blicke der beiden Damen mich verunsicherten. Ununterbrochen starrten sie mich an und meine Unsicherheit wurde größer und größer. Ich hatte das Gefühl, dass die beiden jeden Moment einen schrecklichen Fluch über mich aussprechen würden. Ich würde mein Leben lang von Pusteln entstellt sein oder mir würde ein Buckel wachsen. Irgendetwas Gemeines in dieser Art traute ich den beiden zu. Die Situation hatte etwas Bedrückendes.

Zu meiner Erleichterung bogen kurze Zeit später ein paar weitere Leute um die Ecke. Unter anderem die Frau aus dem Schwimmbad, deren Badeschlappen ich versehentlich angezogen hatte. Sie lächelte, als sie mich sah und nickte mir zu.

Ich atmete auf und nickte freundlich zurück. Im gleichen Moment entspannte ich mich und fühlte mich etwas sicherer.

Frau Engels und Frau Krüger starrten mich noch immer hemmungslos an.

„Tja", versuchte ich den beiden durch meinen Blick mitzuteilen und nickte leicht mit dem Kopf. „Auch ich habe eine Verbündete hier!"

Kurz darauf kam der Referent und schloss die Tür zum Vortragsraum auf. „Hallo zusammen", begrüßte er uns. „Bitte treten Sie ein."

Als die Tür aufschwang, wurde mir klar, dass ich

einen Fehler begangen hatte: Ich hatte mich dummerweise so ungünstig neben die Tür gestellt, dass ich mit einem Mal hinter der Tür stand, als diese geöffnet wurde. Und hierdurch hatten fast alle anderen die Möglichkeit, vor mir den Vortragsraum zu betreten. Selbst Frau Engels und Frau Krüger schoben sich langsam und erhobenen Hauptes mit ihren Rollatoren an mir vorbei.

Nun betrat ich den Raum also als Letzter. Sehr zu meiner Verärgerung. Wie hatte mir nur so etwas passieren können? Ich sah mich um. Die ersten drei Sitzreihen war bereits besetzt, so dass ich mich gezwungen sah, in der vierten und damit letzten Reihe Platz zu nehmen.

Die Frau aus dem Schwimmbad saß direkt vor mir und drehte sich kurz um. „Hallo", sagte sie, „so sieht man sich also wieder. Ich bin Nadja Neubauer." Sie streckte mir ihre Hand entgegen. „Bandscheibenvorfall", sagte sie dabei und lachte.

„Schneider. Walther. Walther mit *th*", sagte ich und drückte ihre Hand. Sie schaute mich an und nickte. Ich spürte, dass ich noch etwas sagen musste. „Ach ja, Rücken", ergänzte ich noch.

„Dachte ich mir fast schon", sagte Nadja. „Kannst Nadja zu mir sagen. Wir sagen hier fast alle "du" zueinander. Sind ja mehr oder weniger eine Gemeinschaft."

„Walther", sagte ich zu ihr. „Sie können Walther zu mir sagen. Äh, du. Du kannst Walther zu mir

148

sagen." Ich tat mich schwer, ihr das *Du* anzubieten. Aber schließlich hatte wir ja bereits unsere Badeschlappen untereinander getauscht. Wenn auch nicht freiwillig. Bei diesem Gedanken musste ich grinsen.

„Aber was meinte sie mit: Mehr oder weniger eine Gemeinschaft?", überlegte ich. „Das klingt so nach Sekte." Ein ungutes Gefühl stellte sich ein. War ich hier im falschen Vortragsraum?

„Guten Tag, meine Damen und Herren", ließ sich plötzlich die Stimme des Referenten vernehmen. „Mein Name ist Werner Bach. Ich begrüße Sie alle herzlich zu meinem Vortrag *Der Rücken und seine Tücken*. Danke, dass Sie sich hierherbemüht haben."

Ein Mann lachte. „Das stand auf meinem Plan. Ich hatte keine andere Wahl", sagte er laut.

Die Anwesenden lachten.

Herr Bach lachte mit. „Betrachten Sie es als sinnvolle Ergänzung zu Ihren aktiven Anwendungen. Nicht nur Ihr praktisches Verhalten hat einen Einfluss auf Ihre Gesundheit, sondern auch Ihre Psyche spielt eine große Rolle hierbei. Während des Vortrages werden Sie feststellen, wie sehr Psyche und Körper zusammenhängen." „Also ich bin kein Bekloppter", sagte ich laut. Es sollte eigentlich ein Scherz sein, aber Herr Bach schaute mich nur böse an. Ebenso drehten sich einige andere zu mir, um ihren Missmut über diese

Äußerung auszudrücken.

„Typisch!", zischte Frau Engels laut. „Ich glaube schon, dass *der* ein Bekloppter ist", sagte Frau Krüger ergänzend und einige der Anwesenden lachten.

Mir wurde unbehaglich zumute und ich spürte, wie ich rot anlief.

„Was habe ich nur getan, dass alles so schiefläuft? Niemand scheint mich zu mögen." Ich brummelte eine Entschuldigung vor mich hin und blickte starr nach vorne zu Herrn Bach.

„Nun gut, kommen wir jetzt endlich zum Thema", sagte Herr Bach. Er startete eine PowerPoint-Präsentation und erklärte uns in einer knappen Stunde die Zusammenhänge zwischen Körper und Geist. „Wenn Sie im Leben sehr angespannt sind, weil Sie z. B. große Sorgen haben, kann sich das auf Ihre Körperhaltung auswirken, dann verspannen Sie mehr und mehr und haben auch körperliche Beschwerden. Ein gesunder Geist kann also sehr starken Einfluss darauf haben, dass auch der Körper gesund ist." Unter anderem erklärte er uns falsche und richtige Bewegungsabläufe für den Rücken sowie Möglichkeiten zur Vorbeugung gegen Rückenprobleme. Alles in allem ein interessanter Vortrag, fand ich, als er seine Ausführungen nach ungefähr einer Stunde beendet hatte.

„Geben Sie auf sich acht", sagte er, „und lassen

Sie sich durch Ihren Geist nicht in Ihrer körperlichen Bewegungsfreiheit bremsen! Ihr Körper ist oft stärker als Ihr Geist vermutet! Entspannen Sie Ihren Geist. Damit entspannen Sie auch Ihren Körper. Alles hängt miteinander zusammen! Und vergessen Sie niemals: Sie sind zu mehr in der Lage, als Sie vielleicht denken!" Mit diesen Worten beendete Herr Bach seinen Vortrag und verabschiedete uns.

Zur Sicherheit blieb ich bis zum Schluss sitzen, bis alle den Raum verlassen hatten. Ich wollte von niemandem wegen meiner Bemerkung vom Anfang des Vortrags angesprochen werden.

„Auf Wiedersehen", sagte ich schließlich zu Herrn Bach, als ich mich als Letzter auf den Weg machte, den Raum zu verlassen. Herr Bach sah mich an. „Kam nicht so gut an, ihr Spruch", sagte er zu mir. Ich zuckte mit den Schultern. „Habe ich bemerkt", sagte ich. „Entschuldigung dafür. Und danke für den Vortrag."

Ich verließ den Raum und schaute auf die Uhr. Es war zwar noch relativ früh, aber ich hatte keine Anwendung mehr und der Speisesaal war bereits geöffnet. Man konnte schon jetzt zum Abendessen gehen. Ich entschied mich dafür und machte mich auf den Weg in den Speisesaal.

Es war kaum jemand dort, so dass ich mir in Ruhe etwas vom Buffet aussuchen und mir einen Platz am Ende des Raumes suchen konnte.

Mein Bedürfnis an menschlichen Kontakten war für heute ausreichend erschöpft. „Vielleicht bin ich unfähig, mit Menschen zusammen zu sein", ging es mir durch den Kopf. „Ich bin vielleicht sozial inkompatibel." Mit diesen Gedanken nahm ich stillschweigend mein Abendessen ein und verließ bereits kurze Zeit später wieder den Speisesaal. Auf dem Weg zu meinem Zimmer kamen mir andere Kurgäste entgegen, die jetzt zum Abendessen gingen. Freundliche Gespräche und Unterhaltungen erfüllten die Flure, aber ich hatte das Gefühl, nicht wirklich anwesend zu sein.

Als ich in meinem Zimmer angekommen war und die Zimmertür hinter mir geschlossen hatte, seufzte ich und mir schossen die Tränen in die Augen. Ich legte mich auf mein Bett. Meine Gedanken kreisten wie wild in meinem Kopf herum. „Warum geht hier alles schief und weshalb mag mich niemand?" Die Welt schien über mir einzustürzen.

Schließlich schlief ich erschöpft ein und wälzte mich im Schlaf unruhig hin und her. Mehrfach wachte ich auf und musste mein Bettzeug vom Fußboden aufheben, da es immer wieder vom Bett gerutscht war. So schlecht hatte ich lange nicht mehr geschlafen.

Als ich am nächsten Morgen die Augen öffnete, erhellte das morgendliche Licht bereits mein Zimmer. Schlaftrunken und unausgeschlafen schaute ich mich um und als ich mich in meinem Zimmer wieder zurechtgefunden hatte, fiel mir das laute Vogelgezwitscher von draußen auf. „Das wird ein guter Tag", sagte ich zu mir selbst, um mir Mut zuzureden und richtete mich im Bett auf. Dann schaute ich auf die Uhr. 05:30 Uhr. Ich stutzte, viel zu früh, um aufzustehen. Ich entschied, mich nochmal hinzulegen und legte mich wieder zurück. Dann drehte ich mich auf die Seite und schlief sofort wieder ein.

Beim nächsten Aufwachen war es bereits 07:30 Uhr. „Frühstück", schoss es mir durch den Kopf. Ich sprang aus dem Bett und überzeugte mich zuerst auf meinem Anwendungsplan, dass ich noch genügend Zeit zum Frühstücken hatte. Erst um 09:30 Uhr sollte ich mich zur progressiven Muskelentspannung in einem Raum im Dachgeschoss einfinden. Ich hatte also noch Zeit. Ich ging in Ruhe duschen und fühlte mich danach frisch und motiviert. „Wird schon werden", sagte ich zu mir selbst und zog mich an. Ich nahm mir vor, mich nicht unterkriegen zu lassen. Schließlich war ich ja hier, damit ich mich erholen und Energie tanken konnte.

Im Speisesaal füllte ich meinen Teller und machte mich auf die Suche nach einem freien Platz. Ob ich mal einen anderen Tisch ausprobieren sollte? Ich erschrak. Soeben kam die *Nackenwirbelsäule* auf mich zu. „Hallo, wie geht es Ihnen?", fragte sie mich. „Danke", sagte ich schnell und noch bevor sie etwas Weiteres sagen oder mir ihr Leid klagen konnte, hatte ich meinen ganzen Mut zusammengenommen und mich schon auf den Weg an einen Tisch am Fenster gemacht. Es schien zwar mehr eine Flucht, als eine Entscheidung gewesen zu sein, aber alle Alternativen schienen mir besser zu sein, als den Tag mit einem Leidensvortrag zu beginnen.

An dem großen Tisch saßen bereits ein paar Leute und ich fragte höflich, ob ich mich dazusetzen dürfe. „Gerne", antwortete eine junge Frau. „Ich heiße Manuela", sagte sie und bot mir den Stuhl neben sich an. „Schneider, Walther Schneider", sagte ich und setzte mich neben sie. „Walther mit *th*." Manuela schaute mich irritiert an und lächelte freundlich.

„Ich habe dich schon bei der Ankunft gesehen", sagte sie zu mir. „Du bist ja quasi gerade erst angekommen." „Ja, erwiderte ich und biss in mein Brötchen. Ich bin noch ein Neuling." Ich fühlte mich unsicher, aber Manuela redete weiter, so als würde sie mich schon ewig kennen. „Ich hoffe, du findest dich hier gut zurecht", sagte sie. „Du machst einen gestressten Eindruck. Am Anfang sind die vielen Termine und das große Gebäude wirklich etwas verwirrend. Aber wenn man das System erstmal verstanden hat, ist alles ganz leicht. Ich bin jetzt seit fast einer Woche hier und habe mich ganz gut eingelebt. Das schaffst du schon." Manuela strahlte eine solche Sicherheit aus, so dass ich mich in ihrer Gegenwart wohl fühlte. Aber dann wurde ich skeptisch: Sie streckte ihren Rücken durch und holte tief Luft. „Jetzt kommt es", dachte ich mir. „Jetzt redet sie von ihrer Krankheit und hört nicht mehr auf." Aber sie überraschte mich: „Ich muss jetzt zu meiner

154

Anwendung", sagte sie nur und stand auf. „Schönen Tag noch", wünschte sie uns allen und verschwand vom Tisch.

Ich stutzte. Sie war wirklich einfach nur sehr nett.

Die *Nackenwirbelsäule* steuerte auf den Tisch zu, an dem ich saß. „Freie Platzwahl", schoss es mir durch den Kopf. Oh je! Schnell stopfte ich mir den Rest meines Brötchens in den Mund und stand auf. „Schon fertig mit Frühstück?", fragte der Mann, der mir gegenübersaß. „Ja", sagte ich mit vollem Mund und verschluckte mich fast. „Anwendung", schob ich noch schnell nach. „Muss los."

Im gleichen Moment erreichte die *Nackenwirbelsäule* meinen Tisch. „Ich muss zum Termin", stammelte ich mit vollem Mund und eilte davon. „Schade", rief die *Nackenwirbelsäule* hinter mir her. „Hätte mich gerne noch etwas mit Ihnen unterhalten. Sie sind so aufmerksam und ..."

Den Rest des Satzes bekam ich nicht mehr mit. Ich war bereits zu weit weg ...

„Auf zur progressiven Muskelentspannung!", dachte ich mir und ging in mein Zimmer. Aber es war noch viel zu früh. Also überbrückte ich die Zwischenzeit bis zu diesem Termin mit Fernsehen. „Was für ein Luxus", ging es mir durch den Kopf. „Am frühen Morgen fernsehen - toll!" Das gefiel mir.

Nach einer Weile und dem sich ständig wiederholenden Blick zur Uhr, schnappte ich mir schließlich ein Handtuch, das man zur Anwendung mitbringen sollte, und machte mich auf den Weg ins Dachgeschoss.

Hier stand die Tür zum Entspannungsraum bereits offen. Langsam trat ich ein. „Guten Morgen", sagte die anwesende Therapeutin. „Ich bin Frau Thiele. Suchen Sie sich einen Platz aus." Sie zeigte in den Raum, in dem sich Liegen, Matratzen und Stühle befanden. Auch einige Leute waren schon anwesend. „Sie sind Herr …?" „Schneider", sagte ich, „Walther Schneider, Walther mit *th*." Frau Thiele grinste mich an.

Ich schaute mich um und machte mich auf die Suche nach einem bequemen Platz. Zuerst legte ich mich auf eine der Matratzen am Boden. „Rückenlage", rief Frau Thiele. „Bin schon dabei", sagte ich und streckte mich auf der Matratze aus. So richtig bequem fühlte es sich für mich aber nicht an. Ich lag viel zu flach. Ich richtete mich auf, knüllte mein Handtuch zusammen und legte es mir unter den Kopf. Ja, so schien es zu gehen. Ich versuchte zu entspannen. Aber irgendwie war mir kalt. Dann sah ich, dass das Dachfenster über mir leicht geöffnet war. „Ah, daher zieht es." Mühsam stand ich wieder auf und schloss das Fenster.

„Wir brauchen noch ein bisschen frische Luft", rief jemand aus einer Ecke am Ende des Raumes. „Können Sie das Fenster noch ein wenig geöffnet lassen?"

Ich wollte gerade erwidern, dass *ich* unter dem Fenster liege und frieren würde, als Frau Thiele sich zu Wort meldete. „Herr Schneider, Sie können ja ein Stück weiter rutschen. Da ist auch noch eine Matratze frei. Dann kann das Fenster noch ein wenig offen bleiben. Der Herr in der Ecke hat Recht, hier muss noch ein bisschen Luft rein. Der Raum ist so stickig."

Ich schnaubte. „Okay, dann rutsche ich eben ein Stück weiter auf eine andere Matratze."

Als ich mich erneut zurechtgelegt hatte, fühlte ich mich recht entspannt. Hier lag es sich gleich viel besser, da es unter der Zimmerdecke dunkler als unter dem Fenster war. „Das ist wohl ein guter Platz", dachte ich mir und schaute an die Decke. Wird wohl gleich losgehen.

Kurz darauf betraten noch ein paar andere Anwendungsteilnehmer den Entspannungsraum. Unter ihnen auch Nadja Neubauer. Als sie mich sah, sprach sie mich gleich an. „Na, heute nicht mit falschen Badeschlappen unterwegs?" Sie lachte. „Nee, heute habe ich meine eigenen Schuhe an", antwortete ich und musste ebenfalls lachen. „Ich benutze lieber die Liege zur Muskelentspannung", meinte Nadja und steuerte auf eine der Liegen zu, die an der Wand standen.

„Na dann, gute Entspannung", rief ich ihr zu und lächelte.

Dann entdeckte ich Frau Engels und Frau Krüger,

157

die in einer Ecke bereits auf Liegestühlen Platz genommen hatten. Ich hatte die beiden beim Hereinkommen gar nicht bemerkt. Ob sie bereits vor mir hier im Raum gewesen sind? Das musste wohl so sein - die beiden Rollatoren hätte ich sonst bestimmt gehört. Die beiden alten Damen schienen mich regelrecht zu verfolgen.

Meine Nackenhaare stellten sich auf, aber ich legte mich wieder auf die Matratze und versuchte, mich zu entspannen. Meine Augenlider wurden schwer und mein Atem tief und gleichmäßig ...

„Herr Schneider, hören Sie mich? Herr Schneider... Hallo, bitte wachen Sie auf."

Ich erschrak und mir taten alle Knochen weh. Noch bevor die progressive Muskelentspannung angefangen hatte, musste ich eingeschlafen sein.

„Herr Schneider? Ihr Schnarchen stört die anderen Teilnehmer bei der Entspannung. Könnten Sie bitte wach bleiben? Sie müssen sonst den Raum verlassen ..."

Verschlafen schaute ich mich um. Die anderen Teilnehmer lagen oder saßen herum und starrten mich an. Nadja lachte.

"Schnarchnase", hörte ich Frau Krüger sagen und Frau Engels kicherte.

„Entschuldigung", stammelte ich. „Ich habe gar nicht mitbekommen, dass ich so müde bin."

„Das macht grundsätzlich nichts", sagte Frau Thiele. „Am Anfang ging das mit dem Schnarchen ja noch, aber dann haben Sie auf einmal so laut angefangen zu schnarchen, dass sich niemand mehr entspannen konnte. Das war der Moment, an dem ich Sie leider aufwecken musste."

Fragend schaute ich Frau Thiele an. „Und was soll ich jetzt tun?", wollte ich wissen. Ich kann ja nicht dafür garantieren, dass ich nicht mehr einschlafe."

„Setz dich doch auf einen Stuhl, sagte Nadja. „Die Stühle sehen doch ganz bequem aus und vielleicht schläfst du dort nicht ein."

„Das ist eine gute Idee", sagte Frau Thiele. „Wollen Sie das mal ausprobieren? Ich könnte mir vorstellen, dass das bei Ihnen funktioniert."

„Ja, dann versuche ich das mal", sagte ich, stand auf und steuerte auf einen der freien Liegestühle zu.

„So, jetzt aber", hörte ich Frau Thiele sagen. „Die Zeit für unsere Entspannung ist leider sehr begrenzt. Schließen Sie bitte die Augen und stellen Sie sich einen Ort vor, an dem Sie gerne sind …"

Ich schloss die Augen, stellte mir mein Wohnzimmer vor und schlief wieder ein …

Als Frau Thiele mich schließlich weckte, war der Entspannungsraum bereits leer. „Sie können jetzt gehen, Herr Schneider", sagte sie zu mir. „Sie konnten sich ja wunderbar entspannen. Und diesmal haben Sie nicht geschnarcht."

„Tut mir leid", entschuldigte ich mich. „Ich wollte eigentlich nicht nochmal einschlafen." „Kein Problem", sagte Frau Thiele. „Wenn Sie das Gefühl haben, entspannt geschlafen und Energie geschöpft zu haben, dann ist das auch ein Erfolg. Schließlich sind Sie ja hier, um sich zu entspannen. „Das stimmt", sagte ich und stand auf. „Dankeschön für Ihr Verständnis", ergänzte ich und verließ den Entspannungsraum.

„Das Unterbewusstsein hat sicher mehr von meiner Entspannungsanleitung aufgenommen, als Sie jetzt denken", rief sie mir hinterher.

Ich blieb stehen und drehte mich zu ihr um. „Was meinen Sie damit?", fragte ich. Sie antwortete: „Es gibt verschiedene Entspannungsmethoden. In einer meiner Anleitungen führe ich Sie mental durch verschiedene Entspannungsphasen. Sie legen sich bequem hin und durch das gezielte Anspannen und Entspannen von Muskeln kommen Sie in eine Entspannungsphase und damit in ein seelisches und körperliches Gleichgewicht. Oder aber ich lese Ihnen eine Geschichte vor, die Sie in Ihrer Entspannungsphase sozusagen persönlich erleben können. Diese Geschichten regen Ihre Phantasie an und können Ihnen helfen, Kraft und Energie zu tanken." Sie schaute mich über ihren Brillenrand freundlich an. Ich schaute fragend zurück.

160

„Ich führe Sie in Ihrer Phantasie zum Beispiel zu einem Brunnen, aus dem Sie Wasser schöpfen sollen. Dieses Wasser trinken Sie dann und spüren, wie verbrauchte Energie zu Ihnen zurückkehrt", erklärte sie mir.

„Das funktioniert?", fragte ich. Sie nickte. „Leider nicht bei jedem Menschen, aber wenn Sie offen dafür sind, kann es funktionieren. Aber das muss man natürlich erstmal eine Zeitlang üben." Ich nickte und nahm mir vor, beim nächsten Mal nicht einzuschlafen.

Als ich die Treppen hinunterging, musste ich grinsen. Diese Anwendung hatte ich mir anders vorgestellt. Aber ich fühlte mich frisch und ausgeruht. Das konnte ich wohl als Erfolg werten.

In meinem Zimmer angekommen, schaute ich auf meinen Plan: *Mooranwendung* stand dort. *Bitte treffen Sie 15 Minuten vor der Anwendung im Moorbad ein.* Moorbad, das klang nach schmutzigem Wasser und auch sehr gespenstisch. Natürlich hatte ich gleich Erinnerungen an Gruselfilme im Kopf, die ich mir früher mal angeschaut hatte. Heute kann ich mir solche Filme nicht mehr ansehen. Ich bekomme die Bilder nicht mehr aus dem Kopf. Leichen, die vom Grund des Moores an die Oberfläche getrieben werden, Hände die aus dem Moor ragen und nach den Lebenden greifen. Endlos langsames, aber sicheres Versinken in das todbringende schaurige und dunkle Moor ... Ich bekam eine Gänsehaut. „Gut, dass ich mir solche Filme heute nicht mehr anschaue. Ich schlafe danach immer sehr schlecht."

Der Gedanke an das Moorbad ließ mich leider nicht mehr los. „Die werden mich ja kaum in ein Moor stecken, das mitten im Wald liegt und mich untergehen lassen", überlegte ich.

Ich schaute auf die Uhr. In 30 Minuten würde die Anwendung beginnen. Zur Sicherheit machte ich mich schon jetzt auf den Weg. Ich wollte nicht zu spät kommen.

„Schneider ist mein Name", sagte ich, als ich im Moorbad angekommen war. „Walther." Meine Anmerkung, dass ich mit *th* geschrieben werde, verkniff ich mir. Ich hatte noch immer Manuelas Blick vor Augen, als ich ihr die Schreibweise meines Vornamens erklärt hatte. Stattdessen sagte ich nur, dass ich einen Termin zur Mooranwendung habe.

Die Angestellte schaute in den Computer. „Hm", machte sie. „Schneider …"

„Schneider, ach ja hier", sagte sie dann. „Sie sind 25 Minuten zu früh. Witzig", sagte sie und lachte, „jemand hat Walther mit *th* geschrieben."

Ich lachte nicht, sondern verzog nur das Gesicht. Warum hatten meine Eltern mir denn nicht einen Namen gegeben, dessen Schreibweise klar und deutlich war?

„Ich werde das *h* mal wegmachen", sagte die Angestellte und schaute mich dabei an. „Nein", sagte ich, „ich schreibe mich wirklich mit *th*. Sie können das *h* ruhig lassen."

„Oh! Entschuldigung", sagte die Mitarbeiterin. Sie schien etwas verlegen zu sein. „Na ja", meinte sie dann. „Falsch aussprechen kann man es ja trotzdem nicht. Ob mit oder ohne *h*, es hört sich immer gleich an."

„Stimmt!", dachte ich. Schlagartig wurde mir bewusst, dass mein ständiger Hinweis auf den Buchstaben *h* eigentlich keinen Sinn machte. Es sei denn, man musste meinen Namen schreiben.

„Nun gut, Herr Schneider, Sie können aber schon dort in die Kabine gehen und sich komplett ausziehen. Der Kollege macht dann das Moorbad für Sie fertig." Ich atmete erleichtert auf. „Also kein Waldmoorbad." Ich erschrak über mich selbst. „Hatte ich das wirklich geglaubt? Dass man mich in einen Wald führen würde, mich in ein dunkles Moor werfen und mich meinem Schicksal überlassen würde?" Meine Phantasie war mit mir durchgegangen. Wieder einmal.

Kurze Zeit später stand ich nackt in einem abgedunkelten, gekachelten Raum, in dessen Mitte eine große Metallbadewanne stand. Noch war die Wanne leer, aber der Mitarbeiter, der den Raum betrat, erklärte mir, dass ich mich in die Wanne setzen soll und er das Moorbad einlassen würde. „41 Grad", erklärte er mir noch. „Sie werden ins Schwitzen kommen, aber das Moor wirkt unter anderem heilungsfördernd bei Verspannungen von Muskeln und Gelenken. Es ist ein reines Naturprodukt."

Ich war erstaunt. Damit hatte ich nicht gerechnet. Aber *Naturprodukt* klang für meine Ohren durchaus akzeptabel.

Draußen hörte ich einen Rollator vorbeirollen und erschrak. „Die werden doch wohl nicht Frau Krüger oder Frau Engels zu mir in die Wanne setzen?" Aber das war absurd. Die Wanne war zwar groß, aber für zwei Personen dann doch zu klein. Also lehnte ich mich zurück und versuchte, mich zu entspannen. Das gelang mir jedoch erst, als ich hörte, dass sich der Rollator wieder entfernt hatte. Zwischenzeitlich war mir zwar der Schweiß ausgebrochen, aber das kam sicher vom Moor, als von dem Gedanken, mit Frau Engels oder Frau Krüger die Wanne teilen zu müssen. Sicher war ich mir aber nicht.

Das braune Moor schoss aus dem Einlasshahn und umschloss meinen Körper mehr und mehr. Ich versank sozusagen in den dunkelbraunen Fluten. „Alles in Ordnung?", hörte in den Mitarbeiter fragen „Sie schauen so skeptisch." „Ja, ja, alles okay", antwortete ich. „Aber was sind das für kleine Stöcke und Bröckchen im Moor? Das fühlt sich komisch an."

„Das sind kleine Aststücke und Schwebeteile aus dem Moor. Das Moor ist ja einem richtigen Moor einige Kilometer von hier entnommen worden und wird nach der Aufbereitung hier in das Moorbad gepumpt. Das ist also alles pure Natur, die Sie da spüren."

„Oh!", war das Einzige was ich dazu sagen konnte und ich unterdrückte den Gedanken an Moorleichen. „Werden wohl herausgefiltert worden sein", versuchte ich mich zu beruhigen.

Als mir das Moor bis zum Kinn stand, drehte der Mitarbeiter den Hahn ab und verließ den abgedunkelten Raum. „Wenn etwas nicht in Ordnung sein sollte, drücken Sie hier auf den Klingelknopf. Ich bin dann sofort wieder bei Ihnen", sagte er.

„Ja, alles klar", bedankte ich mich und war im gleichen Moment schon alleine.

Leise Musik dudelte aus einem Lautsprecher.

„Nun gut", entschied ich, „dann will ich mich mal entspannen." Ich atmete tief ein und legte mich so bequem wie möglich in der Wanne zurecht. Das Moor hüllte mich in eine wohlige Wärme ein und auch im Moor schwebenden Aststückchen fühlten sich bald vertraut an. Langsam aber sicher heizte sich mein Körper mehr und mehr auf und der Schweiß trat mir in großen Perlen auf die Stirn.

„Puh, ganz schön warm." Die Wärme tat gut, aber der Schweiß, der mir nun über das Gesicht lief, kitzelte. „Egal", sagte ich zu mir selbst und versuchte, den herablaufenden Schweiß zu ignorieren. Vergebens. Der Drang, mich im Gesicht zu kratzen, wuchs von Minute zu Minute.

Schließlich hob ich die Hände aus dem Moor und versuchte, mir zunächst das Moor von einer Hand abzuwischen, um wenigstens eine Hand sauber zu haben, damit ich mich damit kratzen konnte. Aber da hatte ich die Haftfähigkeit von Moor falsch eingeschätzt. Meine Hände ließen sich nicht säubern.

Langsam machte mich das Kitzeln auf dem Gesicht nervös. Es musste doch irgendwie möglich sein, mich zu kratzen oder zumindest das Kitzeln zu verringern. Ich runzelte die Stirn, rümpfte die Nase und zog die Mundwinkel mal nach oben oder mal das Kinn nach unten. Aber es half nichts, der Schweiß, der auf meinem Gesicht nach unten lief, kitzelte mich wie verrückt.

Ich schaute wieder auf meine Hände. Wenn ich mich mit diesen Moorfingern im Gesicht kratzen würde, kann das Moor in meinem Gesicht haften bleiben. Und wer weiß, welche vermoderten Moorbestandteile ich mir ins Gesicht reiben würde. Der Gedanke an Moorleichen bahnte sich wieder einen Weg in meinem Kopf. Nein, das kam für mich gar nicht in Frage. Ich durfte mich nicht kratzen. Ich musste durchhalten - das musste doch möglich sein. Soviel Disziplin dürfte für mich doch kein Problem sein.

Aber bereits zwanzig Sekunden später kratzte ich

166

mich vorsichtig mit den Fingerspitzen im Gesicht. Ich versuchte, möglichst effektiv zu kratzen und das Gesicht so wenig wie möglich zu berühren.

Aber der Schweiß lief und lief und ich musste immer wieder kratzen. Es war zum Verzweifeln.

Dann öffnete sich die Tür. „Na, hat`s gejuckt?", fragte mich der Mitarbeiter, als er mein Gesicht sah. Er lachte. „Das ist normal. Hauptsache, Sie haben sich nichts in die Augen gerieben. Sie können sich das Moor aber gleich ordentlich abduschen", sagte er und zeigte in eine Nische, in der sich eine Dusche befand.

„Bleiben Sie noch einen Moment liegen. Wir lassen erstmal ein bisschen Moor ab. Dann brause ich sie kurz ab und anschließend kommen Sie vorsichtig aus der Wanne heraus. Danach können Sie dann duschen gehen", wies er mich an. „Und nach dem Duschen sollten Sie sich noch eine Zeit lang im Nebenraum auf einer Liege ausruhen, damit sich Ihr Kreislauf wieder beruhigen kann."

Er schaute mich an. „Geht es Ihnen gut?", fragte er, während er den Stöpsel aus der Wanne zog. Ich nickte.

Das Moor lief ab und zum Vorschein kam mein dunkler moorastiger Körper.

Der Therapeut brauste mich kurz ab. „So, jetzt können Sie duschen gehen", sagte er danach. „Und vergessen Sie nicht, sich das Gesicht richtig

167

abzuwaschen." „Danke", sagte ich und als ich kurze Zeit später in einen Wandspiegel neben der Dusche schaute, wusste ich, warum er das mit dem Gesicht so ausdrücklich gesagt hatte. Ich sah aus, als hätte ich mich mit Schlamm geschminkt. Ich musste lachen und beim Duschen hatte ich das erste Mal in meinem Leben das Gefühl, dass es sich so richtig lohnen würde.

Nach der ausgiebigen Dusche zog ich mich an, legte mich im Nebenraum auf eine Liege und kuschelte mich in einer Decke, die dort lag, ein. Mein Kreislauf war wirklich am Boden und ich schlief sofort ein.

Das Geräusch einer klappenden Tür weckte mich schließlich auf und ich musste erstmal kurz überlegen, wo ich mich befand. „Ach ja, ich bin ja im Moorbad", erinnerte ich mich langsam wieder. „Das hat richtig gutgetan", stellte ich fest. Langsam stand ich auf. Ich wollte meinen Kreislauf noch nicht zu sehr belasten. Aber es war alles in Ordnung und so machte ich mich auf den Weg in mein Zimmer.

Ich war erstaunt darüber, wie viel Zeit ich hier mit Liegen und Schlafen verbrachte. Von meinem befürchteten Appellhofdrill war ich doch sehr weit entfernt.

Ich fühlte mich gut und kontrollierte meinen Anwendungsplan. *Nordic Walking,* stand dort. „Nordic Walking?" Ich überlegte. „Ach ja, schnelles Spazierengehen mit Stöcken", fiel mir ein. Ich grinste und schaute auf die Uhr. Mir blieb noch eine halbe Stunde Zeit. „Auf zur nächsten Aktion", sagte ich mir und machte mich auf den Weg in mein Zimmer. „Ein T-Shirt und Jogginganzug werden wohl reichen", überlegte ich. „Ach ja, und ein Basecap wäre noch sinnvoll." Nordic Walking würde ja draußen in der freien Natur stattfinden. „Ach, und natürlich ein Tuch für den Hals brauche ich." Ich bekam immer so schnell Halsschmerzen. „Vielleicht sollte ich noch ein zusätzliches T-Shirt unter meinem Jogginganzug anziehen." Falls ich schwitzen würde und es wäre windig, würde ich mich sicher erkälten ... Ich zog also noch ein T-Shirt, dann zur Sicherheit noch eine lange Unterhose, gut, dass ich diese zu Hause eingepackt hatte, und dicke Socken an. Dann setzte ich mein Basecap auf, wickelte mir einen dünnen Schal um den Hals und betrachtete mich zum Abschluss im Spiegel. „Etwas pummelig", stellte ich fest, „aber sicher ist sicher ..." Ich schaute aus dem Fenster. Ein paar dunkle Wolken zeigten sich am Himmel.

„Okay, ich sollte in jedem Fall mein Regencape drüberziehen." Es sah sehr nach Regen aus und wer weiß, wie lange wir unterwegs sein würden.

So zurechtgemacht, begab ich mich auf den Weg zu einem der hinteren Ausgänge des Gebäudes, an dem der Treffpunkt sein sollte. Ich musste mich beeilen. Durch das ausgiebige Anziehen war ich spät dran.

Als ich am hinteren Ausgang ankam, standen dort

bereits zwei Männer, die mich mit "Hallo" begrüßten. Ich grüßte zurück und vergewisserte mich noch mal, ob sich hier die Nordic-Walking-Gruppe treffen würde. „Das ist richtig", sagte einer der Männer. „Der Therapeut wird sicher bald kommen."

Im gleichen Moment öffnete sich eine Tür und der Therapeut kam auf uns zu. Er begrüßte uns, stellte sich mit dem Namen Thorsten vor und verteilte Nordic-Walking-Stöcke an uns, die er aus einer Kammer holte. „Für Sie 120 cm Länge. Das sollte von der Körpergröße her passen", sagte er, als er mir zwei Stöcke übergab. „Hat schon jemand Erfahrung mit Nordic Walking?", fragte er uns. Wir schüttelten alle drei den Kopf. Ich war froh. Ich war also nicht der Einzige hier, der nicht wusste, wie man Nordic-Walking durchführte. Ich hielt die Stöcke in der Hand und war erstaunt, wie leicht diese waren. Und sie schienen trotzdem sehr stabil zu sein.

„Carbon", sagte Thorsten, der mein Erstaunen bemerkt hatte. „Leicht und stabil. Und sie dämpfen die Stöße vom Boden ab." Ich nickte.

Kurz darauf gingen wir nach draußen, worüber ich sehr froh war. Durch die ganze Kleidung, die ich trug, begann ich bereits zu Schwitzen, noch bevor wir uns überhaupt bewegt hatten.

„An den Stöcken befinden sich Handschlaufen, die jeweils mit einem L bzw. einem R gekennzeichnet sind. L steht für links und R für rechts", erklärte uns der Therapeut. „Den jeweiligen Daumen stecken Sie durch die kleine Schlaufe des Handschuhs und schließen die Handschlaufe dann mit dem Klettverschluss. Die Hand selbst ist dann in der großen Schlaufe. Achten Sie bitte auf rechts und links, sonst funktioniert das nicht."

Ich sah mir die Stöcke und die Handschlaufen an. „Ah, okay, das ist nicht schwierig."

„Wir gehen jetzt Richtung Stadtwald. Wenn wir losgehen, schwingen Sie mit dem rechten Arm nach vorne und gehen mit dem linken Bein los und umgekehrt. Der Stock bleibt mit der Spitze am Boden und kommt nie weiter nach vorne, als wenn Sie einem Kind die Hand geben würden."

Ich war verunsichert. „Wie groß soll das Kind denn sein?", fragte ich schließlich. Es fiel mir schwer, mit so einer wagen Anweisung umzugehen. Der Therapeut schaute mich fragend an und die beiden Herren lachten. „Versuchen Sie sich vorzustellen, Sie geben einem Neunjährigen die Hand. Dann müsste es klappen." Jetzt lachte auch der Therapeut und fuhr unbeirrt fort. „Als nächstes drücken Sie sich dann mit dem Stock, wenn er wieder hinten ist, am Boden ab und holen sich damit quasi den Schwung zum Walken. Und das immer abwechselnd. Und achten Sie darauf, dass Sie die Hand öffnen, wenn Sie den Stock nach hinten drücken, das entspannt die Handgelenke.

„Ein neunjähriges Kind", überlegte ich. Leon kam mir plötzlich in den Sinn. „Leon Bauer, der Sohn meiner Nachbarin von oben. Der muss ungefähr neun Jahre alt sein", sagte ich. Seine Größe hatte ich ungefähr im Kopf. Ich war erleichtert. Das würde mir die Umsetzung dieser Aufgabe erleichtern.

Dann gingen wir los. „Ein bisschen mehr Schwung aus den Schultern", wurde ich beim Gehen korrigiert „Und gehen Sie möglichst aufrecht." Ich streckte mich. „Gut so!", sagte der Therapeut und ich hatte das Gefühl, dass das Walken mir lag.

Mit der Zeit bemerkte ich, dass meine Nase lief. Geräuschvoll zog ich sie nach oben. Aber es nutzte nichts. Sie tropfte. „Meine Nase läuft schneller als ich", dachte ich und hielt an, um sie mir zu putzen. „Ich hole gleich wieder auf, gehen Sie nur weiter", rief ich den anderen zu.

Da an beiden Händen die Stöcke mit den Schlaufen befestigt waren, war es gar nicht so einfach, mir mein Taschentuch aus der Hosentasche der Jogginghose zu ziehen. Aber ich hatte keine Lust, die Stöcke abzulegen und irgendwann schaffte ich es, mir ein Taschentuch zu angeln und, obwohl ich mit beiden Stöcken wild in der Luft gestikulierte, mir meine Nase zu putzen. „Gar nicht so leicht", stellte ich fest und stopfte mein Taschentuch wieder in die Tasche meiner Jogginghose.

Hätte ich die Stöcke aus der Halterung geklickt, hätte ich mir bestimmt schneller die Nase putzen können.

Die anderen waren schon ein gutes Stück weiter vorwärtsgekommen. „Jetzt aber los", sagte ich mir und spurtete vorwärts. „Ganz schön windig hier", dachte ich noch und im gleichen Moment erfasste eine Windböe einen meiner Stöcke von der Seite und schob diesen genau vor meine Beine. Ich stolperte, kam ins Straucheln und hüpfte mehr oder weniger ein Stück nach vorne, um nicht über den Stock zu fallen. „Wie peinlich", dachte ich, als ich wieder festen Boden unter den Füßen hatte. Glücklicherweise hatte ich mein Gleichgewicht schnell wiedergefunden. Das hätte ins Auge gehen können. Erleichtert richtete ich mich auf. „Hier lauert also die Gefahr bei dieser Sportart", dachte ich. „Da werde ich wohl aufpassen müssen." Ich holte tief Luft und ging los. Diesmal etwas langsamer. „Alles in Ordnung?", rief Thorsten mir zu, als er sich umgedreht hatte und sah, dass ich noch immer nicht aufgeholt hatte. „Alles okay", rief ich zurück und lächelte. Zum Glück hatte niemand bemerkt, dass ich fast hingefallen wäre.

Das Walken machte mir wirklich großen Spaß. Wir waren jetzt bestimmt schon eine halbe Stunde unterwegs und ich war schon ganz schön ins Schwitzen gekommen. Aber der Weg durch den Stadtwald war sehr schön. Ich stellte fest, dass der Wald eine sehr beruhigende Wirkung auf mich hatte.

Nach einer weiteren halben Stunde hatten wir die Kurklinik wieder erreicht. Ich kam als Letzter mit einem etwas größeren Abstand zu den anderen dort an, war außer Atem und völlig durchgeschwitzt. Aber es ging mir gut.

„Hat es Ihnen Spaß gemacht?", fragte uns Thorsten schließlich, als wir die Stöcke wieder abgaben. „Mir schon", platzte ich heraus. „Ich freue mich auf das nächste Mal."

„Das ist schön", sagte der Therapeut. „Das nächste Mal verlieren Sie bestimmt nicht das Gleichgewicht, wenn Ihnen der Wind den Stock vor die Füße weht", ergänzte er noch und zwinkerte mir zu. „Das kann beim ersten Mal durchaus passieren. Aber zum Glück sind Sie nicht hingefallen."

Ich war überrascht. Er musste also gesehen haben, dass ich fast hingefallen wäre. „Aber dann muss er ein guter Therapeut sein", stellte ich fest. Er hatte uns immer im Blick, auch wenn wir es nicht bemerkten. Dieser Gedanke beruhigte mich. Jetzt freute ich mich erst recht auf das nächste Mal.

„Und …", begann Thorsten einen neuen Satz und zog mich zur Seite. „Ja?", fragte ich. Er druckste herum. „Unter uns, Herr Schneider, beim nächsten Mal nicht so viele Sachen anziehen. Ich glaube, dann sind Sie etwas schneller und … Sie schwitzen dann nicht so stark …"

Ich spürte, wie mir die Schamesröte ins Gesicht stieg. „Äh, ja, da haben Sie recht", sagte ich nur. „Ich wusste halt nicht, was ich anziehen sollte und wollte einfach sicher gehen …"

Er nickte mir verständnisvoll zu und verabschiedete sich. „Bis zum nächsten Mal. Ach, und wenn Ihnen beim Losgehen etwas kühl ist, ist das besser. Warm wird Ihnen beim Walken automatisch."

„Danke für den Tipp", sagte ich und war erstaunt über diesen simplen aber logischen Hinweis. Dass ich darauf nicht selbst gekommen war. „Da habe ich wohl mit meiner Vorsicht übertrieben und viel zu viel angezogen. Aber für das nächste Mal weiß ich Bescheid", sagte ich zu Thorsten, als ich die kleine Gruppe verließ.

Ich spürte, dass der Therapeut es wirklich gut mit mir meinte.

Aber ich spürte auch etwas anderes: Ich hatte Hunger. Ich schaute auf die Uhr und stellte fest, dass es relativ früh war. Mit dem Essen musste ich mich also gedulden. Aber so hatte ich noch genug Zeit zum Duschen. Verschwitzt wollte ich sowieso nicht in den Speisesaal gehen. Da musste ich mein Hungergefühl jetzt eben aushalten. Es schien mir nichts auszumachen.

Auf dem Weg in mein Zimmer glaubte ich das erste Mal daran, dass Bewegung Glückshormone freisetzen konnte.

Ich verteilte meine verschwitzten Sachen in meinem Zimmer über die Stühle und das Bettgestell, duschte mich ausgiebig, zog mich an und machte mich schließlich gut gelaunt auf den

Weg in den Speisesaal.

Auf dem Weg dorthin sah ich Frau Engels und Frau Krüger mit ihren Rollatoren durch den Gang gehen. Meine gute Laune war wie weggeblasen. Die beiden waren auf dem Weg zum Aufzug, der eine Etage tiefer zum Speisesaal führte.

„Mist", schoss es mir durch den Kopf. „An denen komme ich wieder nicht ungeschoren vorbei." Ich entschied, die Treppe nach unten zu nehmen. Damit umging ich ein Zusammentreffen mit den beiden alten Damen und war sicherlich auch um einiges schneller. Die Aufzüge waren fast beängstigend langsam.

Als ich kurz darauf den Speisesaal erreichte, waren viele Tische gut besetzt. Da mir nicht mehr nach Gesellschaft zumute war, hätte ich am liebsten irgendwo alleine gesessen oder zumindest dort, wo kaum jemand am Tisch saß. Aber das war nicht möglich. Allerdings wollte ich mir dadurch nicht meine gute Laune verderben lassen. Seit dem Nordic Walking fühlte ich mich erstaunlich gut und ausgeglichen. Selbst die beiden alten Damen eben im Gang hatten an meiner Grundstimmung dauerhaft nichts ändern können. Ich wollte dieses gute Gefühl festhalten. Das konnte ich sicher am besten, wenn ich alleine für mich war.

Ich schaute zum Buffet. Es stand niemand an. Schnell ging ich dorthin und belud meinen Teller. Dann schlenderte ich mit meinem gefüllten Teller durch den großen Raum. Ich schaute zur

Fensterreihe rüber. Mein Platz von heute Morgen an dem Fenstertisch war noch frei und es sah so aus, als würden die gleichen Leute wieder dort sitzen. Das wäre eine Möglichkeit. Die Leute waren sehr freundlich und ich hatte mich beim Frühstück wohl gefühlt. „Aber ob das wohl zu aufdringlich ist, mich wieder dort hinzusetzen?", überlegte ich und schaute mich kurz nach Alternativen um.

Okay, es gab noch einen Platz an einem Tisch in der Mitte; gleich neben der *Nackenwirbelsäule*. „Nein! Das kommt nicht in Frage", sagte ich mir. „Auf gar keinen Fall!" Ich schaute weiter. Es gab noch drei freie Stühle an einem Tisch an der Wand. Das würde gehen. Aber im gleichen Moment, als ich darauf zusteuern wollte, sah ich, dass Frau Krüger und Frau Engels auf die freien Plätze zugingen. „Nein, in die Höhle der Löwinnen will ich nun wirklich nicht gehen", war mir sofort klar.

Ich fasste all meinen Mut zusammen und machte mich auf den Weg zu dem Fenstertisch von heute Morgen. Falls mich jemand wegschicken würde, konnte ich ja sagen, dass alle anderen - jedenfalls fast alle anderen - Plätze schon besetzt wären. Und dann mussten sie mich bei sich am Tisch sitzen lassen. Und es war freie Platzwahl. Ich nickte zufrieden. Ich hatte also zwei gute Argumente, mich an den Platz von heute Morgen zu setzen.

„Hallo", wurde ich freundlich von den Leuten am

Fenstertisch begrüßt. „Guten Abend", sagte Manuela. „Heißt sie wirklich Manuela? Oder doch Monika oder Michaela?" Ich war mir nicht mehr ganz sicher.

„Guten Abend", grüßte ich höflich zurück und fragte, ob der Stuhl noch frei sei.

„Klar", antwortete Manuela, „setz dich einfach hin. Du weißt doch, hier ist freie Platzwahl."

Ich setzte mich hin und war überrascht. Niemand schien mir diesen Platz abspenstig machen zu wollen. Ich durfte einfach dort sitzen und zu Abend essen.

„Hattest du einen guten Tag?", fragte mich Manuela. „Ja, danke", antwortete ich und erzählte ihr, was ich heute für Anwendungen gehabt hatte. Als ich ihr anvertraute, dass ich beim Nordic-Walking fast hingefallen wäre, musste sie lachen. „Das kenne ich", sagte sie. „Das ist mir am Anfang auch fast passiert. Aber man lernt ja, worauf man achten muss."

Wir unterhielten uns nett und sie erzählte mir, welche Anwendungen sie an diesem Tag gehabt hatte. Nach kurzer Zeit waren wir im Gespräch mit den anderen Tischnachbarn.

„So! Zeit fürs Zimmer", sagte einer der Herren. „Der Speisesaal wird in fünfzehn Minuten geschlossen." Ich war überrascht. Die Zeit war so schnell vergangen und ich hatte mich wieder richtig wohl gefühlt in Gegenwart der Anwesenden. Es war ein richtig entspanntes Abendessen gewesen und ich hatte die Gesellschaft tatsächlich genossen.

„Na dann", sagte ich, als ich aufstand, um auf mein Zimmer zu gehen und schob leise: „Man sieht sich. Guten Abend und gute Nacht!", hinterher.

„Ja, bis dann", sagten die anderen und verabschiedeten sich ebenfalls.

Zum dritten Mal an diesem Tag fühlte ich mich richtig gut. Erst nach dem Moorbad, dann nach dem Nordic Walking und jetzt nach dem Abendessen. Vielleicht war die Kur gar nicht so eine schlechte Idee gewesen. Aber man soll den Tag ja nicht vor dem Abend loben und mir stehen noch einige Tage bevor. Wer weiß, was da noch alles passieren würde. „Aber für heute bin ich erstmal zufrieden", dachte ich, als ich mich später in meinem Zimmer in mein Bett legte. Es kann nicht lange gedauert haben, bis ich einschlief. So viel Bewegung und so viele Glückshormone war ich einfach nicht gewohnt.

Am nächsten Morgen wachte ich durch das laute Vogelgezwitscher draußen erneut sehr früh auf. Ich musste mich zunächst wieder orientieren, aber als ich mich zurechtgefunden hatte, stand ich auf und machte mich für das Frühstück fertig.

Bevor ich zum Speisesaal aufbrach, schaute ich auf die Uhr. Es war erst kurz nach sechs. Ich schnaufte. „Frühstück gibt es erst ab 07:00 Uhr. Warum habe ich nicht vorher mal auf die Uhr geschaut?", dachte ich verärgert.

Aber jetzt war es zu spät. Ich entschied, mich nochmal aufs Bett zu legen und etwas zu lesen. Das tat ich dann auch - und schlief prompt wieder ein.

„Reinigungspersonal!", hörte ich eine Stimme in meinen Traum hineinrufen. „Oh! Entschuldigen Sie bitte!", sagte diese Stimme weiterhin und es klappte eine Tür. Ich schrak hoch. „Merkwürdiger Traum." Doch dann hörte ich die Stimme wieder: „Reinigungspersonal!", diesmal jedoch an der Zimmertür nebenan.

„Das konnte doch wohl nicht wahr sein, wieso mussten die jetzt schon die Zimmer so extrem früh sauber machen?" Verschlafen stieg ich aus dem Bett und schaute auf die Uhr. Ich erschrak! Es war bereits 09:10 Uhr. Ich musste wieder tief und fest eingeschlafen sein. Fragen kreisten wie Bienen durch meinen Kopf: „Frühstück? Anwendung? Rauswurf?"

„Ganz ruhig: Frühstück? Dazu reicht die Zeit nicht mehr", überlegte ich. Aber ich war zum Glück schon angezogen und könnte schnell nach unten gehen und mir ein oder zwei Croissants oder Obst im Speisesaal holen.

„Anwendung?" Schnell schaute ich auf meinen Plan. Erste Anwendung erst um 10:30 Uhr:

Bogenschießen. „Okay. Auch kein Problem."

„Rauswurf? Würde man mich aus der Klinik werfen, weil ich nicht zum Frühstück gekommen war? Nein", beruhigte ich mich selbst. Theoretisch könnte ich ja das Frühstück komplett ausfallen lassen. Sicherheitshalber würde ich mir eine gute Ausrede einfallen lassen, falls jemand bemerkt haben sollte, dass ich erst so spät aufgestanden war.

Ich machte mich also schnell auf den Weg zum Speisesaal. Im Flur begegneten mir Frau Engels und Frau Krüger. „Oh nein! Bitte nicht!", schoss es mir durch den Kopf. Aber ich musste an ihnen vorbei. Es nutzte alles nichts. Ein anderer Weg hätte mich zu viel Zeit gekostet. „Einen Moment bitte", hielten die beiden mich an, als ich nähergekommen war. „Wir möchten Ihnen etwas sagen." „Okay, ganz kurz", schnaufte ich. Frau Engels räusperte sich: „Es geht darum, dass Sie nun schon ein paar Tage hier sind und sich hier im Gebäude vielleicht noch nicht so richtig auskennen …" Ich wurde unruhig und tippte mit dem linken Fuß nervös auf dem Boden.

„… und Sie wissen auch, dass hier im Haus alles geregelt ist …" Frau Engels sprach sehr langsam, so dass sich Frau Krüger einschaltete. Aber leider sprach auch sie nicht schneller. „Und deswegen wollten wir Sie darauf hinweisen, dass der Speisesaal um 09:30 Uhr geschlossen wird."

„Danke", entfuhr es mir. „Das ist mir bekannt,

deswegen bin ich ja in Eile."

„Oh, entschuldigen Sie bitte", sagten die beiden Damen und traten zur Seite. „Na dann, aber los."

„Danke", sagte ich und machte mich wieder auf den Weg.

„Zu spät!", hörte ich die beiden Damen kurz darauf hinter mir herrufen. „Geschlossen!" Sie lachten. Ich schaute auf meine Uhr. Tatsächlich. Die Uhr zeigte 09:31 Uhr. Wütend und fassungslos schaute ich Frau Engels und Frau Krüger hinterher, als sie mit ihren Rollatoren um die Ecke bogen.

Ich war auf die beiden reingefallen. Sie hatten mich absichtlich aufgehalten, damit ich das Frühstück verpasste. Das hatte ich den beiden nicht zugetraut. „Womit habe ich das nur verdient?", fragte ich mich.

Mein Weg führte mich also wieder zurück auf mein Zimmer. „Kekse!", schoss es mir durch den Kopf. Ich hatte ja für alle Fälle Kekse eingepackt. „Gut, dass ich das gemacht hatte." Genau für solche Notfälle waren die Kekse gedacht. Ich öffnete den Wandschrank und fand die Kekse sofort. Ich riss die Packung auf und schob mir gleich einen Keks in den Mund. Tat das gut. Erst jetzt bemerkte ich, was für einen großen Hunger ich hatte. Zufrieden setzte ich mich auf mein Bett und kaute genüsslich meine Kekse. Ein Tee wäre jetzt natürlich toll gewesen, aber jetzt musste Wasser genügen.

Frau Krüger und Frau Engels gingen mir nicht aus dem Kopf. Wie sollte das weitergehen in den nächsten zweieinhalb Wochen? Ich musste darüber in Ruhe nachdenken und eine Lösung finden. Vielleicht sollte ich Frau Doktor Kluge um Rat fragen. Oder vielleicht Manuela oder Nadja? Die beiden schienen mir gute Gesprächspartnerinnen zu sein.

Dann fiel mir meine Anwendung wieder ein: „Bogenschießen um 10:30 Uhr. Mal sehen, wie das wird. Außer meinem Jogginganzug und den Sportschuhen werde ich wohl nichts benötigen." Zur Sicherheit schaute ich nochmal auf den Anwendungsplan. „Nein, keine Besonderheiten. Aber ich sollte auf jeden Fall früh genug losgehen …"

Als ich die Sporthalle im 2. Stock erreichte, stand die Tür bereits offen. Ich schaute auf meine Uhr. 10:15 Uhr zeigte diese an, ich war also nicht zu spät dran. Vorsichtig schaute ich in die Halle.

„Du kannst schon eintreten", sagte ein freundlicher junger Mann zu mir. „Die anderen werden wohl gleich eintreffen." Er war gerade dabei, Pfeile nach Farben zu sortieren.

„Mein Name ist Schneider", sagte ich, „Walther Schneider." „Hallo, Herr Schneider", sagte der junge Mann. „Mein Name ist Andreas. Ich bin dein Therapeut für das Bogenschießen." „Ach ja, hier sagen ja viele *du* zueinander. Das vergesse ich manchmal", sagte ich. „Ich bin also der Walther."

„Setz dich auf die Bank, Walther, bis die anderen kommen", sagte Andreas, „es wird bald los gehen."

„Ich habe vergessen, ihn darauf hinzuweisen, dass ich mich mit *h* schreibe", schob sich mir ein Gedanke in den Kopf und ich setzte mich in Bewegung, um ihm das zu sagen. Gleichzeitig betraten aber andere Teilnehmer die Sporthalle. Jetzt war es zu spät, Andreas darauf hinzuweisen. Ich zuckte mit den Schultern, schwieg und setzte mich wieder hin. Eigentlich war das *h* hier gar nicht wirklich wichtig, stellte ich wiederholt fest.

Andreas schaute auf die Uhr. „Hm, halb elf", sagte er. „Dann machen wir jetzt noch eine kurze Anwesenheitskontrolle und dann können wir anfangen." Andreas rief alle Namen, die auf seiner Liste standen auf, und sammelte die Anwendungspläne der Anwesenden zur Kontrolle und Unterschrift ein.

„Sehr schön. Alle da. Hat jemand von euch schon Erfahrung mit Bogenschießen?", fragte er in die Runde. „Wenn ja, bitte kurz die Hand heben."

Niemand meldete sich.

„Gut. Zuerst erkläre ich euch kurz etwas zum Bogenschießen. Das Bogenschießen ist für euren Alltagsstress ein guter Ausgleich. Es fördert die Konzentration und unterbricht damit belastende Gedankenspiralen. Gleichzeitig wird der Körper aufgerichtet und angespannt, was euren Bandscheiben und eurer Rückenmuskulatur gut

184

tun wird. Aber ich möchte ausdrücklich darauf hinweisen, dass das Bogenschießen auch gefährlich sein kann, wenn man es nicht richtig macht. Die Verletzungsgefahr ist groß, wenn man zum Beispiel den Bogen nicht richtig spannt oder von einem Pfeil getroffen wird. Damit ist nicht zu spaßen. Ich gebe euch immer ein Kommando, was ihr zu tun habt. Und diesem Kommando ist Folge zu leisten!"

Respektvoll und etwas eingeschüchtert hörten wir Andreas zu.

„Alles verstanden?"

Wir nickten.

„Okay, wir haben nicht so viele Zielscheiben, von daher möchte ich euch bitten, dass ihr euch jetzt jeweils zu zweit dort mit dem Rücken vor die Wand stellt und in Richtung der gegenüberliegenden Zielscheiben schaut. Stellt euch gleich neben die Bögen, die auf den Bodenhalterungen liegen. Vorsicht, dass die Bögen nicht aus den Halterungen fallen. Die sind dort nur aufgelegt."

Ich schaute mich um, mit wem ich eine Zweiergruppe bilden könnte. Doch noch bevor ich mich entscheiden konnte, standen bereits vier Zweiergruppen zusammen und lediglich eine kleine, stämmige Frau stand noch alleine dort. Ich gesellte mich zu ihr. „Hallo", sagte ich freundlich und sie nickte nur kurz. Sie wirkte sehr streng, hatte kurz geschnittene blonde Haare und war ungefähr zwei Kopf kleiner als ich. Sie wirkte stabil gebaut. Nicht schlank, aber auch nicht dick. Mein freundliches Lächeln hatte sie jedenfalls nicht erwidert. Wir gingen schweigend zusammen zu den letzten noch freien Bögen.

„Ist für jeden ein Bogen vorhanden?", meldete sich Andreas wieder zu Wort und wir bejahten seine Frage. „Legt bitte zuerst die Köcher an, die neben den Bogenhalterungen liegen. Ihr braucht hierzu nur den Haken an eurer Hose zu befestigen. Der Köcher hängt dann seitlich an einem Bein runter. Okay. Haben alle einen Köcher?" Er schaute uns an. „Prima. Jetzt nimmt sich jeder drei gleichfarbige Pfeile und steckt diese in den Köcher. Gut so!" Andreas inspizierte die Umsetzung seiner Anweisungen.

„Als nächstes hebt ihr den Fingerschutz vom Boden auf und zieht diesen über. Schaut mal alle her." Andreas demonstrierte uns, wie der Fingerschutz an der Hand befestigt wurde. Ich hob den Fingerschutz vom Boden auf und betrachtete ihn. Der Fingerschutz war aus Leder und sah aus wie ein Handschuh für drei Finger. Ich stülpte ihn über den Ring-, Mittel- und Zeigefinger und schloss den Klettverschluss hinter dem Handgelenk. So waren die Finger durch den stabilen Handschuh vor Verletzungen durch die Bogensehne geschützt und man konnte diese besser spannen.

„Als nächstes nehmt ihr den Bogen in die Hand." Wir hoben die Bögen aus ihren Halterungen.

„Gut!", sagte Andreas und nahm auch einen Bogen in die Hand. „Jetzt nimmt jeder einen Pfeil aus seinem Köcher. Aber niemand schießt, bevor ich das Kommando gebe! Ich sage dann eindeutig das Wort *Schuss*."

„Jetzt stellt ihr euch etwas seitlich zu eurer gegenüberliegenden Zielscheibe auf und geht etwas in die Knie." Ich schaute nach vorne. Die Zielscheiben mit ihren farbigen Kreisen befanden sich am anderen Hallenende. „In der Mitte der Zielscheiben befindet sich ein schwarzer Kreis. Wenn ihr den trefft, seid ihr gut", sagte Andreas zu uns und lächelte.

Die Zielscheiben waren auf einem Holzbrett befestigt, das wiederum auf einem Holzständer stand. Zwischen den Zielscheiben und der Hallenwand war ein feinmaschiges Netz aufgehängt, das Pfeile abfangen sollte, die die Zielscheiben nicht getroffen hatten.

„Den Bogen jetzt mit der linken Hand vor euch nach vorne halten. Den Pfeil haltet ihr mit der rechten Hand. Dann legt ihr ihn auf dem Plastiknippel ab, der sich am Bogen befindet. Bitte Vorsicht, der Plastiknippel kann schnell kaputtgehen. Hakt als nächstes die Kerbe vom Pfeilende in die Sehne ein. Mit den Fingern der rechten Hand haltet ihr den Pfeil fest, wenn ihr die Sehne anspannt. Keine Angst. Der Handschuh schützt eure Finger." Andreas schaute sich um. „Okay. Zieht die Sehne jetzt langsam immer weiter zu euch und spannt den Bogen, indem ihr gleichzeitig auch den linken Arm etwas weiter nach vorne ausstreckt und den Bogen nach oben nehmt. Eure Hände befinden sich jetzt auf Höhe eures Gesichtes." Wieder schaute sich Andreas prüfend um. Hier und da korrigierte er unsere Haltung, aber im Großen und Ganzen schien er mit uns zufrieden zu sein.

Ich war bereits ins Schwitzen geraten, da mich das aufrechte Stehen und die leichte Beuge in den Knien sehr anstrengte. Gleichzeitig versuchte ich, den Anweisungen von Andreas konzentriert zu folgen.

„Ihr zieht die Sehne so weit an euer Gesicht heran, dass der ausgestreckte Daumen der rechten Hand leicht euren rechten Mundwinkel berührt", fuhr Andreas fort. „Dadurch habt ihr etwas Abstand von der Sehne zu eurem Gesicht." Wieder kontrollierte er unsere Vorgehensweise.

„Achtet darauf, dass ihr weiterhin gerade und angespannt stehen bleibt. Und denkt an eure Knie."

Ich spürte, wie sich meine Muskulatur noch mehr anspannte und wie mir der Schweiß den Rücken hinunterlief. Lange würde ich so nicht mehr stehen bleiben können. „Bogenschießen ist anstrengender, als ich dachte." Dabei hatte ich noch nicht einmal geschossen.

„Konzentriert euch jetzt auf die Zielscheiben am anderen Ende der Halle. Gut so! Und jetzt versucht, über den Pfeil nach vorne zu schauen, so dass ihr die Zielscheibe fixiert."

Meine Anspannung war kaum noch auszuhalten.

„Und: SCHUSS!", rief Andreas.

Neun Pfeile sausten durch die Sporthalle auf die fünf Zielscheiben zu. Andreas schaute sich erstaunt um und sein und die Blicke der anderen Teilnehmer ruhten schon bald auf mir. Ich war nicht in der Lage gewesen, meine Finger zu öffnen und die Bogenseite loszulassen. Ich war so mit Anspannung beschäftigt, dass ich das Kommando zum Schuss nicht umsetzen konnte. Ich konnte nicht loslassen.

„Schuss! Walther. Öffne die Finger. Los!", rief Andreas.

„Loslassen!", sagte ich zu mir selbst. „Jetzt! Loslassen! Ich muss loslassen!" Dann öffnete ich endlich die Finger und mein Pfeil sauste nach vorne Richtung Zielscheibe. Ich starrte dem Pfeil hinterher und sah, wie er geradewegs im Holzbrett der Zielscheibe stecken blieb.

Verlegen grinste ich Andreas an.

„Ist nicht schlimm", sagte er nur. „Du bist ja noch ein Anfänger."

Getröstet fühlte ich mich durch diese Worte leider nicht. Schließlich waren wir alle Anfänger und nur mein Pfeil hatte die Zielscheibe nicht getroffen. Zugegeben, die Pfeile der anderen steckten auch nicht eindeutig in der Mitte der Zielscheiben. Auch hier gab es verirrte Pfeile, die teilweise nur knapp die Zielscheiben getroffen hatten. Das tröstete mich leider nur wenig.

„So, alle fertig?" Andreas schaute sich um. „Bitte jetzt alle die Bögen nach unten nehmen. Gut! Wenn ihr die Bögen nach unten nehmt, sehe ich, dass ihr fertig seid."

„Achtet bitte nach dem nächsten Schuss darauf, dass ihr noch eine Weile in der Anspannposition stehen bleibt. Löst euch erst langsam wieder aus dieser Stellung. Betrachtet es als einen Teil des Schießens. Nicht sofort den Bogen herunternehmen. Nehmt den aufrechtstehenden Körper und die gleichmäßige Atmung bewusst wahr."

Er schaute uns an und wir nickten.

„Gut. Dann könnt ihr jetzt den zweiten Pfeil aus dem Köcher nehmen. Und dann wartet ihr wieder auf mein Kommando."

Andreas wartete kurz ab.

„Okay!", sagte er dann. „Stellung einnehmen! Pfeil auf den Plastikknippel legen und die Kerbe in der Sehne einrasten lassen. Jetzt den Bogen nach oben nehmen. Spannen. Sehne bis zum Mundwinkel ziehen. Konzentriert nach vorne schauen. Und: Schuss!"

Diesmal surrten zehn Pfeile gleichzeitig durch die Halle und wir behielten konzentriert unsere Stellung bei.

Ich war glücklich. Ich hatte im gleichen Augenblick wie alle anderen meine Finger geöffnet und meinen Pfeil abgeschossen. Ich hatte, soweit ich das sehen konnte, zwar nur den äußeren Ring der Zielscheibe getroffen, aber immerhin.

Dann nahm ich den Bogen nach unten und schaute ganz stolz abwechselnd zwischen Andreas und der blonden Frau neben mir hin und her. Andreas nickte mir anerkennend zu, während die Frau neben mir mich ignorierte. „Sicher ist sie nur neidisch", dachte ich mir.

Als Andreas geprüft hatte, dass wir alle unsere Bögen wieder nach unten genommen hatten, bekamen wir das neue Kommando: „Nächste Schussvorbereitung! Stellung einnehmen! Pfeil einhaken! Bogen anlegen! Spannen und ... Schuss!"

Auch mein dritter Pfeil war gleichzeitig mit den anderen nach vorne geflogen und ich fühlte mich so richtig zu der Teilnehmergruppe zugehörig. Ich hatte zwar auch diesmal nur den äußeren Ring der Zielscheibe getroffen, aber das störte mich nicht.

„Wenn alle geschossen haben und niemand mehr einen Pfeil hat, könnt ihr nach vorne gehen und

eure Pfeile wieder einsammeln", hörte ich Andreas'
Stimme sagen. „Schaut bitte immer, ob niemand
mehr einen Bogen nach oben hält. Ihr geht erst
nach vorne, wenn alle Bögen unten sind und auf
den Halterungen liegen! Das ist ganz wichtig. Nie
vorher nach vorne gehen!"

Wir überprüften, ob niemand mehr einen Bogen in
der Hand hielt und gingen nach vorne. Hier zogen
wir unsere Pfeile aus der Zielscheibe. Bis auf den
Pfeil, den ich in das Holzbrett geschossen hatte,
ging das recht leicht. Für den Pfeil im Holzbrett
musste ich viel Kraft aufbringen, bis ich ihn wieder
in meinen Köcher stecken konnte.

„Okay!", sagte Andreas, als wir bei ihm
angekommen waren. „Ihr bleibt in den
Zweiergruppen zusammen und stellt euch wieder
auf. Wir machen jetzt den nächsten Durchgang."

„Alle am Ausgangspunkt angekommen?" Er
schaute sich um. „Okay, Stellung einnehmen! Pfeil
einhaken! Anlegen! Spannen und Schuss!"

Wieder flogen zehn Pfeile nach vorne auf die
Zielscheiben zu.

„Verharrt einen Moment und bleibt in Position und
dann nehmt gleich den nächsten Pfeil. Einhaken,
anlegen, spannen und Schuss!"

„Sehr gut, ihr werdet immer besser!"

Er erhöhte das Tempo seiner Anweisungen:

„Okay, Stellung wieder einnehmen! Pfeil einhaken! Anlegen! Spannen und Schuss!" Wieder sausten zehn Pfeile nach vorne.

Nachdem wir alle ein wenig in der Abschussposition ausgeharrt hatten, hielten wir unsere Bögen nach unten.

Andreas nickte. „Alle fertig? Gut, Bögen auf die Halterung und dann könnt ihr eure Pfeile wieder holen."

Als ich an der Zielscheibe ankam, freute ich mich. Meine drei Pfeile befanden sich verteilt auf den farbigen Markierungen der Zielscheibe. Ich staunte. Die Pfeile meiner Partnerin hatten alle den schwarzen Mittelpunkt der Zielscheibe getroffen.

„Gut, alle wieder herkommen und aufstellen", rief Andreas.

„Achtet auf eure Konzentration und auf eure Stellung. Ihr entscheidet jetzt selbst, wann der zweite und dritte Pfeil abgeschossen werden. Ihr werdet jetzt euren eigenen Rhythmus finden. Ich gebe nur noch das Kommando für den ersten Pfeil. Versucht, eine fließende Bewegung zwischen den einzelnen Schüssen hinzubekommen. Aber ihr dürft erst nach vorne gehen, wenn ihr euch vergewissert habt, dass alle ihre Pfeile abgeschossen haben. Zum Zeichen hierfür legt ihr euren Bogen auf die Halterung am Boden zurück. Und nochmal: Erst wenn alle ihre Bögen weggelegt haben, dürft ihr nach vorne gehen.

Verstanden?"

Wir nickten einstimmig.

Dann gab Andreas uns das Kommando für den ersten Pfeil: „Stellung! Einhaken! Anlegen! Spannen! Schuss!"

Ich schoss meinen ersten Pfeil ab und hielt noch eine Weile meine eingenommene Position ein. Dann nahm ich meinen nächsten Pfeil aus dem Köcher, stellte mich wieder aufrecht hin, hakte ein, legte an, spannte, schoss und verharrte. Trotz meiner Konzentration nahm ich aus dem Augenwinkel wahr, dass die Frau neben mir sich nicht mehr bewegte.

Vorsichtig schaute ich zu ihr rüber. Sie schien sich zu langweilen. Ihr Köcher war leer. Während ich zwei meiner Pfeile abgeschossen hatte, hatte sie bereits alle drei Pfeile auf den Weg zur Zielscheibe gebracht.

Ich lächelte freundlich. Sie schaute mich nur an. „Nun schießen Sie schon!", sagte sie mit einem strengen russischen Akzent zu mir. „Na los! Wir wollen unsere Pfeile wieder holen."

Jetzt fror mein Lächeln ein. In Gedanken sah ich mich in einem Kofferraum liegen, der mich nach Sibirien brachte, nur weil ich die Frau eines russischen Geschäftsmannes angelächelt hatte. Ich musste schlucken.

„Na los! Mach schon!", befahl die Frau und ich nahm meinen Pfeil aus dem Köcher. Schnell ging ich in Position, legte an, spannte und schoss.

Der Pfeil flog in einem hohen Bogen durch den Raum, verfehlte die Zielscheibe, prallte auf das Sicherheitsnetz und plumpste danach auf den Boden.

Andreas schaute mich an und ich zuckte mit den Schultern. „Macht nichts!", sagte er nur.

Dann schaute Andreas auf seine Uhr. „So, für heute ist's genug. Gebt bitte alle Sportutensilien bei mir ab und nehmt eure Unterlagen mit. Ich hoffe, es hat euch Spaß gemacht und wir sehen uns wieder. Wünsche euch allen noch einen schönen Tag."

„Gleichfalls noch einen schönen Tag", sagte ich zu Andreas und verließ die Sporthalle, als ich mein Equipment bei ihm abgegeben hatte.

Das Bogenschießen selbst hatte mir Spaß gemacht und die Konzentration und Anspannung hatten mir gutgetan. „Beim nächsten Mal werde ich mich schneller entscheiden und jemand anderen als Partner suchen", entschied ich. Die Russin war mir unheimlich. Bisher war sie mir noch nicht aufgefallen und ich hoffte inständig, dass sie mir nicht mehr so oft begegnen würde. Jedenfalls nicht alleine.

„Ah! Zeit fürs Mittagessen", stellte ich fest. Ich roch

unauffällig kurz unter meinen Armen, ob ich verschwitzt war und besser kurz duschen sollte. Aber ich entschied mich dagegen. Mein Schweißgeruch war nur sehr gering. Außerdem war es weder gesund noch umweltfreundlich, zu oft zu Duschen. Und ein bisschen verschwitzt durfte man ja sein, schließlich machten wir alle Sport. „Ob Frau Krüger und Frau Engels auch Bogenschießen machen?" Ich musste lachen, beschloss aber, besser auf der Hut zu sein und mir meine nächste Gruppe von Bogenschießern genauer anzusehen. Man konnte nie wissen, wer daran teilnahm.

Manuela winkte mir freundlich zu, als ich mit meinem vollen Teller einen Sitzplatz im Speisesaal suchte. Sie zeigte auf den freien Platz an ihrem Tisch und ich verstand. Zuerst war ich etwas unsicher, aber dann nickte ich und steuerte auf den Tisch zu.

„Hallo und guten Appetit", sagte ich beim Hinsetzen und die bereits Anwesenden und Manuela grüßten höflich zurück. Sie war mir vertraut geworden, obwohl wir uns eigentlich gar nicht kannten.

„Heute Abend ist ein Kochkurs für Pastasoßen. Kommst du auch dort hin?" Manuela schaute mich an. Ich schaute kurz nach rechts und links und vergewisserte mich, ob diese Frage wirklich an mich gestellt war. Ich hatte mir noch nie Gedanken über Pastasoßen gemacht. Schließlich gab es Gläser, in denen bereits alle Zutaten enthalten

196

waren und die man nur erwärmen musste.

„Äh, ich weiß nicht", sagte ich verlegen. „Ich habe noch nie gekocht."

„Und wie ernährst du dich?", fragte Manuela. „Bei euch zu Hause kocht wohl nur deine Frau."

Ich wurde verlegen. „Nein, nicht mehr. Ich bin geschieden. Aber als ich noch verheiratet war, da war sie in der Tat für das Kochen zuständig."

Manuela schaute mich an. „Na, das klingt ja nach der klassischen Rollenverteilung. Die Frau in der Küche und der Mann vor dem Fernseher."

Ich fühlte mich ertappt und stotterte ein wenig vor mich hin, dass ich manchmal bei der Hausarbeit geholfen hatte. Jedenfalls dann, wenn meine Frau mich dazu aufgefordert hatte und wir kurz davor waren, uns zu streiten, wenn ich das nicht tun würde.

Manuela lachte. „Klingt ja sehr emanzipiert. Ich will erst gar nicht wissen, wie du dich seit der Trennung ernährst. Es gibt noch zwei freie Plätze heute Abend im Kurs und ich finde, einer davon sollte dir gehören. Trage dich einfach in die Liste ein."

Manuela schaute auf ihre Uhr. „Oh je, ich muss los. Hab gleich Bogenschießen." Sie stand auf.

„Da war ich auch schon", sagte ich schnell, bevor

197

sie den Raum verließ.

„Bis später", rief sie und alle am Tisch Sitzenden riefen ihr noch freundliche Worte hinterher.

„Ja, bis später", sagte auch ich und es schien so normal zu sein, das zu sagen.

Der Mann neben mir am Tisch sprach mich an. „Manuela ist wirklich sehr nett", sagte er. „Am Anfang fühlte ich mich ziemlich allein gelassen hier unter den ganzen Menschen. Aber dann hatte ich mit Manuela irgendwann mal einen Kurs zusammen und wir kamen ins Gespräch. Seitdem sitzen wir hier meistens gemeinsam am Tisch und unterhalten uns. Über sie habe ich auch die anderen hier kennengelernt und jetzt sind wir eine nette Truppe. „Klaus", sagte er und reichte mir seine Hand. „Und wie heißt du?" „Walther, ich heiße Walther", antwortete ich, „mit th." Dann schüttelte ich ihm die Hand und ärgerte mich über meine Gewohnheit, auf den Buchstaben h in meinem Namen hinzuweisen.

Ich weiß nicht mehr, was in mir geschah, aber ich war auf einmal ganz gerührt und mir standen Tränen in den Augen. „Manuela scheint ein sehr sensibler Mensch zu sein", sagte ich zu Klaus und dieser nickte nur. „Sie hat es auch bei mir geschafft, dass ich mich nicht ganz so verlassen fühle", sagte ich. „Sie traut mir sogar zu, bei einem Pastasoßenkurs mitzumachen." Wir beide mussten lachen.

Klaus sprang plötzlich auf. „Oh je, ich muss zum Moorbad", sagte er, „hoffentlich habe ich nicht zu viel gegessen und ertrinke."

Wieder musste ich lachen. „Keine Angst", lachte auch einer der anderen Männer am Tisch. „Die ziehen vorher den Stöpsel aus der Wanne und du bleibst im Ablauf hängen. Die werden dich schnell finden."

„Na hoffentlich", sagte Klaus und verließ den Raum.

„Ich muss auch gleich los", sagte der Mann, der den Scherz gemacht hatte und erhob sich. „Ich heiße Udo", sagte er, als er an mir vorbeiging.

„Walther", sagte ich und nickte. „Mit ..." Ich brach den Satz ab.

„Bis später, Walther."

„Ja, bis später."

„Tschüss zusammen", rief er noch in die Runde und winkte kurz, bevor er den Raum verließ.

Ich schaute auf die Uhr und stellte fest, dass ich los musste. *Gymnastik* stand als nächstes auf meinem Plan. „Oh je!", schoss es mir durch den Kopf. „Da werde ich mich wieder einmal schön blamieren."

Aber es nutzte nichts, ich musste hin, sonst würde

ich keine Unterschrift in meine Unterlagen bekommen und irgendwann würde man mich darauf ansprechen. Aber Disziplin war ja grundsätzlich kein Problem für mich. Da hatte ich schon andere unangenehme Situationen im Leben durchgezogen.

Als ich den Speisesaal verließ, sah ich Frau Engels und Frau Krüger an einem Tisch sitzen und sich eifrig mit anderen Anwesenden unterhalten. Sie lachten alle miteinander und schienen sich zu amüsieren.

„Ob die beiden vielleicht doch nicht so schlimm sind?", schoss es mir durch den Kopf. „Aber warum behandeln sie mich immer so gemein?" Ich konnte mir keinen Reim darauf machen. Ich nahm mir vor, Manuela mal auf die Sache anzusprechen. Vielleicht konnte sie mir einen Rat geben.

Auf dem Weg zum Gymnastikraum im vierten Stock fühlte ich mich etwas unwohl. Ich hatte viel zu schnell und zu viel gegessen. „Das kann ja lustig werden", überlegte ich. „Hoffentlich machen wir keine Bauchübungen. Da kommt mein Essen wieder hoch."

„Hallo zusammen", sagte eine dynamische junge Frau, die uns die Tür zum Gymnastikraum aufschloss. „Dann wollen wir mal. Nehmt euch bitte eine Bodenmatte, legt sie vor euch hin und stellt euch erstmal darauf. Ohne Schuhe bitte."

Wir betraten den Raum und positionierten uns auf

den Bodenmatten, die wir ausgelegt hatten.

„Ich heiße Karen und wir werden heute ein wenig Gymnastik zusammen machen." Sie schaute in die Runde. „Stellt euch gerade hin und streckt die Arme in die Höhe. Dann stellt ihr euch abwechselnd auf die Zehen und dann wieder auf die Fußballen. Genau, nicht zu schnell. Vor und zurück."

„Das ging ja leicht", dachte ich. Aber ich wollte den Tag nicht vor dem Abend loben.

„Jetzt stellt eure Beine hüftbreit auseinander und kreist die Schulter nach hinten. Langsam. Genau! So ist es richtig. Und jetzt die Kreise immer größer machen und dann die Ellenbogen mitnehmen. Gut so. Ihr seid ja richtige Sportprofis."

Wir lachten.

„Und jetzt beide Arme seitlich kreisen. Erst kleine Kreise, dann immer größer. Sehr schön. Und nicht so mit dem Oberkörper schlackern."

„Nicht so mit dem Oberköper schlackern!"

„Hallo …", rief Karen.

Meine Arme kreisten wie wild gewordene Propeller und ich fühlte mich frei und fit.

„Haaaaallo! Nicht so mit dem Oberkörper schlackern. Das ist nicht gut für deinen Rücken",

201

hörte ich erneut Karens Stimme.

Und rund, rund, rund …

Plötzlich stand Karen genau vor mir. „Stopp! Bitte hör mal kurz mit der Übung auf."

Ich erstarrte und sah in Karens Gesicht. Erst da bemerkte ich, dass alle anderen mich anschauten und grinsten.

„Das ist nicht gut für deinen Rücken, so wie du die Übung machst. Du musst den Oberkörper möglichst stabil halten", erklärte Karen mir. „Geführte Drehungen."

„Wie heißt du?"

„Walther", sagte ich. Ich wollte gewohnheitsgemäß die Schreibweise noch erklären, aber Karen sprach einfach weiter: „Okay, Walther. Es ist ja nichts passiert, aber es ist wichtig, die Übungen möglichst genau nach Anweisung zu machen, damit du deinem Körper nicht schadest."

„Oh, Entschuldigung. Aber das Kreisen hat mir gerade so viel Spaß gemacht", sagte ich nur.

„Das jedenfalls freut mich", sagte Karen und stellte sich wieder vor unsere Sportgruppe.

„Die Arme wieder nach oben strecken und jetzt beugen wir den Oberkörper parallel zum Boden. Die Arme nach vorne. Gut so! Dann machen wir zunächst einen Schwenk nach links und dann nach rechts. Sehr gut! Rechts. Langsam wieder zurück. Und dann nach links. Langsam. Wir mobilisieren unsere Wirbelsäule damit. Sehr schön."

Es folgte die nächste Übung: „Jetzt setzen wir uns alle auf die Bodenmatten. Setzt euch so aufrecht hin, dass ihr die Sitzhöcker in euren Pobacken spürt und spreizt die Beine." Sie schaute zu mir. „Walther? Ein bisschen aufrechter sitzen."

Ich versuchte es, aber ich hatte keine Chance. „Geht nicht", sagte ich nur. „Aufrechter kann ich nicht sitzen. Oder ich kann die Beine nicht spreizen. Es geht nur eins von beiden."

Karen stellte sich hinter mich und schob mir vorsichtig ihr Knie in den Rücken, so dass ich noch ein wenig aufrechter sitzen konnte.

„Na also, geht doch", sagte sie und wollte wieder nach vorne gehen. Im gleichen Moment, als sie ihr Knie aus meinem Rücken genommen hatte, sackte ich in mich zusammen.

„War einen Versuch wert", sagte Karen nur und lächelte. „Das wird schon noch besser."

Ich lächelte zurück. „Vielleicht kommt das wirklich noch", stammelte ich. „Aber viel Hoffnung habe ich nicht."

„Jetzt strecken wir die Arme waagerecht nach

vorne und beugen den Oberkörper nach vorne. Hin zu den Zehenspitzen."

„Ja, so ist es richtig. Bei den meisten sieht das gut aus. Walther, noch ein kleines Stück weiter." Bei mir schien es demnach nicht gut auszusehen, überlegte ich.

Aber ich versuchte es - und gab schließlich auf. Als ich geglaubt hatte, schon weit unten zu sein, schaute ich nach rechts und links zu meinen Mitstreitern und sah, dass ich noch nicht mal meine Arme richtig nach vorne gestreckt hatte. Geschweige denn, den Oberkörper nach unten.

Ich stöhnte genervt auf. „Mehr geht nicht", sagte ich zu Karen. „Leider", schob ich hinterher.

„Das ist kein Problem, Walther, mit Geduld und regelmäßigem Training werden wir deine Beweglichkeit steigern. Du musst erstmal bis an deine Grenzen gehen und dann immer ein kleines bisschen darüber hinaus. Das ist ein guter Anfang. Und irgendwann geht es besser."

„Aber dann bin ich schon sehr lange wieder zu Hause", ging mir ein Gedanke durch den Kopf.

Karen machte noch einige Übungen mit uns und ich machte so gut es ging mit. Nach 45 Minuten verabschiedeten wir uns von ihr. Sie unterzeichnete die Anwendungspläne und entließ uns aus der Gymnastikstunde.

„Nicht aufgeben", sagte sie zu mir, als ich den Raum verließ. Aufmunternd zwinkerte sie mir zu.

„Nicht aufgeben", murmelte ich vor mir her, „nicht aufgeben." Ich versuchte, mir Mut zuzusprechen, aber die Frustration war sehr groß.

Mein nächster Termin sollte wieder Nordic Walking sein. Ich schaute aus einem der Fenster, an dem ich auf dem Weg zu meinem Zimmer vorbeiging und stellte zufrieden fest, dass das Wetter einigermaßen mitspielte. Kein Regen und kein Wind.

„Sehr gut", dachte ich und zog in meinem Zimmer meinen anderen Jogginganzug an. Schnell noch die neuen Turnschuhe und dann konnte ich mich auf den Weg zum angegebenen Treffpunkt machen. Diesmal hatte ich darauf geachtet, mich nicht zu dick anzuziehen. Ich wollte nicht zu sehr schwitzen.

Die kleine Gruppe wartete bereits auf mich. Thorsten, unser Therapeut, begrüßte uns und ließ seinen Blick kurz über die kleine Gruppe schweifen. „Okay, niemand neues dabei. Das heißt, ihr wisst alle, wie man walkt. Wenn ihr Fragen habt, könnt ihr euch gerne an mich wenden, ansonsten gehen wir jetzt einfach los."

Thorsten gab uns die passenden Stöcke, nahm dann seine Stöcke in die Hände und machte sich, gefolgt von uns, auf den Weg zum Wald.

„Eigentlich ein toller Job", dachte ich. „Man wird für das Spazierengehen bezahlt."

Am Anfang kam ich gut mit und fühlte mich frei und fit. Wir walkten zunächst durch einen Teil der Ortschaft, dann bogen wir in einen Feldweg ein und kurz darauf ging es über einen schmalen Weg einen Hügel hinauf hinein in den Stadtwald. Thorsten und die anderen Walker hatten ein enormes Tempo drauf und langsam aber sicher wurde der Abstand zwischen uns immer größer. Ich riss mich zusammen und legte an Tempo zu. Aber viel brachte es mir nicht. Ich kam nur ins Schwitzen, aber nicht vorwärts. Jedenfalls gelang es mir nicht, die anderen einzuholen.

Ich überlegte, ob ich sie rufen sollte, damit sie langsamer gehen würden, aber ich hatte nicht vor, mir einzugestehen, dass ich nicht fit genug für die Gruppe war. Immerhin waren die anderen beiden auch Anfänger. Allein dieser Gedanke traf mich unangenehm ins Mark.

Ich zog also das Tempo noch mehr an und schon bald bekam ich Seitenstechen und war völlig außer Puste. Ich konnte die anderen nicht mal mehr rufen und so verschwanden diese nach kurzer Zeit aus meinem Blickfeld.

Zerknirscht, schnaufend und verschwitzt setzte ich mich am Wegesrand auf den Boden.

„Und nun?", überlegte ich. Es musste Thorsten doch auffallen, dass ich fehlte und dann musste er doch zurückkommen und mich holen. Ich beschloss zu warten.

Um mir die Zeit zu vertreiben, zählte ich die Bäume und zur Abwechslung warf ich herumliegende Tannenzapfen durch die Gegend.

Ich schaute auf die Uhr und erschrak. Jetzt saß ich bereits knapp eine Stunde hier rum und niemand war zurückgekommen, um mich zu holen.

Das konnte doch nicht wahr sein. Niemand vermisste mich!

Mir wurde schlecht und gleichzeitig jagten heiße und kalte Schauer durch meinen Körper. Die Tränen stiegen mir in die Augen und ich war fassungslos. Wie konnte das sein? Wie war es möglich, dass sich niemand für mich interessierte? Die Tränen liefen mir über das Gesicht und der Rotz tropfte aus meiner Nase.

„Ich reise sofort ab", schoss es mir durch den Kopf. „Ich möchte nach Hause zu … ja, zu wem eigentlich? Zu Hause war auch niemand, der sich um mich sorgte. Frau Bauer? Nein, sie war hilfsbereit, aber mit ihren Kindern hatte sie genug zu tun. Und die anderen im Haus konnte ich noch nicht mal als gute Bekannte bezeichnen."

Ich war alleine! Ganz alleine! Das wurde mir mit einem Schlag klar. Ich hatte niemanden!

Eine ganze Weile starrte ich vor mich hin und

207

wusste nicht, was ich tun sollte. Zu meinem Unglück fing es auch noch an zu regnen. Erst tropfte es nur leicht, aber nach und nach wurde der Regen stärker und auch die Bäume boten mir keinen Schutz mehr.

Ich spürte bereits, wie das Wasser in meinen Jogginganzug hineinzog und wie mir langsam aber sicher kalt wurde. Mit einem tiefen Seufzer rappelte ich mich auf und ging langsam den Berg hinunter, um zur Kurklinik zurückzukommen. Einige Male kam ich ins Rutschen, da der Regen den Weg bereits aufgeweicht hatte und kleine Sturzbäche den Hang hinunterliefen. Ich konnte mich aber jedes Mal noch rechtzeitig auffangen. Am Waldrand bog ich auf den aufgeweichten Feldweg ein und stapfte durch morastigen Grund Richtung Dorf und geradewegs zurück in die Klinik. Zum Glück fand ich den richtigen Weg und ich beeilte mich, so gut ich konnte, zurückzukommen, da der Regen immer stärker wurde und mir das Wasser bereits in Bächen in meinen Nacken und in meinen Jogginganzug lief. Von dem Wasser in meinen Sportschuhen ganz zu schweigen.

Von Weitem konnte ich die Klinik sehen. Sie war bereits hell erleuchtet. Es war zwar erst gegen halb drei, aber die Regenwolken hatten den Himmel stark verdunkelt. Je näher ich der Klinik kam, umso mehr freute ich mich. Merkwürdig, das fühlte sich fast schon so an, als würde ich nach Hause kommen.

Als ich die Eingangshalle im Erdgeschoss betrat,

starrten mich einige der anderen Kurgäste an und auch die Mitarbeiter am Empfang wirkten verstört, als sie mich sahen.

Ich lief so schnell ich konnte zum Treppenhaus und auf dem kürzesten Weg in mein Zimmer.

Hinter meiner Zimmertür befand sich ein großer Spiegel an der Wand, in dem ich mich erschrocken betrachtete. Mein Jogginganzug war völlig durchnässt und hing mir am Körper wie eine zweite Haut. Meine Sportschuhe waren komplett mit Morast beschmiert, mein Gesicht war schmutzig und meine Haare klebten an meinem Kopf wie Spaghetti. Meine Nase tropfte und an den Walkingstöcken, die ich mehr oder weniger hinter mir hergezogen hatte, hing büschelweise Gras. Es war ein jämmerlicher Anblick, der sich mir im Spiegel bot. Und das war nun ich.

Plötzlich riss mich mein Zimmertelefon klingelnd aus meinen Gedanken. Schnell warf ich die Walkingstöcke auf den Boden und nahm den Hörer ab. „Hier Schneider", meldete ich mich. „Hallo Herr Schneider, hier ist Thorsten von der Walkinggruppe. Der Empfang hat mir gerade mitgeteilt, dass Sie wieder zurück sind. Wir haben uns schon Sorgen gemacht, wo Sie geblieben sind. Sie waren auf einmal verschwunden ..."

„Ich war nicht verschwunden", widersprach ich, „ich bin bei Ihrem Tempo nicht mitgekommen. Sie waren einfach zu schnell für mich."

Auf der anderen Seite der Leitung räusperte sich Thorsten. „Es tut mir leid, dass Sie uns verloren haben. Aber ich hatte den Eindruck, dass das Tempo für alle in Ordnung wäre und dann habe ich nicht mehr auf Sie geachtet. Entschuldigen Sie bitte meinen Fehler. Beim nächsten Mal laufe ich gleich neben Ihnen, dann kann ich Sie nicht aus den Augen verlieren."

Ich schluckte. „Okay, ich nehme die Entschuldigung an. Aber momentan weiß ich nicht, ob ich noch mal mit walken gehe. Vielleicht ist das der falsche Sport für mich."

„Das würde mir leid tun, wenn Sie der heutige Tag vom Walken abhalten würde. Beim nächsten Mal wird es bestimmt wieder besser", sagte er. „Warum haben Sie nichts gesagt oder nach uns gerufen, als Sie gemerkt haben, dass Sie das Tempo nicht halten können?"

Ich druckste herum. Kleinlaut gab ich zu, dass ich dazu zu stolz gewesen bin und mich nicht blamieren wollte.

„Das ist der falsche Ansatz", sagte Thorsten. „Wir wollen, dass es allen hier gut geht und dass alle die Kur erfolgreich abschließen. Jeder soll für sich ein gutes Gefühl und Motivation für die Zukunft mit nach Hause nehmen. Und glauben Sie mir", fuhr er fort, „es ist manchmal besser, Schwäche zuzugeben, als alleine im Regen zu stehen."

„Im wahrsten Sinne des Wortes", sagte ich und

musste lachen. Thorsten verstand meine Andeutung und musste ebenfalls lachen.

„Danke für den Anruf", sagte ich zu ihm. „Und danke für die Worte."

„Schönen Tag noch", sagte Thorsten, „und hoffentlich bis bald." Dann legte er auf.

Erschöpft setzte ich mich auf das Bett und erschrak. Ich hatte mich mit meinem nassen Jogginganzug auf mein Bett gesetzt.

„Verdammt noch mal!", schrie ich auf. „Nicht schon wieder!"

Ich betrachtete mein Bett und stellte fest, dass die Nässe sich schon ordentlich ausgebreitet hatte. Ich seufzte. Und jetzt? Mir blieb nichts anderes übrig, als am Empfang anzurufen und um neue Bettwäsche zu bitten. Ich konnte unmöglich in einem nassen Bett schlafen.

„Hallo, hier ist Herr Schneider, Walther Schneider, Zimmer 360 im 3. Stock. Könnte ich bitte neue Bettwäsche haben? Meine ist nass ..."

„Oh, verstehe", sagte die Stimme am Telefon verständnisvoll. „Eine Mitarbeiterin wird sich gleich darum kümmern. Bitte haben Sie einen Moment Geduld."

„Danke", sagte ich und entschied, mich erst einmal heiß zu duschen. Mir war inzwischen sehr kalt geworden.

Als ich im Badezimmer gerade fertig war, hörte ich
es an der Tür klopfen. „Herein", rief ich laut, zog
mir schnell meinen Bademantel an und ging
zurück in mein Zimmer.

Gleichzeitig ging die Zimmertür auf und die Dame
vom Reinigungspersonal betrat mein Zimmer. Sie
lächelte mich wissend an und nickte. „Machen Sie
sich keine Sorgen, das haben wir gleich." Mit
diesen Worten stand sie bereits an meinem Bett,
noch bevor ich etwas sagen konnte. „Meine Güte",
ließ sie sich recht laut vernehmen. „Da sind wir
aber sehr spät aufgewacht. Da ging ja alles ins
Bett ..."

Ich verzog das Gesicht. Sie dachte allen Ernstes,
dass ich ins Bett gemacht hatte. „Ich habe nicht in
mein Bett uriniert", rief ich und öffnete die
Badezimmertür einen Spalt. In diesem Moment
erkannte ich sie. Es war die gleiche Frau, die
bereits an meinem ersten Therapietag meine
Bettwäsche gewechselt hatte, als ich mich
versehentlich mit meiner nassen Badehose auf
mein Bett gesetzt hatte.

Sie lächelte mich nur verständnisvoll an, nickte
und machte sich an die Arbeit.

Eine Erklärung schien mir überflüssig zu sein. Ich
war mir sicher, dass sie meine Erklärung nur für
eine Ausrede halten würde. Mit einem lauten
Krachen schloss ich hinter mir die Badezimmertür

und beschloss, diesen Raum nie wieder zu verlassen.

Ich setzte mich auf den Klodeckel und versuchte mir darüber klar zu werden, warum alles so verkehrt lief und ich immer wieder Rückschläge erleiden musste. Das konnte doch unmöglich an mir liegen. Ich war zuverlässig, korrekt, pünktlich und freundlich. Und doch wurde ich das Gefühl nicht los, dass sich alles und alle gegen mich verschworen hatten.

Tränen liefen mir die Wangen herunter und ich musste schluchzen. Warum war alles nur so schwierig? Vielleicht sollte ich besser wieder nach Hause fahren und einfach so tun, als wäre ich nie hier gewesen.

Doch zu Hause wartete niemand auf mich, das war mir im Wald klar geworden.

Es musste doch einen Menschen geben, der nett zu mir war und zu dem ich nett sein konnte.

Frau Bauer und Frau Meier, okay, die beiden waren nett zu mir. Und die Frau aus dem Schwimmbad, die mir meine Badeschlappen gebracht hat, Nadja, ja die war auch nett. Ja, und natürlich Manuela! Manuela aus dem Speisesaal und Klaus und Udo vom Tisch waren auch sehr freundlich.

Ich schöpfte Hoffnung. Wenn diese Menschen freundlich zu mir waren, konnte ich doch nicht so ein unmöglicher Mensch sein.

Ich stand auf und öffnete vorsichtig die Badezimmertür. Die Reinigungsfrau war inzwischen gegangen und ich schaute auf die Uhr. Das passte. Wenn ich mich schnell umziehen würde, würde ich es noch rechtzeitig zu dem Kochkurs schaffen. Manuela hatte ja gesagt, dass noch zwei Teilnehmerplätze frei wären. Ich hatte mich zwar für den Kurs nicht angemeldet, weil ich es vergessen hatte, aber versuchen konnte ich es auf jeden Fall. Was hatte ich zu verlieren?

Schnell zog ich mich an und verließ mein Zimmer in Richtung Dachgeschoss. Dort sollte die Küche sein, in der der Kochkurs stattfinden würde.

Als ich eintraf, begrüßte mich Manuela, die bereits vor der Küchentür stand, mit einem herzlichen Lächeln. „Schön, dass du da bist", sagte sie zu mir. „Ich dachte schon, du hättest kein Interesse, da du dich nicht in den Plan eingetragen hast. Aber da wir nur vier Leute sind und sechs mitmachen dürfen, ist das sicher kein Problem.

Ich entdeckte Nadja. „Hallo", sagte sie. „Du machst auch mit. Freut mich. Manuela hat mir schon gesagt, dass sie versucht hat, dich zu dem Kurs zu überreden."

Jetzt freute ich mich, dass ich hier war. „Ich habe mir die Teilnahme erst kurzfristig überlegt", sagte ich.

Die Küchentür öffnete sich und eine junge Dame bat uns herein. „Oh", sagte sie. Wir sind eine Person mehr als geplant."

„Ich habe mich spontan entschieden, teilzunehmen", sagte ich und lächelte sie an. „Darf ich trotzdem an dem Kurs teilnehmen?"

„Natürlich", war ihre Antwort. „Wir hatten ursprünglich ja mit sechs Teilnehmern gerechnet. Da wir eine ungerade Personenzahl sind, werden wir halt eine Zweier- und eine Dreiergruppe bilden. Die Küche ist leider nicht sehr groß, wie Sie sehen, aber bisher hat es vom Platz her immer gereicht." Sie lachte. Die junge Dame war wirklich sehr freundlich und strahlte Zufriedenheit aus.

„Es geht heute darum, wie man sich schnell und gesund ernährt und ohne großen Aufwand Pastasoßen zubereiten kann", fuhr sie fort. „Eine gute und gesunde Ernährung sind für Körper und Geist sehr wichtig!" Sie lächelte uns an und fuhr fort: „Die Zutaten für die Soßen haben wir bereits hier stehen. Die Vorbereitungen hätten sonst zu viel Zeit gekostet. Ich würde euch bitten, jetzt die Soßen fertig zu machen. Hier liegen verschiedene Rezepte auf dem Tisch. Die fertigen Zutaten könnt ihr euch einfach nehmen. Für jedes Rezept sind andere Zutaten notwendig, aber es sollte nichts fehlen. Ich heiße übrigens Angelika." Wir stellten uns nun alle kurz mit unseren Namen vor.

Wenn ihr Fragen zu den Zutaten, zu den Rezepten oder der Zubereitung habt, sprecht mich ruhig an", sagte Angelika. „Aber jetzt entscheidet euch erstmal für einen Kochpartner."

Ich schaute Manuela und Nadja an. „Sollen wir zusammen kochen?", fragte ich die beiden etwas unsicher. Sie nickten und wir setzten uns nebeneinander. Dann schauten wir uns die Rezepte an und entschieden uns für eine Basilikum-Pinienkern-Tomaten-Soße. Die einzelnen Zutaten hatten wir anhand unseres Rezeptes schnell gefunden.

Wir erhitzten ein bisschen Olivenöl in einer tiefen Pfanne, rösteten einige Pinienkerne leicht an, wuschen das Basilikum und schnitten es klein, warfen es dann zusammen mit ein paar gehackten Zwiebeln in die Pfanne hinein, gaben passierte Tomaten und Tomatenmark dazu und schmeckten die ganzen Zutaten nach dem Mischen mit Pfeffer und Salz ab.

Wir unterhielten uns angeregt und hatten richtig Spaß beim Zubereiten der Soße. Ich fühlte mich rundum zufrieden.

„Alles in Ordnung bei euch?", fragte Angelika, die sich uns genähert hatte. Ich lächelte sie an. „Ja, alles okay", sagte ich und Manuela ergänzte noch, dass wir fast fertig wären mit unserer Soße. Nadja nickte.

„Die Pasta kocht schon", sagte Angelika. „Wenn die andere Gruppe fertig ist, können wir bald essen. Die Rezepte von heute könnt ihr übrigens nachher mitnehmen. Ich kopiere sie euch."

„Das ist toll", sagte ich. „Meine ersten eigenen Rezepte." Manuela, Nadja und Angelika lachten. „Das wurde ja Zeit", meinte Angelika.

Dann bat sie uns alle, am Tisch Platz zu nehmen. Die andere Gruppe und wir stellten unsere Pastasoße auf den Tisch. Es roch sehr lecker. Aber zunächst durfte jeder erklären, welche Soße er mit welchen Zutaten zubereitet hatte. Beim Essen sollte dann jeder beide Soßen probieren.

„Hm, sehr lecker", sagte ich schließlich, als ich die erste Portion aß." Den anderen Teilnehmern war anzusehen, dass es ihnen ebenfalls gut schmeckte.

„Und?", fragte Manuela, „war der Kochkurs eine gute Idee?"

Ich hatte den Mund wieder voll mit Pasta und nickte nur. "Eine scher gute Idee hascht du da gehabt!", sagte ich und hätte mich fast verschluckt. Die Anwesenden lachten. „Mit vollem Mund soll man nicht sprechen", meinte Angelika und lächelte mich an.

Wir alle unterhielten uns einige Zeit miteinander über die Kur, über Gott und das Leben. Es war ein sehr entspannter Abend und es ging mir wirklich gut.

„So, meine Lieben, das war jetzt quasi euer

Abendessen", sagte Angelika nach einem Blick zur Uhr. „Der Kurs ist schon lange vorbei und wir müssen jetzt Schluss machen. Ich hoffe, ihr seid alle satt geworden und es hat euch geschmeckt. Ich wünsche euch noch einen guten Kuraufenthalt."

„Danke", sagten wir und verließen vergnügt die Küche. Der Abwasch wurde vom Reinigungspersonal übernommen. „Was für ein Luxus", stellte ich abermals fest und nahm mir fest vor, die mitgenommenen Rezepte zu Hause auszuprobieren.

Manuela schaute auf die Uhr. „Oh, ich muss auf mein Zimmer. Ich denke, meine Familie wird schon versucht haben, mich anzurufen. Schönen Abend", rief sie Nadja und mir zu. „Wir sehen uns morgen."

„Ich muss auch los", sagte Nadja. „Ich will noch zu Hause anrufen. Meine Kinder vermissen mich sehr. Guten Abend dir, Walther. Bis morgen."

„Bis morgen", sagte ich und winkte ihnen hinterher, bis sie am Ende des Ganges um die Ecke verschwanden.

Als ich in meinem Zimmer angekommen war, stand mein Entschluss fest. Manuela und Nadja schienen sehr einfühlsam zu sein. Ich würde mit den beiden sprechen und sie nach ihrer Meinung fragen, warum es mir so schwerfiel, mich in der Klinik wohlzufühlen. Und warum ich mit Frau Krüger und Frau Engels ständig aneinandergeriet.

Zu Manuela und Nadja hatte ich bereits Vertrauen gefasst. Ich dachte nach. Aber auch Frau Doktor Kluge und Thorsten vom Nordic Walking fand ich sympathisch. Seine Worte hallten noch immer in meinem Kopf wider: *Schwäche zugeben ist besser, als alleine im Regen zu stehen.*

Ich musste mit hinter dem Kopf verschränkten Armen eingeschlafen sein. Als ich einige Zeit später aufwachte, waren meine Arme taub und ich konnte sie nur mit Mühe nach vorne bewegen und mich nur schwer aufrichten. Meine Arme fühlten sich an, als würden sie nicht zu mir gehören. Ich schüttelte meinen Oberkörper in der Hoffnung, dass die Durchblutung dann schneller zurückkehren würde. Aber sie fühlten sich schwer und kraftlos an.

Etwas später fiel mein Blick auf die Uhr. Es war jetzt 20:30 Uhr. Der Abend war noch relativ jung und momentan war ich nicht mehr müde. Ich beschloss, im Badezimmer im Handwaschbecken ein paar Sachen zu waschen. Glücklicherweise hatte ich eine Tube Reisewaschmittel in meinem Gepäck. Es gab zwar eine Waschmaschine in der Klinik, für die man Coins für die Benutzung kaufen konnte, aber wer weiß, wer die Maschine schon alles benutzt hatte. Über Nacht konnte ich meine Wäsche dann zum Trocknen auf den Balkon hängen. Der Balkon war überdacht, aber es regnete sowieso nicht mehr. Vorsorglich hatte ich eine Wäscheleine eingepackt, die ich nur auf dem Balkon spannen musste. Wäscheklammern hatte ich selbstverständlich auch im Gepäck. Ich war eben gut vorbereitet.

Nachdem ich die Handwäsche beendet und die Wäsche aufgehängt hatte, als Halterung für die Leine dienten das Balkongeländer und ein Haken an der Balkonwand, legte ich mich wieder ins Bett, um fernzusehen. Aber ich muss sofort eingeschlafen sein. Ich schlief ruhig und fest und als ich am nächsten Morgen aufwachte, fühlte ich mich sehr gut. Unglaublich, wie viel ich hier schlafen konnte. „Ich muss mich halt um nichts kümmern", dachte ich. „Für meine Ernährung wird gesorgt, es wird geputzt und einkaufen muss ich auch nichts. So ein Luxus", dachte ich erfreut. Ich musste mich tatsächlich nur um mich kümmern.

Schwungvoll sprang ich aus dem Bett, duschte, zog meinen Jogginganzug an und machte mich auf den Weg in den Speisesaal.

Bewegungsbad stand auf meinem Anwendungsplan. Gleich nach dem Frühstück. Ich stutzte. „Oh je, mit vollem Bauch ins Schwimmbad. Ob das gut geht?" Ich nahm mir vor, wenig zu essen.

Manuela, Nadja sowie Anna und Susanne, die mir im Kochkurs vorgestellt worden waren, Klaus und Udo sowie drei weitere Kurgäste, die sich mit Claudia, Gerd und Marc bei mir vorstellten, saßen bereits am Frühstückstisch. Alle schienen locker und entspannt zu sein und ich fühlte mich wohl.

Ich saß neben Manuela und fragte sie, ob sie

220

gestern noch mit ihrem Mann sprechen konnte. „Ja", sagte sie erfreut und sie schien mir sehr ausgelassen zu sein. Ich freute mich aufrichtig für sie.

Wir frühstückten eine Zeit lang zusammen, wobei ich darauf achtete, nicht zu viel zu essen. Die Unterhaltungen waren sehr angeregt und umfassten viele Themen. Nach und nach verschwanden die ersten zu ihren Anwendungen und nach einem Blick auf meine Uhr stellte ich fest, dass auch ich mich auf den Weg ins Schwimmbad zum *Bewegungsbad* machen musste. So in Gedanken hatte ich natürlich viel mehr gegessen, als ich vorhatte. Aber jetzt war es zu spät. Das Essen war drin.

„Sehen wir uns heute Mittag?", fragte Manuela, als ich aufstand. „Vielleicht können wir ja wieder alle gemeinsam hier am Tisch sitzen. Das wäre doch schön", sagte sie und die noch Anwesenden nickten.

„Ja, ich werde zum Mittagessen wieder hier sitzen", sagte ich und als ich den Speisesaal verließ, freute ich mich schon auf das Mittagessen. Es war sehr lange her, dass ich mich in einer Gemeinschaft so wohl gefühlt hatte.

Ich nahm mir vor, dieses Mal im Schwimmbad alles richtig zu machen. Mit Schaudern dachte ich an meinen ersten Kurs im Bewegungsbad und wie sehr ich mich blamiert hatte. Das sollte mir heute auf gar keinen Fall wieder passieren.

Ich zog mich in der Umkleidekabine um und ging in die Schwimmhalle. Dort standen schon sehr viele Leute und ich wunderte mich über die hohe Teilnehmerzahl des Kurses. Auch Nadja war da und das freute mich. Sie winkte mir zu und ich winkte verlegen zurück. Es war ein komisches Gefühl für mich, nur in Badehose bekleidet einer quasi fremden Frau zuzuwinken.

Nadja kam auf mich zu. „Na, heute wirst du aber nicht in den Wellen untergehen", sagte sie scherzhaft zu mir. „Ich bringe dir jedenfalls nicht deine Badeschlappen hinterher, wenn du die Schwimmhalle wieder fluchtartig verlässt. Ich wäre fast die Treppe hochgestolpert, weil mir deine Badeschlappen zu groß waren." Sie lachte. „Nein", sagte ich. „Ich möchte heute nicht den gestrandeten Wal spielen", und lachte ebenfalls.

Ein paar andere Teilnehmer hatten mich zwischenzeitlich wiedererkannt und es war klar, dass sie über mich tuschelten. Aber die Gruppe war sehr groß. „Da kann ich mich weit genug weg von den anderen ins Wasser stellen", dachte ich mir.

„Mach dir nichts draus", sagte Nadja, als sie meinen Blick sah. „Die beruhigen sich wieder."

„Alle ins Becken", hörten wir plötzlich eine Stimme im Befehlston rufen und über die Treppen stiegen wir alle ins warme Wasser, um mit unseren Gymnastikübungen anzufangen.

„Dich habe ich hier schon mal gesehen", sagte der Therapeut und schaute mich skeptisch an. „Ja, kann sein", sagte ich und spürte, wie ich rot anlief. Der Therapeut schaute sich meinen Anwendungsplan an und nickte. „Ach so", sagte er nur. „Jetzt weiß ich wieder, warum ich mich an dich erinnere." Er schaute mich mit strenger Miene an. „Heute aber vorsichtiger!", ermahnte er mich.

Zunächst liefen wir im Schwimmbecken auf und ab und hin und her, bewegten Arme und Beine und drehten uns auf der Stelle rechts und links herum. Das klappte gut, auch wenn ich immer wieder das Gefühl hatte, mein Gleichgewicht zu verlieren. Aber mir schien, dass ich mich nicht schlechter anstellte als die anderen Teilnehmer.

„Jetzt arbeiten wir mit den Schwimmbrettern", rief der Therapeut und warf jedem von uns vom Beckenrand aus ein Schwimmbrett zu.

„Die Schwimmbretter sind aus Styropor und schwimmen. Es kann euch also nichts passieren. Haltet das Brett einfach vor euch, legt die Arme darauf und haltet es vorne mit den Händen fest. Genau, den Oberkörper nach vorne beugen", rief er, „und jetzt versucht, die Beine anzuheben und mit den Beinen zu strampeln. Eventuell müsst ihr den Oberkörper weiter auf das Brett schieben. Gut so! Das klappt schon hervorragend. Und die Bauchmuskeln dabei anspannen, nicht vergessen."

Ich keuchte vor lauter Kraftanstrengung und

spürte, wie mein Blutdruck stieg. Durch das Strampeln mit den Beinen schlug das Wasser bereits Wellen und mit jeder Minute wurde die Übung anstrengender.

Dann hörte ich plötzlich einen lauten Schrei. Nadja, die vor mir stand, war von ihrem Schwimmbrett gerutscht und hatte beim Fallen ins Wasser ihre Übungsnachbarin mit von deren Brett gezogen. Beide Frauen ruderten mehr oder weniger orientierungslos im Wasser umher und brachten das eh schon unruhige Wasser noch mehr zum Toben. Wir Übrigen hatten unsere Mühe, uns an unseren Schwimmbrettern festzuhalten.

Doch das Wasser war zu unruhig und nun rutschten noch mehr Teilnehmer von ihren Brettern ins Wasser. Das Geschrei in der Schwimmhalle war groß. Panik machte sich breit. Die ersten von uns schluckten Wasser und begannen zu husten. Es war ein heilloses Durcheinander.

„Stopp!", schrie der Therapeut ganz laut und versuchte, wieder Herr der Lage zu werden. „Stopp! Stopp! Alle an den Beckenrand und ruhig hinstellen!" Der Therapeut war jetzt selbst ganz schön ins Schwitzen gekommen. „Aufhören!", schrie er und man sah ihm seine Panik an.

Nach und nach kamen wir am Beckenrand an und das Wasser beruhigte sich langsam. Unsere innere Unruhe war noch immer sehr groß. Wir warteten weitere Anweisungen ab und schauten zu unserem Therapeuten. Die Anspannung war ihm anzusehen und er war sehr aufgeregt. Seine Stimme brach teilweise weg, als er uns ansprach. „Wie konnte das passieren?", wollte er wissen und schaute dabei Nadja an, die als Erste von ihrem Schwimmbrett gerutscht war. „Keine Ahnung", sagte sie nur. „Ich lag auf dem Schwimmbrett und habe mit den Beinen gestrampelt. Und dann habe ich das Gleichgewicht verloren und bin ins Wasser gerutscht." Sie schaute zu der Frau neben sich. „Tut mir leid, dass ich dich mit ins Wasser gezogen habe."

„Ist ja nochmal gut gegangen", sagte diese. „Aber für einen kurzen Moment dachte ich, ich würde ertrinken. Ich wusste gar nicht mehr, wo oben und unten ist."

„Wieso habt ihr das Brett überhaupt losgelassen?", fragte der Therapeut Nadja und die andere Frau. „Ihr habt euch und die anderen damit gefährdet. Das war gefährlich und leichtsinnig." Sein Ton war jetzt sehr scharf und es war klar, dass er Schuldige für die entstandene Situation suchte.

Ich brodelte innerlich. „Warum machte er Nadja so an? Sie hat sich mit Sicherheit nicht mit Absicht ins Wasser fallen lassen."

„Beim nächsten Mal lasse ich euch zu meinem Kurs nicht mehr zu!", schimpfte der Therapeut. Da platzte mir der Kragen. „Die beiden haben sich nicht absichtlich ins Wasser fallen lassen!", fuhr ich ihm dazwischen. „Glauben Sie etwa, den beiden hat das Spaß gemacht? Vielleicht hätten Sie die Übung nicht mit uns machen sollen. Sie sehen doch, dass wir eine große Gruppe sind und das Wasser zwangsläufig Wellen schlagen musste. Das hätten Sie vorher bedenken müssen! *Sie* haben uns gefährdet und das war leichtsinnig." Mir verschlug es fast den Atem, so aufgeregt war ich.

„Genau", hörte man eine der älteren Damen aus der Gruppe sagen. „Der Mann da hat recht." Sie zeigte auf mich. „Ich konnte mich ja kaum an dem Brett festhalten und habe sowieso ständig Wasser geschluckt."

„Das stimmt, mir war das auch zu wild", schaltete sich jemand weiteres ein. „Die Gruppe ist viel zu groß."

Zustimmendes Gemurmel machte sich breit und der Therapeut sagte nichts mehr. Ihm schien die Situation jetzt unangenehm zu sein.

„Wir werden uns über Sie beschweren", sagte ein Mann entrüstet und verließ das Schwimmbecken.

„Richtig!", hörte ich eine weitere Stimme, die zu einer Frau gehörte, die jetzt ebenfalls, gefolgt von weiteren Teilnehmern, aus dem Becken stieg. Die Stunde war von Seiten der Teilnehmer aus ohne weitere Worte scheinbar für beendet erklärt worden und der Therapeut zog sich in seinen, mit großen Glasscheiben versehenen, Aufenthaltsraum zurück.

Auch Nadja und ich hatten das Becken zusammen mit den anderen verlassen. Etwas verwundert über das Geschehene stand ich mit Nadja und der fremden Frau, die nach Nadja ins Wasser gerutscht war, am Beckenrand zusammen.

„Danke schön", sagte Nadja, „dass du für uns in die Bresche gesprungen bist. Der Therapeut hat uns für die Misere verantwortlich gemacht und wir konnten wirklich nichts dafür. Ich war so perplex, dass ich mich gar nicht gegen die Vorwürfe wehren konnte."

„Aber zum Glück warst du ja so mutig, uns zu helfen", ergänzte die Frau. „Wer weiß, was der uns sonst noch an den Kopf geworfen hätte. Vielen Dank!"

Nadja lächelte mir zu und die beiden Frauen verließen die Schwimmhalle. Als ich sah, dass der Therapeut seinen Aufenthaltsraum verließ und auf mich zusteuerte, machte ich mich schnell auf den Weg zu den Umkleidekabinen. Der Therapeut war sehr durchtrainiert und ich wollte es nicht auf eine Auseinandersetzung ankommen lassen. Ich würde garantiert den Kürzeren ziehen, wenn es hart auf hart kam, zumal ich mich noch nie körperlich verteidigt hatte. Aber ich stellte fest, dass ich mich trotzdem gut fühlte und das Richtige getan hatte. Irgendwie war ich stolz auf mich.

Als ich die Umkleidekabine betrat, standen dort zwei Männer aus meinem Kurs und schauten mich an.

„Na, dem hast du es aber gegeben", sagte einer der beiden Männer sofort. „Das war auch richtig so. Unter uns gesagt, ich konnte den Kerl sowieso noch nie leiden. Der hat nur immer versucht, so schnell wie möglich sein Programm durchzuziehen. Der hat nie auf die Bedürfnisse der Kurgäste geachtet."

„Geschieht ihm recht", schaltete sich der zweite Mann ein. „Das war gut, dass dem mal jemand die Meinung gesagt hat. Mich hat er auch schon mal angebrüllt, weil ich angeblich eine Übung nicht richtig machen wollte. Dabei konnte ich sie einfach nicht." Hierbei klopfte er sich auf eine große Narbe auf seinem Oberschenkel.

Mit einem Nicken verließen die beiden die Umkleidekabine und ich beschloss, meinen Jogginganzug über meine noch immer feuchte Badehose zu ziehen und so schnell wie möglich auf mein Zimmer zu kommen. Alleine in der Umkleidekabine fühlte ich mich plötzlich nicht mehr so sicher.

Auf dem Weg zu meinem Zimmer hatte ich noch immer ein gutes Gefühl, auch wenn ich ein wenig durcheinander war. Ich hatte mich noch nie für jemanden eingesetzt. Höchstens mal für meine Ex-Frau. Damals, als die Obstverkäuferin im Supermarkt sie beschuldigt hatte, sie würde alles Obst erst anfassen und dann doch nicht kaufen. Dabei stimmte das gar nicht. Meine Frau wollte ja Obst kaufen. Ich hatte ihr nur eindringlich empfohlen, zunächst das Obst genau zu prüfen und nur halbreifes Obst zu kaufen, damit es nicht gleich fault, wenn es bei uns zu Hause angekommen ist. Ich bin gleich am nächsten Tag mit meiner Ex-Frau zum Supermarkt gegangen und habe die Vorwürfe klargestellt. Wir bekamen Hausverbot, aber schließlich gab es ja noch andere Geschäfte. Ich hatte einfach mal meine Macht als Kunde demonstriert.

In meinem Zimmer angekommen, zog ich mich um und duschte erstmal heiß. Die Situation im Bewegungsbad wühlte mich noch immer ganz schön auf. „Vielleicht konnte der Therapeut ja gar nichts für die Anzahl der Leute in seiner Gruppe", dachte ich plötzlich. „Aber das hätte er ja schon vor dem Kurs sehen können und der Verwaltung Bescheid geben müssen. Er hätte den Kurs jedenfalls so nicht durchführen dürfen."

Dann schaute ich auf meinen Anwendungsplan: *Progressive Entspannung* stand dort. Ich musste also gleich wieder los ins Dachgeschoss.

Auf der Treppe nach oben begegnete ich Manuela, die aus dem zweiten Stock ebenfalls auf dem Weg ins Dachgeschoss war. „Hallo", begrüßte sie mich, „gehst du auch zur progressiven Entspannung?" „Ja", sagte ich, „hoffentlich schlafe ich heute nicht wieder ein. Beim letzten Mal musste ich geweckt werden, weil ich so laut geschnarcht habe."

Manuela lachte. „Na, so was soll vorkommen. Aber das ist ja nicht so dramatisch."

Frau Thiele begrüßte uns freundlich. „Suchen Sie sich einen schönen Platz, an dem Sie sich entspannen können. Herr Schneider, ich fände es gut, wenn Sie sich einen Platz in meiner Nähe suchen würden. Dann kann ich früher reagieren, falls Sie wieder schnarchen sollten." Sie zwinkerte mir zu.

„Ich gehe nach hinten in die Ecke", sagte Manuela und ging weiter in den Raum hinein. Ich schaute mich um. „Na, dann lege ich mich gleich hier hin", sagte ich zu Frau Thiele und deutete auf die Liege gleich neben der Eingangstür. Frau Thiele nickte mir freundlich zu.

Ich legte mich hin, rückte mich ein wenig zurück und schloss die Augen.

Kurze Zeit später schloss sich die Tür und Frau Thiele begann, uns eine Entspannungsgeschichte vorzulesen.

„Stellen Sie sich einen Ort vor, an dem Sie gerne sind", begann sie. „Ein Ort, an dem Sie Ruhe und Frieden finden. Das kann ein Gebäude sein, ein Raum, eine Wiese oder irgendein anderer Ort, den Sie sich vorstellen können. Kommen Sie dort in Ruhe an und spüren Sie die Sicherheit und die Vertrautheit, die Ihnen dieser Ort gibt. Entspannen Sie sich ... "

„Herr Schneider", drang eine Stimme in meinen Gedankenort, „Herr Schneider, wachen Sie bitte auf."

230

Mühsam öffnete ich die Augen und schaute mich um.

Alle Teilnehmer hatten den Raum bereits verlassen, nur ich lag noch auf meiner Liege.

„Sie haben tief und fest geschlafen", sagte Frau Thiele und lächelte. „Aber Sie haben diesmal nicht geschnarcht." Ich war noch etwas durcheinander und musste mich ein wenig orientieren. Dann fiel mir ein Stein vom Herzen. Ich war mal wieder fest eingeschlafen, hatte aber niemanden gestört. Dankbar lächelte ich Frau Thiele an.

„Wie fühlen Sie sich?", fragte Frau Thiele. „Konnten Sie der Geschichte folgen?"

Ich musste mich kurz zurückerinnern. „Viel habe ich nicht gehört", gab ich schließlich zu. „Ich muss wohl relativ schnell eingeschlafen sein. Aber ich fühle mich trotzdem gut und entspannt."

„Es freut mich, dass Sie sich gut fühlen. Ihr Unterbewusstsein hat meine Entspannungsgeschichte, die ich vorgelesen habe, mit Sicherheit gehört und dabei konnten Sie gut abschalten und zur Ruhe kommen. Das freut mich", sagte Frau Thiele. „Dann wünsche ich Ihnen jetzt noch einen guten und entspannten Tag." Frau Thiele lächelte mich an.

Ich stand auf, bedankte mich und machte mich auf den Weg nach unten. Hierbei schaute ich auf meine Uhr. Ich hatte vor dem Mittagessen noch einen Gymnastikkurs und das schon bald. Schnell spurtete ich die Treppe nach unten. Zum Glück musste ich für die Gymnastik meine Kleidung nicht wechseln. Seitdem ich mich daran gewöhnt hatte, innerhalb des Gebäudes im Jogginganzug unterwegs zu sein, ersparte ich mir das ständige Umziehen.

Im Gymnastikraum wartete Karen bereits auf ihre Teilnehmer.

„Hallo zusammen", sagte Karen. „Fühlt ihr euch gut?"

„Ja, danke", sagten wir alle fast im Chor und ich freute mich, dass auch Manuela und Nadja an der Gymnastik teilnehmen würden. „Hoffentlich stelle ich mich nicht zu blöd an", dachte ich, als ich den beiden zuwinkte.

Überhaupt war mir in den letzten Tagen klargeworden, dass man, abgesehen von Neuzugängen und Entlassungen immer wieder mit den gleichen Leuten die Kurse und Vorträge teilte. Je nach Anwendungsplan konnte es sein, dass man Gymnastik zusammen hatte oder sich im Bewegungsbad wiedertraf oder gemeinsam Entspannungsübungen machte. Alles in allem machte es somit Sinn, mit so ziemlich allen Leuten gut zurechtzukommen. Man konnte ja nie wissen, wann, wo und wie oft man sich über den Weg lief.

Zusätzlich bildeten die Mahlzeiten mehr oder weniger einen zentralen Treffpunkt. Obwohl wir zu unterschiedlichen Zeiten Anwendungen hatten, erschienen zur Mittagszeit sehr viele Kurgäste. Natürlich nicht alle auf einmal. Nur selten war der Tisch komplett mit den gleichen Personen besetzt, aber es kam oft vor, dass man sich zumindest kurz traf. Lediglich sonntags ließ sich eine Regelmäßigkeit erkennen, da hier keine Anwendungen stattfanden und man die Essenszeiten aufeinander abstimmen konnte.

Während diese Regelung am Anfang noch unübersichtlich und chaotisch auf mich wirkte, hatte ich mich zwischenzeitlich daran gewöhnt und freute mich, mal abwechselnd mit dem ein oder anderen an einem Tisch zu sitzen. Oder eben mit allen aus *meiner* Gruppe. Nicht, dass ich ein großer Unterhalter gewesen wäre, aber die unterschiedlichen Leute unterhielten sich über unterschiedliche Themen und das ein oder andere Thema interessierte mich dann doch ein wenig mehr. Und durch Manuela und Nadja hatte ich einen guten Anschluss an dem Tisch bekommen, an dem ich jetzt fast immer saß. Sie waren wie ein Bindeglied zwischen Neuankömmlingen und anderen Anwesenden. Eine der beiden Frauen traf ich relativ regelmäßig bei den Mahlzeiten, worüber ich mich sehr freute. Manuela und Nadja übten scheinbar einen guten Einfluss auf mich aus. Ich gewöhnte mir nach und nach einen offeneren Umgang mit anderen Kurgästen an und wurde gesprächiger. Das machte den Klinikaufenthalt wesentlich angenehmer für mich.

Karens Stimme riss mich aus meinen Gedanken.

„Alles in Ordnung?", fragte sie mich. „Du wirktest gerade so abwesend." „Ja, alles okay", erwiderte ich und konzentrierte mich auf die Gymnastik. Diese machte mir heute richtig Spaß. Wir dehnten unsere Waden, indem wir abwechselnd rechts und links Ausfallschritte nach hinten machten, stellten uns abwechselnd auf den rechten und linken Fußballen, streckten die Arme und liefen auf Zehenspitzen durch den Raum, drehten den erhobenen Oberkörper mit in der Hüfte eingestemmten Armen nach rechts und links und machten auch ein paar Kniebeugen. Ich machte jedenfalls die Andeutung von Kniebeugen. Diese Übung strengte mich einfach sehr an. Anschließend folgten noch ein paar Übungen auf der Bodenmatte. Ein paar Sit-Ups nach vorne, dann zur rechten und zur linken Seite. Ich schnaufte und schaute zu Manuela und Nadja rüber. Die beiden hatten, ebenso wie sicherlich ich, einen hochroten Kopf und sahen aus, als wären sie kurz davor zu platzen. Bauchübungen waren eben sehr anstrengend. „Das meinte Doktor Moltke also mit Sport treiben", schoss es mir durch den Kopf. „Nicht einfach draufloslaufen, sondern bewusst den Körper mobilisieren und aktivieren." Ich fühlte mich wie erleuchtet und nahm mir vor, diesen Grundgedanken festzuhalten. Vielleicht war ich ja auf dem richtigen Weg.

„So geschafft!", hörte ich Karen endlich sagen. Ich atmete erleichtert auf. Die Übungen hatten mich mehr angestrengt, als ich anfangs wahrgenommen hatte. Wir erhoben uns von unseren Bodenmatten und bedankten uns bei Karen für die

234

Therapiestunde, als wir unsere Anwendungskarten bei ihr abholten.

„Na?", hast du noch einen Kurs oder kommst du mit zum Mittagessen?" Manuela und Nadja standen neben mir. Ich schaute auf meinen Plan. „Nein", sagte ich, „ich habe jetzt erstmal keinen Kurs. Wir können gerne zusammen Mittag essen gehen. Ich habe auch schon richtig Hunger."

„Na dann los!", sagte Nadja und wir machten uns auf den Weg in Richtung Speisesaal.

Vorsichtig ließ ich mich zwei Schritte zurückfallen, hob einen Arm leicht in die Höhe und versuchte unauffällig, in meiner Achselhöhle zu riechen, ob ich nach Schweiß roch. „Alles in Ordnung", dachte ich und entspannte mich wieder, als ich auch die zweite Achselhöhle unauffällig geprüft hatte.

Dann schloss ich wieder zu Manuela und Nadja auf. Was für ein Gefühl, zu dritt zum Mittagessen zu gehen. Ich hatte ein paar richtig nette Kontakte geschlossen. Jetzt brauchte ich nur noch körperlich etwas fitter zu sein, dann würde sich der Klinikaufenthalt richtig gelohnt haben.

Im Speisesaal sahen wir Claudia, Gerd und Marc. Sie waren bereits mit gefüllten Tellern auf dem Weg zu unserem Tisch. „Zu unserem Tisch", schoss es mir durch den Kopf. Ich fühlte mich richtig dazugehörig. Was für ein tolles Gefühl. Jahrelang war ich nur alleine unterwegs zur Betriebskantine und hatte gar nicht bemerkt, wie

235

einsam ich dabei war. Meine Stimmung war bestens.

Manuela war zwischenzeitlich am Buffet mit der *Nackenwirbelsäule* ins Gespräch gekommen. Ich schaute Nadja nur an und verdrehte die Augen. „Die ist ganz schön anstrengend die Frau", sagte ich zu Nadja, und sie stimmte mir zu. „Das ist richtig, aber sie tut mir auch leid. Sie ist so sehr mit sich selbst beschäftigt, dass sie gar nicht bemerkt, dass sie auch ihren Teil dazu beitragen muss, dass die Kur Erfolge bringt. Vielleicht ist sie wirklich in der falschen Behandlung hier. Aber das muss sie natürlich mit ihrem Arzt besprechen."

Ich betrachtete die *Nackenwirbelsäule*, ihren Namen schien niemand zu kennen, und irgendwie tat sie mir plötzlich auch leid. Ich seufzte und Nadja schaute mich an. „Mach dir keine Gedanken über sie. Wenn das hier die falsche Behandlung für sie ist, werden die Ärzte das herausfinden. Man muss hier auch ein wenig egoistisch sein und sich um sich selbst kümmern, sonst macht die Kur keinen Sinn."

„Sie ist so sehr mit sich selbst beschäftigt, dass sie gar nicht bemerkt, dass sie auch ihren Teil dazu beitragen muss, dass die Kur Erfolge bringt", wiederholte ich in Gedanken den Satz von Nadja. Dieser Gedanke schien sich in mir zu verankern.

Zwischenzeitlich waren wir mit unseren gefüllten Tellern am Tisch angekommen und begrüßten Claudia, Gerd und Marc. „Guten Appetit", sagten

236

die drei, während sie genüsslich aßen. „Ebenfalls guten Appetit", sagten Nadja und ich und zwischenzeitlich hatte sich Manuela zu uns gesellt. „Die arme Ulrike", sagte sie nur, als sie sich zu uns setzte. „Ulrike?" Ich überlegte kurz, wer das sein könnte. „Das musste wohl die *Nackenwirbelsäule* sein", wurde mir klar.

„Und? Geht es ihr langsam etwas besser?", fragte ich unsicher, als würde ich Ulrike kennen, aber dann fügte ich hinzu: „Ehrlich gesagt gehe ich ihr immer aus dem Weg, da sie einen so gefangen nimmt mit ihren Problemen." Die anderen nickten zustimmend. Sie schienen auch schon Kontakt mit Ulrike gehabt zu haben.

„Sie bricht die Kur ab und wird morgen entlassen", sagte Manuela. „Sie sieht keinen Sinn darin, hier zu bleiben und will mit ihrem Hausarzt noch mal über eine andere Behandlung sprechen. Hier kann man ihr wohl nicht helfen." Manuela schien die Einzige zu sein, die sich wirklich ernsthaft mit der *Nackenwirbelsäule* unterhalten hatte.

Betroffen schauten wir uns an und ich hatte das Gefühl, dass Ulrike uns allen leid tat. Ich glaube, anstrengend fanden wir sie alle, aber ich war mir sicher, wir hätten uns darüber gefreut, wenn die Kur Erfolge bei ihr zeigen würde. Vielleicht hätten wir uns mal richtig mit ihr unterhalten sollen.

„Sollen wir heute Abend zusammen etwas unternehmen?", fragte Gerd plötzlich. „Wir könnten im Gemeinschaftsraum Karten spielen oder so …"

237

Claudia und Manuela waren von der Idee gleich begeistert. „Au ja!", darauf hätten wir Lust." Manuela schaute mich an. „Wie sieht es bei dir aus? Machst du mit? Oder ist dein Terminkalender für heute Abend schon voll?"

Die anderen lachten. Ich war verunsichert. Lachten sie, weil es hier in der Klinik gar nicht viel Freizeitbeschäftigungen am Abend gab oder trauten sie mir gar nicht zu, dass ich vielleicht etwas anderes vorhaben könnte? Ich konnte es nicht einschätzen.

„Und? Was ist? Kommst du oder nicht?" Alle starrten mich an. Mein Zögern hatte wohl zu lange gedauert.

„Klar komme ich", sagte ich schnell. „Ich musste nur kurz meine Termine durchgehen. Ich habe abends immer so viel zu tun", hörte ich mich sagen und hoffte, dass niemand merken würde, dass das Unsinn war. Ich hatte niemanden, den ich täglich anrufen konnte und es wartete auch niemand auf mich, mit dem ich mich unterhalten konnte. Aber das wollte ich vor den anderen nicht zugeben.

Wieder lachten alle. „Der Witz war gut", sagte Claudia, „wir werden hier ganz schön gestresst. Da muss man seine Abende gut durchplanen."

In dem Moment wurde mir klar, dass sie nicht über mich lachten, sondern über meinen vermeintlichen Witz, der eigentlich gar keiner werden sollte. Ich entspannte mich und lachte mit.

„Treffen wir uns nach dem Abendessen um acht im Gemeinschaftsraum?", fragte Gerd, als er sich vom Tisch erhob. Wir nickten. „Acht Uhr ist eine gute Zeit", stimmten wir ihm zu und kurz darauf verließen wir den Mittagstisch, um an unseren jeweiligen weiteren Anwendungen teilzunehmen.

Der Nachmittag ging relativ schnell vorbei. Neben Bogenschießen und einer Massage hatte ich keine weiteren Termine und so konnte ich am Nachmittag noch einen Spaziergang durch den nahgelegenen Park machen.

Auf dem Weg nach draußen traf ich Nadja.

„Hallo Walther", sagte sie, „willst du noch ein bisschen frische Luft schnappen?" „Ja", antwortete ich. „Ich will mir noch ein bisschen die Beine vertreten. Ich bekomme mehr und mehr das Gefühl, dass mir Bewegung gut tut." Ich überlegte kurz: „Aber nur, wenn sie nicht im Bewegungsbad stattfindet." Nadja lachte.

„Stimmt", sagte sie, „fürs Wasserballett sind wir beide in jedem Fall ungeeignet." Sie schaute mich an und wir prusteten laut los.

„Wenn es dir nichts ausmacht, können wir ja gerne ein paar Schritte gemeinsam machen", schlug Nadja vor. „Ich will auch noch ein bisschen spazieren gehen."

„Gerne", sagte ich und wir machten uns auf den Weg in den Park.

Es war ein kühler, aber angenehmer Nachmittag und wir unterhielten uns nett miteinander, als wir die Parkwege entlangschlenderten.

Nadja erzählte mir, dass sie in ihrer Freizeit gerne im Garten arbeiten würde und sich neben ihrem Mann auch noch um ihre zwei Kinder und ihre Mutter kümmern würde. „Das ist mir oft zu viel", sagte sie, „obwohl ich das alles gerne mache. Aber neben der vollen Berufstätigkeit ist das alles ganz schön anstrengend. Ich leite eine Lebensmittelfiliale und falle abends hundemüde ins Bett und kann trotzdem nur schlecht schlafen. Das ist alles ganz schön anstrengend für mich."

Mir wurde bewusst, in welchem Luxus ich lebte. Ich brauchte mich um niemanden außer um mich selbst kümmern. Aber selbst das bereitete mir oft Mühe.

„Kann dich dein Mann nicht unterstützen?", fragte ich sie. Sie schüttelte den Kopf. „Das tut er schon, so gut es geht. Er ist im Außendienst tätig und viel unterwegs. Manchmal kommt er drei, vier Tage lang gar nicht nach Hause. Und wenn er dann da ist, versucht er, die Zeit mit den Kindern zu verbringen. Und meine Mutter passt nachmittags auf die Kinder auf, wenn ich noch im Geschäft bin. Aber sie ist nicht mehr die Jüngste und gesundheitlich eingeschränkt. Man merkt oft, dass sie überfordert ist. Die Kinder sind etwas anstrengend. Na, so wie Kinder halt sind."

Ich schaute Nadja an.

„Du hast keine Kinder?", fragte sie.

Ich schüttelte den Kopf. „Nein", sagte ich.

„Na ja, Kinder sind was Tolles. Aber sie brauchen viel Aufmerksamkeit und man muss bei der Erziehung konsequent sein, sonst tanzen sie einem auf der Nase herum. Und natürlich testen sie ständig ihre Grenzen aus. Und wenn man nicht hinterher ist, dass sie ihre Schulaufgaben machen, passiert da freiwillig nicht viel."

„Das klingt wirklich anstrengend", sagte ich.

Wir gingen eine Weile nebeneinander her und ich fragte mich, wie Frau Bauer aus meinem Haus das alles schaffte. Sie war ja alleinerziehend und bekam keine Hilfe von ihrer Familie. „Ob ich sie mal fragen sollte?", überlegte ich.

„Hattest du nie Lust auf Kinder? Auf eine richtige Familie?", fragte Nadja plötzlich unvermittelt.

Ich dachte über die Frage nach.

„Du musst nicht darüber reden", sagte Nadja. „Ich wollte nicht indiskret sein. Entschuldige bitte."

„Nein! Nein!", entgegnete ich. „Das ist nicht indiskret. Ich weiß nur nicht mehr, wann wir entschieden haben, keine Kinder haben zu wollen." In meinem Magen machte sich ein flaues Gefühl breit. Ich wusste plötzlich gar nicht, ob ich das je mit meiner Frau wirklich besprochen hatte.

Hatten *wir* uns gegen Kinder entschieden? Oder war das eher ein Entschluss von *meiner* Seite aus gewesen?

Langsam drängte sich die Erinnerung an einen heftigen Streit in mein Gedächtnis und mir wurde schlecht.

„Alles in Ordnung?", fragte Nadja. „Du siehst so blass aus. Sollen wir eine kurze Pause machen? Oder möchtest du lieber wieder zurückgehen?" Nadja war besorgt.

„Ich weiß nicht, was los ist", stammelte ich. „Aber ich musste gerade an meine Ex-Frau denken und daran, dass wir uns heftig darüber gestritten haben, als es um das Thema Kinder ging."

Nadja blieb stehen und schaute mir direkt ins Gesicht.

„Was heißt das?", fragte sie.

Ich suchte nach den richtigen Worten. „Für mich kamen Kinder eigentlich nie in Frage", sagte ich zu Nadja. „Mein Leben war doch gut, so wie es war. Es war alles geregelt. Ich hatte meinen Beruf, meine Wohnung, meinen Garten und meine Frau."

„Interessante Reihenfolge", sagte Nadja. „Ich bin keine Psychologin, aber deine Frau kommt nicht gerade an erster Stelle in deiner Aufzählung."

Ich stutzte. Nadja hatte recht. Mir fiel ein, dass

meine Frau mir immer wieder vorgeworfen hatte, dass sie mir wohl nicht wichtig genug wäre und ich immer nur an mich denken würde. Das flaue Gefühl in meinem Magen wurde stärker.

„Das klingt sehr nach falschen Prioritäten", meinte Nadja. „Die Ehe konnte gar nicht gutgehen. Ich hätte dich vermutlich erst gar nicht geheiratet", sagte sie. „Deine Frau muss dich sehr geliebt haben."

Ein paar Tränen rollten über meine Wangen. „Vermutlich hast du recht", sagte ich.

„Aber wir machen alle unsere Fehler", meinte Nadja aufmunternd und hakte sich bei mir unter. „Beim nächsten Mal machst du alles anders." Ich nickte.

Ich nutzte die Gelegenheit. „Kann ich mit dir über Frau Engels und Frau Krüger sprechen?"

Nadja schaute mich an. „Klar doch! Was ist mir den beiden?"

„Ich glaube, die beiden hassen mich", sagte ich zu ihr und erzählte ihr, wie sich die beiden alten Damen mir gegenüber verhielten.

Nadja musste lachen. „Die beiden haben dich wirklich bei einem Pfleger angeschwärzt und dich zu einer Entschuldigung genötigt? Und dich dann so lange aufgehalten, bis der Speisesaal geschlossen war? Das hätte ich denen gar nicht

243

zugetraut. Was hast du den beiden denn getan?",
wollte Nadja wissen. Ich erzählte ihr davon, dass
ich es eben manchmal eilig hatte und deswegen
keine Rücksicht auf die beiden nehmen konnte.

„Aber du hast schon bemerkt, dass sie mit
Rollatoren unterwegs sind?", fragte mich Nadja.

„Na, klar", antwortete ich. „Aber darauf kann ich ja
nicht immer Rücksicht nehmen. Ich muss ja meine
Termine einhalten", erwiderte ich.

Nadja schaute mich eindringlich an. „Dass du
deine Termine einhalten willst, ist in Ordnung",
sagte sie. „Aber Menschlichkeit geht hier in der
Klinik vor. Selbst wenn du mal ein paar Minuten zu
spät zu einer Anwendung kommen solltest, reißt
dir niemand den Kopf ab. Du kommst ja nicht
ständig zu spät."

Ich nickte. Das stimmte. Bei den meisten
Anwendungen war ich auch ohne Zeitdruck immer
pünktlich gewesen. Oft sogar viel zu früh.

Dann erzählte ich ihr noch von dem Erlebnis mit
den beiden Herren am Buffet an meinem ersten
Abend und davon, dass ich immer das Gefühl
hatte, den meisten Therapieansprüchen nicht zu
genügen. Ich erklärte ihr, dass ich oft sehr
unsicher war, wenn ich Übungen machen sollte,
die ich nicht kannte und mich persönlich schnell
angegriffen fühlte, wenn ich darauf angesprochen
wurde. „Ich versuche immer, mir Mühe zu geben
und alles gut und richtig zu machen." Ich überlegte

kurz und fuhr fort: „Ich glaube, ich will einfach immer korrekt sein und alles im Griff haben. Nicht nur hier, sondern grundsätzlich", schloss ich meine Erklärung. „Und ich möchte, dass mich alle mögen", schob ich noch kleinlaut hinterher.

„Da trägst du ja eine Menge Ballast mit dir herum", sagte Nadja. „Manuela hat das schon vermutet." Ich schaute Nadja verwundert an. „Manuela ist sehr sensibel und hat Antennen für sowas. Was glaubst du, warum sie als Einzige wusste, dass Ulrike *Ulrike* heißt?"

Ich nickte. „Ja, Manuela ist sehr einfühlsam", sagte ich zu Nadja. „Aber du auch."

„Du solltest mehr Selbstvertrauen zu dir haben", sagte Nadja. „Du bist ein toller Mensch. Ein bisschen mehr Geduld, mehr Einfühlungsvermögen und ein bisschen mehr Rücksichtnahme. Dann wirst du dich sicher bald besser fühlen. Versuche mal, lockerer zu sein. Alles andere kommt dann von selbst."

„Ganz schön viel Arbeit", sagte ich und wir mussten beide lachen.

„Und was die Übungen betrifft", fuhr Nadja fort, „es ist noch kein Meister vom Himmel gefallen. Wir alle sind das erste Mal hier und müssen die Übungen erstmal lernen. Das wissen die Therapeuten auch. Würden wir die Übungen alle problemlos umsetzen können, wären wir gesund und bräuchten die Kur gar nicht."

Ich nickte zustimmend und Nadja schaute mich an. „Ich muss auch an mir arbeiten. Nicht nur bei den Übungen. Wenn es nur das wäre, wäre ich glücklich. Aber ich muss auch lernen, lockerer zu sein. Ich bin zu perfektionistisch und es fällt mir schwer, einfach mal etwas liegen zu lassen. Und ich habe zu wenig Vertrauen darauf, dass andere ihre Aufgaben gut machen. Vielleicht nicht so wie ich. Aber auch gut."

Wieder nickte ich und fühlte mich ertappt. Das kam mir alles sehr bekannt vor.

„Und bei vielen Übungen könnte ich vor Verzweiflung in die Bodenmatten beißen. So hat halt jeder sein Päckchen zu tragen", schloss Nadja das Gespräch.

„Ich glaube, ich muss mich ein wenig hinlegen", sagte ich schließlich zu ihr. Ich war ganz aufgewühlt und viele Gedanken schwirrten in meinem Kopf herum. „Lass uns den kürzesten Weg zurück in die Klinik nehmen und dann ruhst du dich etwas aus", schlug Nadja vor.

Als wir kurze Zeit später die Klinik erreichten, machte ich mich gleich auf den Weg in mein Zimmer und legte mich sofort ins Bett. Dort wälzte ich mich eine ganze Weile hin und her und fiel in einen unruhigen Schlaf.

Als ich aufwachte, schreckte ich hoch und wusste zunächst nicht, wo ich mich befand. Mein Kopf fühlte sich an, als hätte jemand Schlagzeug in meinem Gehirn gespielt. Mein Schädel brummte und ich konnte kaum aus den Augen schauen.

„Was ist passiert?", fragte ich mich. Ich erinnerte mich langsam und mir wurde klar, dass ich das erste Mal seit Jahren über meine Ex-Frau und mich gesprochen hatte. Und das erste Mal darüber, wie ich mich überhaupt fühlte. Das fühlte sich komisch und ungewohnt an.

Dann schaute ich auf die Uhr. Gleich war es Zeit für das Abendessen. Und für den Spieleabend. So richtig in Stimmung für Gesellschaft fühlte ich mich zwar momentan nicht, aber ich hatte großen Hunger. Ich würde nicht umhinkommen, die anderen zu treffen. Oder sollte ich mich einfach an einen anderen Tisch setzen? „Nein", ich schob diesen Gedanken sofort wieder zur Seite. Jetzt, wo ich endlich Kontakte geknüpft hatte, wäre das albern gewesen. Schließlich fühlte ich mich ansatzweise endlich mal wieder wohler unter Menschen. Und diese Chance wollte ich mir nicht selbst wieder kaputtmachen. „Und es gibt ja eine Menge für mich zu tun", schoss es mir durch den Kopf, als ich an das Gespräch mit Nadja dachte.

Ich machte mich also fertig und auf den Weg in den Speisesaal. Es kam so, wie erwartet. Schon von Weitem erkannte ich Frau Engels und Frau Krüger. Sie schoben ihre Rollatoren in Richtung Speisesaal. Mein Herz klopfte, aber noch hatten sie mich nicht bemerkt. Ich dachte kurz darüber nach, einen anderen Weg zum Speisesaal zu nehmen. Dann fielen mir Nadjas Worte vom

Nachmittag wieder ein: „Ein bisschen mehr Einfühlungsvermögen. Und mehr Rücksichtnahme ...“ „Na gut“, dachte ich mir und gab mir selbst einen Schubs. „Jetzt oder nie!“

Ich schloss zu den beiden auf und ging langsam hinter ihnen her. Die beiden alten Damen schienen meine Anwesenheit instinktiv zu bemerken und drehten sich um.

„Ach! Sie sind das. Sind wir Ihnen wieder zu langsam?“, fragte Frau Engels und schaute mich provozierend an.

„Nein! Nein! Alles okay“, sagte ich. „Ich habe Zeit. Schließlich hat das Abendessen ja gerade erst begonnen.“

Ich sah, wie die beiden Damen lange nachdachten. Ich spürte regelrecht, dass sie der Situation nicht so richtig trauten. Doch dann nickte Frau Krüger, schob ihren Rollator ein bisschen schneller nach vorne und zur Seite und machte mir so den Weg frei. „So! Bitte schön!“, sagte sie freundlich und deutete mit ihrem Kopf in Richtung Speisesaal.

Ich bedankte mich höflich und ging an den beiden vorbei. „Guten Appetit“, sagte ich im Vorübergehen. Etwas verzögert erwiderten Sie meinen Wunsch: „Ihnen auch!“ Mit so viel Höflichkeit hatten sie scheinbar nicht gerechnet und mein Herz klopfte noch immer. Aber diesmal irgendwie anders. „Erfreut“, stellte ich fest.

Als ich den Speisesaal erreicht hatte, stellte ich mich geduldig am Buffet an, lud meinen Teller voll und machte mich auf den Weg zu *unserem* Tisch.

Die anderen begrüßten mich herzlich und ich nahm Platz. „Guten Hunger", sagte ich. „Ich freue mich schon auf das Spielen nachher." Gerd lachte. „Ich mich auch. Endlich passiert hier mal etwas. Ich langweile mich fast jeden Abend, wenn ich auf meinem Zimmer bin." Die anderen stimmten zu. „Da hätten wir ruhig früher mal drauf kommen können." „Ja, das stimmt", sagte ich und es fühlte sich ehrlich an. „Aber wir müssen pünktlich sein und daran denken, dass ab 22:30 Uhr Nachtruhe ist." Nadja schaute mich an und grinste. „Klar", sagte Claudia, "wir werden den Raum pünktlich verlassen." „Oder wir warten, bis wir rausgeworfen werden", warf Gerd ein. Ich erschrak. Dieser Gedanke behagte mir gar nicht. Ich wollte keinen Ärger haben. „Aber sicher hat Gerd das nur scherzhaft gemeint", hoffte ich. „Entspann dich!", sagte Nadja, die meine Anspannung bemerkt haben musste, leise zu mir. „So schlimm wird es schon nicht werden." Manuela grinste mich an. Ich vermutete, Nadja hatte ihr von unserem Gespräch erzählt. Da ich die beiden gleich gern mochte, machte es mir aber nichts aus. Im Gegenteil. Ich hatte das Gefühl, dass wir freundschaftlich miteinander verbunden waren und ehrlich und offen miteinander umgehen konnten.

„Also dann um acht im Gemeinschaftsraum", sagte Claudia, die ihr Abendessen schon beendet hatte und stand auf. Ich schaute auf die Uhr. Kurz vor halb acht. „Wir können ja schon vorher hingehen", schlug ich vor. „Mit dem Essen sind wir ja scheinbar alle fertig."

„Ich will noch kurz mit meiner Familie telefonieren", sagte Manuela, stand ebenfalls auf, rief: „Bis gleich!", und verschwand.

„Wir können aber schon rübergehen", sagte Nadja und Gerd und Marc schlossen sich uns an, als wir aufstanden und in Richtung Gemeinschaftsraum aufbrachen.

Dort angekommen, öffneten wir vorsichtig die Tür. „Erstmal nachschauen, ob besetzt ist", sagte Gerd. Aber der Raum war leer.

„Seit unserer Begrüßung war ich gar nicht mehr hier drin", sagte Nadja. „Ich auch nicht!", pflichtete ich ihr bei.

„Hier sind Spiele", rief Marc, der bereits zu einem der Regale gegangen war. „Brettspiele, Mikado und hier, hier sind die Karten." Triumphierend hielt er eine Schachtel hoch. „Wir können alle möglichen Kartenspiele machen", sagte er. „Auch Rommé, Canasta oder so. Hier ist alles drin."

Schnell hatten wir ein paar Sessel und Stühle um einen Tisch herumgestellt und nahmen Platz. Es stellte sich heraus, dass jeder andere Regeln zu verschiedenen Kartenspielen hatte. Wir einigten uns somit auf das klassische Mau-Mau-Spiel. Das schien uns am einfachsten zu sein. Aber auch hier hatte natürlich jeder von uns Regelvarianten. Aber die ließen sich schnell klären.

Da betrat Claudia den Raum. Wir staunten nicht schlecht. Sie hatte ein großes Glas in der Hand, das randvoll mit Rotwein gefüllt war.

„Ich dachte, das ist hier verboten", sagte ich. „Und so viel."

„Ich habe ganz lieb *Bitte* am Tresen gesagt", sagte sie nur. „Und ganz verboten ist Alkohol nicht. In der Cafeteria ist Alkohol erlaubt. Und die Cafeteria ist gleich gegenüber. Ich bin also quasi in der Cafeteria." Unsicher schaute ich Nadja an. Aber die schien ganz entspannt zu sein.

Dann betrat Manuela den Raum. „Hallo!", sagte sie fröhlich. „Alle schon da?" Dann blieb ihr Blick auf Claudias Weinglas hängen. „Ui, du traust dich aber was", sagte sie. Dann winkte sie ab. „Aber das ist deine Entscheidung." Manuela nahm sich einen Stuhl und setzte sich zu uns.

„Wir haben uns für Mau Mau entschieden", sagte Gerd. „Das sollte ich noch hinbekommen", sagte Manuela und lachte. „Wer gibt?"

Bereits in Kürze hatten wir mehrere Runden Mau Mau gespielt und hatten viel Spaß dabei.

„Du hast schon wieder gewonnen", sagte Nadja zu Claudia, die uns mit ihrem Glas zuprostete. „Muss wohl am guten Wein liegen", lachte diese nur und zeigte uns ihr komplett geleertes Glas, aus dem sie gerade den letzten Tropfen in ihre Kehle rinnen ließ. Wir mussten lachen.

Die Zeit verging wie im Flug und in unserem Spieleifer hatten wir die Uhrzeit völlig vergessen. Plötzlich öffnete sich die Tür vom Gemeinschaftsraum und ein uns unbekannter Mann stand im Türrahmen. „Guten Abend", sagte er. „Es ist 22:30 Uhr. Der Raum wird jetzt abgeschlossen."

„Wer sind Sie?", fragte Claudia, bei der sich das Glas Rotwein stark bemerkbar machte.

„Ich? Ich bin der Hausmeister", antwortete der Mann. „Und ich bin dafür zuständig, dass die Nachtruhe eingehalten wird." Der Hausmeister schien seine Aufgabe sehr ernst zu nehmen.

Ich legte meine Spielkarten weg und begann aufzuräumen. Manuela half mir. „Wir sind gleich weg", sagte Gerd und schob Sessel und Stühle wieder an ihren alten Platz zurück.

„Och. Nur noch eine halbe Stunde", jammerte Claudia, die augenscheinlich keine Lust darauf hatte, bereits in ihr Zimmer zu gehen. Sie zwinkerte dem Hausmeister zu. „Bitte!"

„Tut mir leid", sagte dieser nur. „Das ist nicht gestattet. Das wissen Sie ja. Bitte gehen Sie jetzt auf Ihre Zimmer. Ich schließe jetzt hier ab."

„Sie sind aber streng", sagte Claudia und versuchte, lasziv zu gucken. Der Hausmeister schaute sich nur gelangweilt um und plötzlich blieb sein Blick an dem leeren Glas haften, das Claudia neben einem Stuhlbein auf den Boden gestellt hatte. Er staunte nicht schlecht.

„War da Alkohol drin?", fragte er ungläubig. "Das ist hier verboten!", ergänzte er streng.

Wir hielten den Atem an und schauten zu Claudia. Diese wollte gerade etwas sagen, jedoch fiel Gerd ihr gleich ins Wort. „Klar!", sagte er, „Rotwein." Dann begann er, auffallend zu lachen. Dabei schaute er uns auffordernd an und nickte uns zu. Wir verstanden und stimmten verlegen in das Gelächter mit ein. „Rotwein", prustete Nadja los. „Das wäre ja zu schön gewesen."

Claudia schaute uns irritiert an. Sie hatte den Ernst der Lage noch nicht ganz begriffen und wollte aufstehen. Für einen kurzen Moment verlor sie das Gleichgewicht und fiel zurück auf ihren Stuhl. „Huch!", rief sie.

„Ach, herrje", sagte Manuela ganz schnell. „Deine Hüfte schon wieder?" Manuela schaute Gerd und mich an. „Helft Claudia doch mal. Sie kommt schon wieder nicht vorwärts. Ihre Hüfte scheint wieder Probleme zu machen."

Gerd verstand sofort ihre Aufforderung, stand auf und zog mich mit sich mit. Auch ich verstand. Gerd fasste Claudia unter den linken Arm und ich unter ihren rechten. Schnell hatten wir sie nach oben gezogen und uns in Richtung Tür bewegt. Der Hausmeister ging ein Stück zur Seite und schaute uns kritisch an.

„Wenn sie müde ist, fällt ihr die Motorik schwer", sagte Gerd im Vorübergehen. Ich hoffte nur, dass Claudia nichts sagen und auch nicht ausatmen würde, bis wir beim Hausmeister vorbei waren. Ihre Alkoholfahne war nicht zu leugnen. Wir schoben Claudia in den Flur. „Wir bringen sie nach oben", sagte Gerd. „Ich komme mit!", rief Nadja hektisch und folgte uns. Während der Hausmeister uns irritiert anschaute, sah ich im Hintergrund, wie Manuela das leere Weinglas schnell mit einem Taschentuch auswischte. Marc hatte zwischenzeitlich die restlichen Möbel wieder zurechtgerückt. „Wir kommen auch", riefen Manuela und Marc und beide folgten uns.

„Gute Nacht!", riefen wir noch. Der Hausmeister blieb verwundert in der Tür stehen. „Gute Nacht!", stammelte er, als wir den Schlüsselbund rasseln hörten.

Manuela stellte das getrocknete Glas im Vorübergehen unbemerkt vor der Tür der Cafeteria ab und kurze Zeit später standen wir alle zusammen im Aufzug nach oben.

„Was ist denn passiert?", fragte Claudia, der alles viel zu schnell gegangen war.

„Wir haben dir gerade eine schriftliche Verwarnung

erspart", sagte Gerd. Marc, Nadja und Manuela nickten. Jetzt wurde mir selbst erst die Tragweite der ganzen Situation klar. „Ich bin davon ausgegangen, dass der Hausmeister Claudia nur rügen würde", sagte ich zu den anderen, die mich verblüfft anschauten. „Aber gleich eine schriftliche Verwarnung ..." Plötzlich wurde ich ganz aufgeregt.

Manuela starrte mich an: „Du wirkst auf einmal so angespannt", sagte sie. „Ist alles in Ordnung?"

Ich schaute in die Runde. „Sowas Aufregendes habe ich ja noch nie erlebt", sagte ich.

Die anderen schauten sich sprachlos an. Plötzlich prustete Marc los. „Wenn das für dich aufregend war, dann solltest du auf keinen Fall meinen Job machen", sagte er. „Ich arbeite ehrenamtlich mit schwer erziehbaren Jugendlichen. Da ist ein unerlaubtes Glas Rotwein eher ein Kinkerlitzchen." Irritiert schaute ich Marc an. Aber als alle anderen anfingen zu lachen, stimmte ich mit ein. „In was für einem Kokon lebe ich eigentlich?", fragte ich mich schließlich, als ich als Erster den Aufzug verließ.

„Gute Nacht!", sagte ich zu den anderen. „Ich vermute, ihr kommt ohne mich klar."

„Wir werden unsere Zimmer schon finden", meinte Nadja. „Bis morgen früh", rief Manuela, bevor die Aufzugtür sich wieder schloss.

„Ja, bis morgen früh", sagte ich noch leise vor mich

255

her und ging auf mein Zimmer.

„Ich bin Teil einer eingeschworenen Gemeinschaft geworden", dachte ich und musste grinsen. Sowas hatte ich in der Tat in meinem ganzen Leben noch nicht gehabt. Nicht mal als Kind. Wie auch? Schließlich hatte ich keine Freunde gehabt. Ich war ja eher ein Einzelgänger und habe viel Zeit zu Hause verbracht. Ich habe immer viel für die Schule gelernt und gelesen und am Abend, wenn mein Vater nach Hause kam, hat er mir Schach beigebracht. Ich dachte gerne an diese Zeit zurück, da ich mich gut behütet gefühlt habe. Aber dieses neue Gefühl einer Gemeinschaft war auch nicht schlecht. Es fühlte sich sogar gut an.

Schnell hatte ich mich bettfertig gemacht und mich hingelegt. „Das war ein schöner Abend", dachte ich und grinste. Dann fiel ich augenblicklich in einen festen Schlaf.

Am nächsten Morgen, als ich aufgewacht war, fühlte ich mich gut. *Nordic Walking* stand auf meinem Anwendungsplan. Da ich das zwischenzeitlich mehrmals gemacht hatte, freute ich mich auf diese Aktivität. Das Wetter sollte gut werden und für heute war kein Regen angesagt. Sehr schön!

Für das Frühstück blieb noch genug Zeit. Ich duschte, zog mich an und machte mich auf den Weg in den Speisesaal.

„Guten Morgen!", sagte ich gut gelaunt zu Frau

256

Krüger und Frau Engels, die bereits am Frühstückbuffet anstanden. „Guten Morgen!", erwiderten beide und nickten freundlich.

Ich wartete geduldig, bis ich an der Reihe war, nahm mir einen Teller, legte zwei Brötchen, Butter und Marmelade darauf und machte mich auf den Weg zu unserem Tisch.

Marc, Nadja, Manuela und Claudia saßen bereits dort. „Na? Hast du unser Abenteuer schon verarbeitet?", begrüßte mich Marc und schaute zu Claudia rüber, die soeben in ein Brötchen biss. Diese lief rot an. „Ja! Ja!", lachte ich. „Alles gut überstanden." Ich zwinkerte Claudia zu. Ich setzte mich hin und begann zu frühstücken.

Manuela erschien mit einem befüllten Teller am Tisch. „Guten Morgen", sagte sie. „Geht es euch gut?" Wir nickten. „Klar, alles im grünen Bereich", sagte Claudia. „Dann bin ich zufrieden", sagte Manuela und setzte sich neben mich.

„Noch eine Woche", sagte Nadja plötzlich und biss in ihr Brötchen.

„Noch eine Woche und dann?", fragte ich sie. „Was passiert dann?"

„Nur noch eine Woche und unsere gemeinsame Zeit hier ist vorbei. Dann fahre ich wieder nach Hause und danach seid ihr ja auch bald schon wieder auf dem Nachhauseweg", erwiderte Nadja erfreut. „Ich freue mich schon auf meine Familie.

Auch, wenn ich weiß, dass es wieder anstrengend werden wird."

Mir blieb das Frühstück im Hals stecken. Ich hatte die Zeit völlig vergessen. Ich lebte quasi von einem Anwendungstermin zum nächsten. Da ich mich um nichts kümmern musste, hatte ich die Wochentage völlig ausgeblendet. „Wie schön für dich", sagte ich zu ihr, fühlte mich selbst aber elendig.

„Und? Freust du dich nicht auf dein Zuhause?", fragte Claudia, die unser Gespräch mit angehört hatte. „Meine Kinder sind schon ganz ungeduldig."

Ich schwieg. In mir war ein Gedankenkarussell in Gang geraten. „Wer wartet denn auf mich?", quälte mich ein Gedanke. „Vermutlich hat mich niemand vermisst, während ich weg war. Frau Bauer vielleicht", tröstete ich mich. Schließlich musste sie ja meinen Briefkasten leeren. Sie wartet bestimmt schon ungeduldig auf meine Rückkehr. Dann konnte sie mir den Briefkastenschlüssel zurückgeben und war diese Verantwortung los.

Nadja und Manuela hatten bemerkt, dass meine Stimmung von einem Moment zum anderen im Keller gelandet war.

„Ein bisschen Zeit haben wir ja noch zusammen", sagte Nadja. „Vielleicht können wir nochmal einen Spieleabend machen. Das hat doch Spaß gemacht gestern." Sie schaute zu Claudia: „Diesmal ohne Alkohol." „Hab schon verstanden", sagte Claudia, lachte und wandte sich einer Frau zu, die zum ersten Mal an unserem Tisch saß. Ich sah mich um. „Wo ist eigentlich Gerd?", fragte ich schließlich in die Runde.

„Gerd?", wiederholte Marc. „Der ist heute früh abgereist. Sein Aufenthalt ist vorbei."

Ich war erstaunt: „Aber er hat sich gar nicht von uns verabschiedet."

„Ja, das stimmt", meinte Marc. „Ich glaube, das ist nicht so sein Fall." Er hat mal gesagt, dass man immer vorwärtsschauen muss."

„Wie schade", sagte ich und spürte einen Anflug von Traurigkeit.

„Ja", sagte auch Claudia, die sich uns wieder zugewandt hatte. „Er hat gestern Abend schon so eine Andeutung gemacht. Aber ich habe sie nicht richtig einordnen können." Claudia zuckte mit den Schultern.

„Kein Wunder!", meinte Nadja. „Nach so einem großen Glas Rotwein hätte ich auch nichts mehr einordnen können."

Wir mussten lachen und die bedrückende Situation entspannte sich schnell.

„Eine Woche haben wir ja noch zusammen hier", meinte Manuela. „Wir können uns ja nochmal zum Spielen treffen." „Oder zusammen einen Spaziergang im Park machen", warf Nadja ein.

„Gute Idee", sagten Claudia, Marc und ich fast gleichzeitig. Alle lachten.

Dann erfolgte der obligatorische Blick auf die Uhr. Die nächsten Anwendungen standen an und nach und nach verabschiedeten wir uns voneinander, um unsere Termine wahrzunehmen.

Ohne, dass wir etwas verabredet hatten, trafen wir uns zum Abendessen wieder an unserem Tisch.

Es wurde ein entspannter Abend, der damit endete, dass wir uns für den darauffolgenden Samstag zu einem Spaziergang im Park verabredeten. Keiner von uns hatte eine Anwendung, so dass wir uns bereits nach dem Mittagessen, das wir gemeinsam einnehmen wollten, auf den Weg machen wollten.

„Am Ende des Parks gibt es einen Waldweg, der zu einer Hütte führt, in der man Kaffee und Kuchen bekommt", sagte Claudia. „Das hat mir eine der Therapeutinnen verraten, die hier im Ort wohnt.

„Na, dann haben wir doch ein schönes Ziel. Zur Belohnung für den Spaziergang gibt es Kaffee und Kuchen!", meinte Nadja.

„Den Weg durch den Park bis zum Waldweg kenne ich", warf ich in das Gespräch ein. „In diese Richtung gehen wir immer, wenn wir Nordic Walking machen.

„Gut, dann bist du morgen unser Tourguide",

schlug Marc vor.

„Äh, ich kenne nur den Weg bis zum Wald, aber nicht durch den Wald", gab ich zu bedenken. „Nicht, dass wir uns verlaufen und nicht mehr zurückfinden. Dann findet man uns irgendwann im Moor", sagte ich. „Als Moorleichen."

Die anderen lachten. „Aber dann brauchen wir uns keine Gedanken mehr über unsere Rückkehr zu machen", meinte Nadja. „Irgendwann kommen wir als braune Brühe aus dem Wasserhahn hier in der Klinik wieder im Moorbad raus." Wir prusteten los. Der Gedanke war absurd, hatte seine Wirkung aber nicht verfehlt.

Die Tage verstrichen und am Samstag nach dem Mittagessen machten wir uns auf den Weg zur Hütte.

Wir verhielten uns wie eine kleine Schulklasse mit aufgeregten Schülern. Wir alberten herum und die Stimmung war sehr gut.

Im Park machte uns Claudia auf über 100 Jahre alte Buchen aufmerksam, die mit ihren mächtigen Stämmen und riesigen Baumkronen einen sehr erhabenen Eindruck machten. „Ich zeige euch noch etwas sehr Besonderes", sagte sie dann und führte uns auf einen Seitenweg. „Das hier sind Süntelbuchen", erklärte sie uns und zeigte auf merkwürdig verschlungen gewachsene niedrige Bäume. „Das sind seltene Bäume. Schaut euch mal die verdrehten und zusammengewachsenen

261

Äste an. Ist das nicht phantastisch?" Wir staunten nicht schlecht über die Bäume aber auch über das Wissen von Claudia. „Früher nannte man diese Bäume auch *Hexenholz*", fuhr Claudia fort. „Vorsicht! Fallt nicht über die Wurzeln, die aus der Erde herausstehen."

„Hexenholz?", fragte Manuela. „Ja", meinte Claudia. „Schaut euch mal diese Verzweigungen und Verästelungen an. Die Bäume bleiben vom Wuchs her recht flach und wachsen zur Seite und nach unten hin. Da sehen die Äste und Zweige fast aus wie Arme, die nach einem greifen. Dieser Wuchs hat die Phantasie der Menschen schon immer enorm angeregt."

Die Bäume faszinierten uns.

„Woher weißt du das alles?", fragte ich Claudia. „Ich bin Försterin von Beruf", antwortete sie. „Mich haben Bäume und Pflanzen schon als Kind fasziniert. Meine Mutter wollte nie mit mir im Wald oder in einem Park spazieren gehen, da wir nie vorwärts kamen. Ständig bin ich stehen geblieben und habe ihr Löcher in den Bauch gefragt." Wir lachten amüsiert und konnten uns diese Situation gut vorstellen. „Zum Glück war mein Vater Jäger und wusste sehr viel über die Natur. Wenn er Zeit hatte, bin ich mit ihm durch die Natur gestreift. Und meine Mutter musste sich zu Hause dann in Geduld üben. Es dauerte immer sehr lange, bis wir wieder nach Hause kamen."

„Vielleicht hat deine Mutter die Zeit allein zu Hause

genossen", meinte Nadja und ich musste gleich daran denken, was sie mir über ihre Kinder erzählt hatte. Nadja würde sich über mehr Ruhe sicher freuen.

„Aber danke schön, dass du uns das erzählt hast", sagte Nadja. „Das war sehr interessant." „Dann findest du bestimmt den Weg durch den Wald zur Hütte", meinte Marc und schaute Claudia fragend an.

„Ich kann es versuchen", sagte Claudia. „So schwer sollte das nicht sein."

„Eine gute Idee!", stimmte ich zu und atmete erleichtert durch. Mir war die Verantwortung damit abgenommen worden, unsere Gruppe heil durch den Wald und wieder zurück zu führen.

Als wir den Waldrand erreicht hatten, fanden wir eine große Holztafel, auf der alle Spazier- und Wanderwege eingezeichnet waren. „Das habe ich mir schon gedacht, dass es einen solchen Wegweiser gibt", meinte Claudia, als sie sich die Tafel angesehen hatte. „Schließlich sind wir hier in einem Kurgebiet. Da wird man nicht das Risiko eingehen, dass die Kurgäste sich im Wald verlaufen."

Wir stimmten ihr zu und folgten Claudia, als sie einen der Waldwege einschlug. „Kommt!", sagte sie. „Von hier an sollten wir in ungefähr einer Stunde an der Hütte sein. Kaffee und Kuchen rufen uns schon!"

Gut gelaunt machten wir uns weiter auf den Weg und folgten Claudia zielsicher durch einen schattigen alten Wald.

Die Kühle tat uns gut und da wir wegen der schmalen Pfade überwiegend nur hintereinander gehen konnten, wurden die Gespräche nach und nach weniger. Es kehrten Ruhe und Entspannung ein und wir genossen unseren Spaziergang.

„Da!", sagte Marc plötzlich und zeigte schräg nach vorne. „Da ist die Hütte."

Ich schaute kurz auf die Uhr. Wir hatten gerade mal 45 Minuten bis hierher gebraucht. „Ist noch ein bisschen früh für Kaffee und Kuchen", sagte ich.

„Quatsch", meinte Manuela. „Kaffee und Kuchen passen immer!"

Die anderen nickten. „Walther, es geht hier nicht um den Spaziergang", sagte Marc zu mir. „Eigentlich ging es nur darum, so schnell wie möglich wieder gemütlich irgendwo zu sitzen und es uns gut gehen zu lassen."

Ich lachte. „Ja, da hast du wohl recht", meinte ich. „Dann habe ich das mit dem Spaziergang wohl zu ernst genommen."

Marc schlug mir leicht auf die Schulter. „Entspann dich!", sagte er. „Im Alltagstrott kommen wir schnell genug wieder an."

Ich nickte und spürte, dass mir der Gedanke gar nicht gefiel. Gerade jetzt, wo das meiste so gut lief und ich das Gefühl hatte, mich wohl zu fühlen.

„Mach dir keine Gedanken, Walther", sagte Nadja plötzlich. „Wir bleiben alle auch nach unserem Aufenthalt in der Klinik in Kontakt und können uns gegenseitig Mut machen, wenn es zu Hause mal wieder drunter und drüber geht."

„Oder wenn wir uns einsam fühlen", ergänzte ich.

„Ja, auch wenn wir uns einsam fühlen", sagte Nadja.

Dankbar schaute ich sie an. „Das ist ein schöner Gedanke", sagte ich leise.

„Kommt endlich, ihr zwei!", rief Manuela plötzlich. „Die anderen haben schon einen Sitzplatz auf der Terrasse für uns gefunden." Nadja und ich waren etwas zurückgefallen. Aber jetzt beeilten wir uns und nahmen schnell die für uns freigehaltenen Plätze auf der Terrasse ein. Bei Kaffee und Kuchen ließen wir uns die Sonne ins Gesicht scheinen und genossen unseren freien Nachmittag.

Nach zwei Stunden machten wir uns wieder auf den Rückweg. Diesmal brauchten wir nicht auf den Wegweiser zu achten. Die Wege waren so gut ausgeschildert, so dass wir schnell und bequem in der Klinik ankamen.

„So", sagte ich. „Ich lege mich jetzt noch etwas hin und dann sehen wir uns zum Abendessen wieder. So gegen halb sieben?"

Die anderen nickten. „Ja, halb sieben ist eine gute Zeit", meinte Claudia. „Bis später."

„Das passt für mich auch", sagte Manuela. „Dann kann ich vorher noch mit meiner Familie telefonieren."

Wir verabschiedeten uns.

In meinem Zimmer legte ich mich gleich auf mein Bett. „Was für ein schöner Nachmittag", dachte ich und atmete ruhig durch. Meine Gedanken schweiften zu Manuela, Nadja, Claudia und Marc. Die vier mochte ich wirklich gerne. Ich spürte, wie mich dieser Gedanke berührte und ich Tränen in den Augen hatte. „Von Manuela weiß ich eigentlich gar nichts", dachte ich nur. Außer, dass sie sehr einfühlsam ist und jeden Abend mit ihrer Familie telefoniert. Ich beschloss, sie bei nächster Gelegenheit mal zu fragen, was sie sonst so macht. Außer mit ihrer Familie zu telefonieren und auf andere Menschen achtzugeben.

Das Zusammensein mit den anderen machte mir großen Spaß und hatte eine angenehme Leichtigkeit. Dieses Gefühl hatte ich schon lange nicht mehr gehabt. Außerdem wurde mein Tagesablauf fast ausschließlich durch die Klinik organisiert und ich brauchte mich nur an die Pläne und Regeln zu halten. Das gefiel mir gut. Es vereinfachte mein Leben. Mit diesem Gedanken schlief ich ein und verpasste das Abendessen.

Als ich mich am nächsten Morgen auf dem Weg zum Frühstück befand, fiel mir auf, dass ich fast kein einziges Mal einen Wecker gebraucht hatte, um morgens aufzustehen. Klar, manchmal war es etwas knapp mit der Zeit geworden. Aber was hieß in meiner Welt schon knapp? Statt fünfzehn Minuten zu früh, kam ich halt nur zehn Minuten zu früh. Man könnte also sagen, dass ich trotzdem immer pünktlich angekommen war. Die wenigen Ausnahmen bestätigten die Regel. Über diese Erkenntnis freute ich mich. Nicht über die Tatsache, dass ich rechtzeitig aufwachen konnte, sondern dass ich die Verspätungen als Ausnahme und nicht als Katastrophe sehen konnte. Vielleicht waren bei mir Hopfen und Malz doch noch nicht verloren.

Am Frühstückstisch saßen bereits Manuela und Claudia. „Wir haben dich gestern beim Abendessen vermisst", sagte Claudia. „Ich bin nach unserem Spaziergang tief und fest eingeschlafen", sagte ich entschuldigend. Manuela lachte. „Ja, das wissen wir schon. Marc ist gestern zu deinem Zimmer gegangen, als du nicht gekommen bist und hat dich durch die Zimmertür schnarchen hören." Claudia lachte. „Da war uns klar, dass bei dir das Abendessen ausfallen würde."

„Ich bin hier sehr oft sehr müde", meinte ich zu den beiden. „Ich kann unfassbar viel schlafen." „Das kenne ich", sagte Manuela. „Wenn der Körper mal zur Ruhe kommt, holt er sich, was er braucht."

„Nadja ist gerade zu ihrem Kurs", sagte Claudia plötzlich. „Und das ist Gerald", sagte Manuela und stellte mir den Neuzugang vor, der sich zu uns an den Tisch gesetzt hatte. „Hallo", sagte ich. „Ich bin Walther." Ich reichte ihm die Hand. „Hallo", erwiderte Gerald. „Dich habe ich auch schon ein paarmal gesehen", meinte er. Ich überlegte. „Bist du schon länger hier?", fragte ich ihn. „Ja", meinte Gerald. „Seit fast einer Woche. Aber bisher fühlte ich mich immer etwas orientierungslos." Ich wusste, was er meinte. „Verstehe", sagte ich zu ihm. Er fuhr fort: „Aber vorgestern habe ich Manuela bei einem Kurs kennengelernt und heute Morgen hat sie mich gefragt, ob ich nicht mit zu euch an den Tisch kommen will. Ein Gerd wäre wohl abgereist." Er schaute Claudia und mich an. „Ist euch das recht, wenn ich mich für die Mahlzeiten zu euch setze?", fragte Gerald. „Klar ist uns das recht", sagte Claudia. „Und den Namen können wir uns ja leicht merken. Ist ja so ähnlich wie Gerd." Wir lachten und ich wusste, dass Gerald sich unserer Gruppe schnell zugehörig fühlen würde. Manuela hatte es mal wieder geschafft. Sie brauchte einfach nur mit den Leuten in Kontakt zu kommen und wusste, was sie zu tun hatte. Ich bewunderte sie für diese Eigenschaft.

Wir begannen mit dem Frühstück und nachdem auch Marc sich zu uns gesellt hatte, war unsere Gruppe fast komplett.

„Die Gelegenheit ist gerade günstig", meinte Manuela plötzlich. „Ich muss euch noch etwas sagen." Gespannt starrten wir Manuela an. Diese Ankündigung klang nicht gut. „Ist alles in Ordnung?", fragte Claudia. „Ich reise bereits in drei Tagen ab", sagte Manuela. Am Tisch kehrte absolute Ruhe ein. „Weiß Nadja davon?", fragte ich Manuela. „Ja, ich habe es ihr gestern Abend noch erzählt", antwortete sie.

„Was ist denn passiert?", fragte Marc. „Wir sollten doch noch eine Woche zusammen hier verbringen. Irgendetwas Schlimmes? Warum musst du nach Hause?"

„Ich habe ein paar Gespräche mit einem Therapeuten gehabt und es ging um meine Familie." Gespannt hörten wir Manuela zu. „Tief in mir spüre ich, dass ich so nicht weiterleben kann. Wenn ich mit meiner Familie telefoniere, ist alles in Ordnung, aber ich habe so viele Gedanken, die mich beschäftigen. Ich habe das Gefühl, zurück zu müssen. Vielleicht habe ich dann mehr Klarheit. Vielleicht auch nicht. Ich kann jedenfalls nicht mehr hierbleiben." Claudia nahm Manuelas Hand. „Das tut mir leid", sagte sie. „Du machst immer so einen ausgeglichenen und fröhlichen Eindruck und bist so empathisch. Ich glaube, ich spreche auch für die anderen, wenn ich dir sage, dass wir dich vermissen werden. Du bist so ein toller Mensch. Und wir wünschen dir, dass dein Leben so verläuft, wie du es für dich selbst wünschst."

„Und dass du glücklich bist!", ergänzte ich und war

269

über meine eigenen Worte überrascht. Aber ich fühlte, dass dieser Wunsch aus vollem Herzen kam.

„Schade", meinte Gerald. „Jetzt habe ich dich gerade erst kennengelernt. Vielen Dank, dass du mich mit den anderen bekannt gemacht hast."

Marc sagte gar nichts mehr und auch ich spürte, dass mir weitere Worte fehlten.

„Ich habe jetzt eine Anwendung", sagte Manuela plötzlich und stand auf. „Wir sehen uns heute Mittag." Sie stand auf und verschwand aus unserem Blickwinkel.

„Das war keine gute Nachricht", sagte ich und Claudia und Marc nickten. „An den Gedanken werden wir uns wohl gewöhnen müssen. In gut einer Woche sind wir alle weg. Gerd war der Erste, als nächstes geht Manuela und nächste Woche sind wir dran." Claudia sagte dies sehr traurig. „Stimmt, da hast du recht. In einer Woche sieht es hier am Tisch schon ganz anders aus", sagte ich. „Schade", meinte Gerald. „Sehr schade." Er sprach mir aus der Seele.

Bei uns machte sich seit der Nachricht von Manuela eine Art Aufbruchstimmung bemerkbar. Wir trafen uns weiterhin, aßen zusammen, besuchten je nach Anwendungsplan die gleichen Therapiekurse und die Stimmung zwischen uns war gut. Aber wir wussten alle, dass die Zeit nicht aufzuhalten war und wir Abschied nehmen mussten.

„Guten Morgen, zusammen", begrüßte uns Manuela nach drei Tagen an ihrem Abreisetag am Frühstückstisch. Im Gegensatz zu uns war sie zivil gekleidet. Wir anderen saßen in unseren Sportsachen am Tisch. So wie in den letzten Wochen auch.

„Ich frühstücke noch mit euch und dann mache ich mich auf die Reise nach Hause", sagte sie. Die Fröhlichkeit, die sie ausstrahlte, wirkte schwerfällig. Manuela schien der Abschied genauso schwer zu fallen wie uns. Während des Frühstücks wurde kaum gesprochen und jeder schien seinen Gedanken hinterherzuhängen.

„Wir bleiben alle in Verbindung", brach Manuela schließlich das bedrückende Schweigen. „Wir sollten unsere Adressen noch schnell austauschen." Dem stimmten wir zu und tauschten unsere Kontaktdaten untereinander aus. Das tröstete uns wenigstens ein bisschen über den anstehenden Abschied hinweg.

Und dann war es soweit: Manuela schaute auf ihre Uhr. „Ich muss los, meine Lieben", sagte sie und stand auf. „Mein Taxi zum Bahnhof kommt gleich." Wir schauten Manuela an und standen ebenfalls auf.

Zunächst verabschiedete Manuela sich mit einer Umarmung von Nadja und Claudia. Dann umarmte sie Marc, Gerald und zuvor mich. Ich fühlte mich elendig und konnte nichts sagen.

„Gib auf dich acht!", sagte Nadja zu Manuela, „und bis bald!"

„Vergiss uns nicht!", sagte Claudia und wischte sich einige Tränen vom Gesicht.

„Ich gebe gut auf mich acht", sagte Manuela. „Gebt ihr auch auf euch acht. Ich möchte euch gesund wiedersehen."

Wir schauten ihr hinterher, als sie unseren Tisch verließ und auf den Ausgang des Speisesaals zusteuerte. Dort drehte sie sich nochmal um und winkte uns zum Abschied zu.

Wir winkten zurück und ich spürte einen endlos drückenden Kloß in meinem Hals.

Als wir uns alle wieder hingesetzt hatten, frühstückten wir schweigend zu Ende und machten uns anschließend auf den Weg zu unseren Anwendungen.

Ich konnte mit meiner Traurigkeit kaum umgehen und spürte, dass Nadja und Claudia auch unter dem Abschied litten. Dabei kannten wir Manuela doch erst seit kurzem und es war von Anfang an klar, dass unsere gemeinsame Zeit hier begrenzt sein würde. Und trotzdem war eine Verbindung zwischen Manuela und uns entstanden, die sehr tief und ehrlich war. Dieses intensive Gefühl hatte ich schon lange nicht mehr erlebt.

Als wir uns am Abend zum Essen trafen, unterhielten wir uns natürlich darüber, dass wir Manuela vermissten und dass auch wir bald abreisen würden.

So vergingen die Tage und schließlich war es soweit. Nachdem ich den Termin für das Abschlussgespräch mit Frau Doktor Kluge hinter mir hatte, machte ich mich auf den Weg in mein Zimmer, um meine Sachen zusammenzupacken. Ich freute mich irgendwie auf zu Hause, hatte aber auch Angst davor, wieder in meine alten Lebensgewohnheiten zu verfallen. Vor allem hatte ich Angst vor der Einsamkeit.

„Nehmen Sie Ihre guten Gedanken und guten Gefühle mit nach Hause", hatte Frau Doktor Kluge zu mir gesagt, als ich mich ihr im Abschlussgespräch anvertraut hatte. „Sie haben Ihr Leben selbst in der Hand. Die Zeit hier bei uns in der Klinik kann nur die Grundlage für das sein, was Ihnen in Ihrem Leben guttun kann. Umsetzen müssen Sie das Erlernte und Erlebte selbst." Ich hatte sie skeptisch angeschaut. „Versuchen Sie es! Wer nichts versucht, hat schon verloren. Und warten Sie nicht zu lange damit. Ohne dass man es merkt, ist man sonst schnell wieder in seinem alten Trott angekommen!" Mit diesen Worten hatte sie mich aus der Sprechstunde entlassen und mir alles Gute für die Zukunft gewünscht.

„Sie hat natürlich recht", ging es mir durch den Kopf und ich nahm mir fest vor, mein Leben anders zu gestalten als bisher.

273

Ich schlief sehr unruhig in dieser Nacht und stand am nächsten Morgen recht früh auf, um mein Abschiedsfrühstück mit den anderen zu mir zu nehmen. Meine Kleidung hatte ich mir am Abend vorher rausgelegt und alle anderen Sachen in den großen Koffer gepackt. Den würde ein Gepäckservice wieder zu mir nach Hause liefern. So hatte ich also relativ wenig Gepäck für die Rückreise.

Als ich den Speisesaal betrat, saßen Nadja, Claudia, Marc und Gerald schon an unserem Tisch.

„Guten Morgen", grüßte ich und setzte mich mit meinem gefüllten Frühstücksteller zu ihnen. „Henkersmahlzeit!", sagte ich und versuchte, zu lächeln. „Na, so schlimm wird es ja wohl nicht sein", meinte Nadja. „Freu dich auf dein Zuhause. Auf dein eigenes Bett. Darin schläft man immer am besten." Man spürte, dass Nadja versuchte, die Stimmung aufzulockern. Doch bei mir sprang der Funke nicht über. Wir unterhielten uns über das ein oder andere Thema und nahmen uns vor, uns bald alle in einer unserer Heimatstädte zu treffen. Die Aussicht auf ein Wiedersehen baute mich ein wenig auf.

Gerald schaute auf die Uhr. „Mist! Ich muss schon zu einer Anwendung. Es ist gleich halb neun."

Ich erschrak. „Ich muss auch los. Mein Shuttle zum Bahnhof fährt in einer halben Stunde. Zeit, sich zu verabschieden." Gleichzeitig standen Gerald und ich auf. Wir umarmten uns und wünschten uns alles Gute. „Bis dann", sagte er und verschwand.

Nadja, Claudia und Marc waren zwischenzeitlich auch aufgestanden. „Mach`s gut, Kumpel", sagte Marc und drückte mich. „Du auch", erwiderte ich und freute mich darüber, dass er mich *Kumpel* genannt hatte. Dann trat Nadja auf mich zu und wir umarmten uns herzlich. „Pass auf dich auf!", sagte sie zu mir. „Du auch auf dich", sagte ich. „Und wir sehen uns wirklich wieder", ergänzte ich noch. Ich verdrückte eine Träne und auch Nadja sah traurig aus. Wir mussten beide lachen. „Ich auch noch", sagte Claudia plötzlich und nahm mich in den Arm. „Es war schön, dich kennengelernt zu haben." „Dich auch", antwortete ich. „Euch alle kennenzulernen, war sehr schön. Vielen Dank euch allen für die schöne Zeit." Ich schaute in die Runde und nickte Nadja, Claudia und Marc zu. „Ich muss jetzt los." Ich winkte nochmal, drehte mich um und verließ den Speisesaal. Ich war nicht in der Lage, mich umzudrehen, da ich jetzt mit den Tränen kämpfte.

„Dass es so schwer werden würde, hatte ich nicht erwartet", dachte ich und ging auf mein Zimmer, um mein Handgepäck zu holen.

Als ich mich in der Klinik abgemeldet hatte und auf mein Taxi wartete, standen Frau Engels und Frau Krüger plötzlich hinter mir.

„Wir haben gesehen, dass Sie sich von den anderen verabschiedet haben", sagte Frau Engels.

275

„Und wir wollten Ihnen alles Gute und Gesundheit wünschen", ergänzte Frau Krüger. „Sie sind eigentlich ein ganz netter Mensch."

„Sie beide auch", sagte ich. „Ich wünsche Ihnen auch alles Gute und Gesundheit." Und jetzt liefen mir tatsächlich Tränen übers Gesicht. Dass sich die beiden alten Damen von mir verabschieden würden, hatte ich beim besten Willen nicht erwartet. „Danke schön", sagte ich noch, kurz bevor die beiden sich umdrehten und mit ihren Rollatoren davongingen.

Das Taxi brachte mich zum Bahnhof und einige Stunden später stand ich wieder vor meiner eigenen Haustür.

Es fühlte sich merkwürdig an, wieder zu Hause zu sein. Vorsichtig öffnete ich die Wohnungstür, als würde dort jemand auf mich warten, den ich nicht erschrecken wollte. Doch meine Wohnung war leer und wirkte kalt und tot.

Ich stellte mein Handgepäck in der Diele ab und betrat das Wohnzimmer. „Vertraut, aber irgendwie altbacken", dachte ich plötzlich, setzte mich auf mein Sofa und ließ meinen Gedanken freien Lauf. Noch vor wenigen Stunden war ich Teil einer Gruppe gewesen und wohnte in einem Gebäude, das mit Leben nur so gefüllt war. Ich vermisste die Betriebsamkeit der Klinik. Die Menschen, die um mich herum zu ihren Anwendungen unterwegs waren. Das Anstehen am Buffet, *unseren* Tisch und *unsere* Gespräche. Ich konnte es kaum glauben und seufzte laut. Dass mein Kuraufenthalt meinen Körper auf Vordermann bringen würde, darauf hatte ich gehofft, aber dass er mich emotional so fordern würde, hatte in keinem Anwendungsplan gestanden. Ich schüttelte den Kopf. So wie bisher wollte ich nicht weiterleben. Das war mir während der Heimfahrt sehr klar geworden. *Wer nichts versucht, hat schon verloren*, gingen mir die Worte von Frau Doktor Kluge durch den Kopf. Ich atmete tief aus.

Dann stand ich auf, öffnete meine Tasche und räumte die Sachen aus. „Das restliche Gepäck kommt später", erinnerte ich mich selbst.

Als ich durch die Diele ging, fiel mir ein, dass ich als erstes vielleicht einkaufen gehen sollte. „Und die Post muss ich noch bei Frau Bauer abholen. Zusammen mit meinem Briefkastenschlüssel." Der Gedanke, mit einem Menschen reden zu können, machte mir gute Laune.

„Zuerst die Post", dachte ich und mir schoss ein Gedanke durch den Kopf: „Ob Frau Bauer wohl meine Post geöffnet hatte? So ein Blödsinn!", sagte ich laut zu mir selbst und schämte mich für diesen Gedanken.

Ich nahm meinen Wohnungsschlüssel und begab mich zu Frau Bauer nach oben. Als ich zweimal geklingelt hatte, hörte ich ihre Stimme. „Komme gleich!", hörte ich sie rufen. Im gleichen Moment aber öffnete Leon die Tür. „Was willst du?", fragte er mich erstaunt. Doch bevor ich antworten konnte, rief er seiner Mutter: „Mama, er ist wieder da!" zu. „Wer ist wieder da?", fragte Frau Bauer, als sie zur Tür kam. „Ich", sagte ich und lächelte. „Ach, Herr Schneider. Wie schön. Geht es Ihnen gut?" wollte sie wissen.

„Ja, danke", antwortete ich. „Die Kur hat mir gutgetan. Und sie hatten vollkommen recht. Mit Kasernenhof hatte das nichts zu tun."

„Sehen Sie, da haben Sie sich umsonst so große Gedanken gemacht. Sie wollen sicher Ihren Briefkastenschlüssel und Ihre Post abholen." Ich nickte.

Frau Bauer griff zu Seite und hielt augenblicklich beides in ihrer Hand. „Hier! Bitte schön!" sagte sie und hielt mir ein paar Briefe und den Schlüssel hin.

„Danke schön!", sagte ich und nahm alles entgegen. „Auf Wiedersehen!"

„Auf Wiedersehen", erwiderte sie, „und leben Sie sich gut wieder ein!"

„Danke", sagte ich und machte mich auf den Weg in meine Wohnung. Aber kurz bevor sie die Wohnungstür schloss, rief ich ihr noch zu: „Wenn ich mich irgendwie erkenntlich zeigen kann, geben Sie mir einfach Bescheid!"

Zuhause schaute ich kurz nach den Absendern meiner Postsendungen und stellte fest, dass außer Versicherungsschreiben und Werbung nichts

Interessantes für mich angekommen war. Ich zuckte mit den Schultern. „Wer hätte mir auch schreiben sollen?"

„Jetzt aber los zum Einkaufen", beschloss ich schließlich und nahm meine Einkaufsbeutel, die ich immer hinter der Küchentür an einem Haken hängen hatte, in die Hand. „Selbst bei absoluter Dunkelheit würde ich in meiner Wohnung alles finden", dachte ich und grinste. Gleichzeitig erschreckte mich der Gedanke ein bisschen. „Etwas Unordnung könnte ja nicht schaden", ging es mir durch den Kopf. Aber ich spürte deutlich inneren Widerstand in mir. „Entspannt zu sein ist gar nicht so einfach", stellte ich fest und machte mich auf den Weg in den Supermarkt.

Ich machte meine Besorgungen, füllte damit meinen Kühlschrank und stellte fest, dass ich alles wieder so eingeräumt hatte, wie ich es seit Jahren tat. Lange schaute ich mir den Inhalt meines Kühlschrankes an. „Ob ich einfach mal alles anders einräume?", überlegte ich längere Zeit. „Aber das macht wenig Sinn. Die Lebensmittel, die ich am meisten brauchte, sollten nicht hinten im Kühlschrank stehen." Das wäre Unsinn. Und es würde mich nur unnötig stressen und Zeit kosten. Aber ich soll mich doch entspannen. Das wurde mir ja immer wieder nahegelegt. Jetzt stand ich vor meinem Kühlschrank und fühlte mich schon wieder gestresst.

Ich setzte mich hin und dachte an meinen Kuraufenthalt zurück. Warum war ich dort in der

279

letzten Woche nicht mehr so angespannt gewesen? Bis zum Schluss hatte ich mich zwar auch immer wieder über das ein oder andere aufgeregt und mich gestresst gefühlt und die Umsetzung meiner Übungen ließ oft zu wünschen übrig, aber ich hatte mich mit Manuela, Nadja und den anderen mehr und mehr darüber austauschen können, was mich beschäftigte. Auch über vermeintlich Banales. Und plötzlich wurde mir eines klar: Es ging nicht darum, meinen Kühlschrank neu zu sortieren oder die Einkaufsbeutel woanders aufzubewahren. Es ging darum, Freunde zu haben. Menschen, die mir Ratschläge gaben, die mich unterstützten, die mir einfach nur zuhörten oder mir sagten, wie unsinnig meine Sorgen oder Gedanken vielleicht waren. Menschen, die mein Leben bereicherten und lebendiger machten. Die für mich da waren und für die ich da sein konnte, wenn sie mich brauchten. Menschen, mit denen ich mich austauschen konnte.

Ich brauchte einfach nur Freunde. Freunde waren für mich wichtig, um entspannter leben zu können. Mein Arzt, Herr Moltke, hatte vollkommen recht gehabt.

Ich war erleichtert über diese Erkenntnis und spürte, dass sie für mich stimmte. Ich atmete tief durch und beschloss, mich in Zukunft darum zu bemühen, Freundschaften zu schließen.

„Und warten Sie nicht zu lange. Man ist schnell wieder in seinem alten Trott angekommen!",

hallten die Worte von Frau Doktor Kluge in mir wider.

„Ob ich mal zu Frau Bauer hochgehen soll?", überlegte ich weiter. „Konnte ich mich einfach so mir ihr anfreunden?" Ich stutzte und mir wurde bewusst, dass ich das langsam angehen musste. Ich würde beim nächsten Treffen im Treppenhaus einfach mal etwas länger stehenbleiben und sie nach ihrem Befinden fragen. Und wer weiß, was dann sein würde. Vielleicht würde sich eine Art Freundschaft entwickeln. Das brauchte halt Zeit. Ich überlegte weiter.

„Ich weiß noch immer nicht viel über Manuela", dachte ich plötzlich. „Wie es ihr wohl geht?" Ich dachte über Manuela nach und auf einmal wurde ich ganz aufgeregt, als mir etwas klar wurde: Ich hatte in der Klinik bereits begonnen, Freundschaften aufzubauen! Ohne dass ich es bemerkt hatte, hatte ich den Grundstein für mein neues Leben gelegt und mich darauf eingelassen.

Entschlossen sprang ich auf, suchte in meinen Unterlagen nach den Adressdaten von Manuela und nahm den Telefonhörer in die Hand. Ich wollte sie fragen, wie es ihr geht und ob wir ein Treffen mit Nadja, Marc, Claudia und Gerd planen wollen. Dann musste ich lachen. „Meinen Vornamen konnte man vielleicht falsch schreiben, aber von Freunden mit ihm angesprochen zu werden, konnte nie verkehrt sein. Und ab jetzt wollte ich meinen Vornamen viel öfter hören.

281

Das Dankeschön und so

Meine Geschichte ist ein Dankeschön an all die fürsorglichen und engagierten Menschen, die mich während meiner dreiwöchigen Reha betreut haben. Niemand war unfreundlich, lustlos oder unmotiviert. Diese Charaktereigenschaften, und natürlich die Begebenheiten, sind nur meiner Phantasie entsprungen. Ob Ärzte, Therapeuten oder das Personal – ich bin ausschließlich auf professionelle, freundliche und geduldige Menschen gestoßen, die mir den Aufenthalt angenehm gestaltet und mir sehr gut geholfen haben.

Meine Gymnastikbeschreibungen oder Übungen sollten besser nicht als verbindliche Anleitungen gewertet werden!

Natürlich möchte ich auch besonders den Menschen danken, zu denen ich während der Reha einen privaten Kontakt aufbauen konnte. Ihr wart mir sehr angenehme Begleiterinnen und Begleiter und habt meine Zeit in der Klinik bereichert. Ohne euch wäre mein Aufenthalt sicher nur halb so erfolgreich gewesen. Achtet auf euch und bleibt fit! Ihr seid toll!

Ein Dankeschön an all die lieben Menschen, die nicht aufgehört haben, mich zu motivieren, etwas Neues aufs Papier zu bringen. Danke für euer Durchhaltevermögen!

Natürlich geht ein ganz herzliches Dankeschön an Freddy und Fabi, die sich bereits mit dem ersten Korrekturabzug beschäftigen durften. Mir dieses Angebot zu unterbreiten, war leichtsinnig. Aber es anzunehmen, war mir eine Freude. Danke für eure Hinweise, Gedanken und Vorschläge sowie für die Zeit, die ihr mir geschenkt habt.

Schlussendlich möchte ich noch allen danken, die mich durch mein Leben begleiten. Ob Jung, ob Alt, in der Nähe oder in der Ferne. Ihr seid mir wichtig und es ist schön, euch zu kennen und an meiner Seite zu wissen.

Ich hoffe, ich habe nichts vergessen …

Übrigens: Ich kenne keinen Walther Schneider. Und Ähnlichkeiten mit lebenden oder verstorbenen Personen sind rein zufällig.

Bisher sind bei BoD erschienen:

Verschmitzte Weihnachten
ISBN 9783746032986
(Zweitauflage des ehemals grünen Buches)

Verschmitzte Weihnachten I
ISBN 9783748109686
(Zweitauflage des ehemals roten Buches)

Verschmitzte Weihnachten III
ISBN 9783746034461
(Zweitauflage des ehemals blauen Buches)

Tierische Weihnachten
ISBN 9783744886932

Kurts Kurzgeschichten
Alltägliche Kurzgeschichten aus der Großstadt
ISBN 9783746025957

Kurts Kurzgeschichten Band II
ISBN 978374910781

Alle Bücher sind auch als E-Books erhältlich.
ISBN-Nummern hierzu unter:

www.verschmitzte-weihnachten.de

Mailanschriften
verschmitzte-weihnachten@web.de

kurt-schmitz@kurts-kurzgeschichten.de

Bibliografische Information der Deutschen Nationalbibliothek: Die Deutsche Nationalbibliothek verzeichnet diese Publikation in der Deutschen Nationalbibliografie; detaillierte bibliografische Daten sind im Internet über http://dnb.dnb.de abrufbar.

Herstellung und Verlag:
BoD – Books on Demand, Norderstedt

ISBN 9783752642155